ars vivendi
Krimi

Thomas Peter

Zwölfuhrläuten

Charly Valentins vierter Fall

Kriminalroman

ars vivendi

Alles frei erfunden

Dies ist ein Kriminalroman. Die Handlung und alle darin agierenden Figuren sind frei erfunden. Ähnlichkeiten mit lebenden oder bereits verstorbenen Personen wären rein zufällig. Sofern real existierende Institutionen, Nationen oder Orte vorkommen, die in einem Regionalkrimi nicht zu vermeiden sind, entspringen auch deren Verknüpfungen mit der Geschichte in jedem Fall der Fantasie des Autors.

Originalausgabe

Erste Auflage August 2017

www.arsvivendi.com

Lektorat: Stephan Naguschewski
Umschlaggestaltung: FYFF, Nürnberg
Motivauswahl: ars vivendi
Coverfoto: mauritius images/foodcollection
Druck: CPI books GmbH, Leck
Gedruckt auf holzfreiem Werkdruckpapier
der Papierfabrik Arctic Paper

FSC www.fsc.org
MIX
Papier aus verantwortungsvollen Quellen
FSC® C083411

Printed in Germany

ISBN 978-3-86913-887-9

Zwölfuhrläuten

Eins Freitag

»Als Höhepunkt wähle mir dann aach noch die Königin. Is jedes Mal a Mordsspaß. Hättn Sie denn da jemanden in Ihrm Betrieb?« Die markige Stimme des unterfränkischen Weinbauern ließ den Telefonhörer erzittern.

Charly verneinte.

»Na, des ergibt sich. Es werd zu guter Letzt in unserm Weinberg als noch da eene oder andre Schoppe gedrunge, und dann tun mir all zam am Schluss des Lied der Franken, äh …«

»Sing müss«, ergänzte Charly. Er musste sich konzentrieren, um den Unterfranken zu verstehen, der mit seinem Handy vom Traktor aus telefonierte und werbewirksam seinen breitesten Dialekt einsetzte.

»Genau, wern S' sehn, des gibt a Riesengaudi.«

Davon war Charly noch nicht so ganz überzeugt. Aber Wein, Weib und Gesang waren eigentlich immer Erfolgsgaranten für Gemeinschaftsveranstaltungen, also bestimmt auch für den Betriebsausflug der Kripo. Charly war dieses Jahr als Organisator auserkoren worden. Als ob er sonst nichts zu tun hätte. Aber Kommissariatsleiter Klaus Barsch hatte sich beim Chef für die Aufgabe nahezu enthusiastisch angeboten, als es um die Planung des diesjährigen Betriebsausfluges ging. Nach dem Zuschlag hatte Barsch die Organisation jedoch ganz schnell delegiert, und seine Wahl war auf Charly gefallen. Natürlich hatten Helmuth und Sandra mitgeholfen, aber die meiste Arbeit war an ihm hängen geblieben.

»Also gut, heute ist schon Freitag, da wird sich bei den Anmeldungen nicht mehr viel ändern.« Charly tätigte die letzten Rückrufe, um alle Aktionen und Termine zu bestätigen. »Sollten sich am Montag noch Änderungen ergeben, dann melde ich mich. Und ansonsten kommen wir am Dienstag zu Ihnen.«

»Jo, ich freu mich«, tönte der agile Actionwinzer, dessen Konterfei Charly aus dem aufgeschlagenen Prospekt heraus über eine riesige Ziehharmonika hinweg breit angrinste.

»Für alle Fälle geb ich Ihnen vielleicht mal meine Handynummer durch.«

Der Weinbauer notierte die Zahlen. »Kripo Ingolstadt, Herr Valentin, Charly Valentin«, diktierte er sich selbst. »Also Karl, oder?«

»Nein, eigentlich Georg. Aber im Dienst Charly. Wegen dem bayerischen Komiker. Weil schon in der Ausbildung …« Die Erklärung wurde Charly zu lang. »Genau, Karl. Sagen S' einfach Charly.«

Er schickte noch einen Gruß nach Unterfranken und legte auf. Sein bevorzugtes Ziel für den Betriebsausflug wäre der Tegernsee gewesen. Eine schöne Bergwanderung, eine gemütliche Einkehr, und fertig. Aber der Dienststellenleiter, Kriminaloberrat Zwerglein, hatte so anschaulich von Kultur, Wein, Land und Leuten seiner Heimat geschwärmt, dass schnell deutlich geworden war, wohin er wollte. Da natürlich daraufhin jede andere Idee über kurz oder lang verworfen wurde, war Charly letztendlich nichts anderes übrig geblieben, als die Fahrt an die Mainschleife zu organisieren. Volkach hieß das Ziel.

Nachdem auch noch die fränkische Traditionsgaststätte, die er fürs Abendessen ausgewählt hatte, den Termin bestätigte, konnte sich Charly wieder den dienstlichen Unterlagen widmen, die er heute Morgen aus dem Aktenraum geholt hatte. Ein Prozess wegen einer Vergewaltigung stand bevor, und Charly wollte sich noch einmal die Vernehmungen und die Berichte, die er erstellt hatte, durchlesen.

Die Sache selbst war relativ klar. Für Charly bestand kein Zweifel an der Schuld des Tatverdächtigen. Die Anklage stützte sich jedoch auf einige wenige Spuren und hauptsächlich auf die Aussage des Opfers. Der Beschuldigte hatte den Vorwurf stets abgestritten. Das Beunruhigende war jedoch, dass hinter dem Angeklagten, obwohl er nicht so aussah, anscheinend Geld und Verbindungen standen. Und dieses Geld hatte ihm eine Anwältin aus München besorgt, eine bekannte Konfliktverteidigerin. Als lokales Bindeglied würde auch noch Dr. Bierschneider hinter der Anklagebank sitzen. Dem gegenüber wirkte die Ingolstädter Anwältin des Opfers zu anständig. Sie würde diesem Staraufgebot in der bevorstehenden Gerichtsshow nicht gewachsen sein.

Die Anklägerin, Frau Gambrini-Steinmetz, wäre zwar von sich aus keiner Konfrontation mit den Rechtsanwälten aus dem Weg gegangen, hatte aber vermutlich wieder die Anweisung, sich zurückzuhalten, um das Verfahren nicht zu gefährden.

Obwohl Charly in dem Fall wie immer seine Aufgaben nach bestem Wissen und Gewissen erledigt hatte, überfiel ihn vor derartigen Verhandlungen komischerweise meist ein mulmiges Gefühl. Während er Vernehmungen und Berichte durchlas, stellte er sich bereits auf alle möglichen berechtigten oder völlig absurden Einwürfe der Verteidiger ein.

Als sich wenig später aber rund herum alle Kollegen verabschiedeten, klappte auch Charly den Ordner zu. Verhandlung hin oder her, jetzt war erst mal Wochenende.

* * *

Chen Xuang stellte sein Fahrrad zu den Tausenden anderen hinter der Großen Halle des Volkes und versperrte es mit drei Ketten. Der junge Projektingenieur richtete sich auf und blinzelte in die Sonne, die an diesem Freitag von einem ungewohnt blauen Himmel über Peking strahlte. Chen ärgerte sich wieder einmal über den Eingriff in die Natur. Seit mehreren Tagen hatten die vorausschauenden Führer durch den gezielten Einsatz von Silberiodid alle Wolken über der Metropole abregnen lassen. Dadurch war die Luft heute von dem sonst üblichen Smog reingewaschen, der normalerweise die Sonne nur als gelblichen Klecks hinter einem grauen Vorhang erahnen ließ. Nun patrouillierten die Wetterflieger der chinesischen Luftwaffe einige Kilometer vor der Stadt und sorgten dafür, dass während der bevorstehenden Veranstaltung kein Wölkchen das perfekte Bild stören würde. Auf dem Platz vor der Halle sollte heute die neueste Errungenschaft der glorreichen Wirtschaftsnation der Weltöffentlichkeit präsentiert werden: Das Fahrzeug sah aus wie eine Mischung aus den gängigsten deutschen Automodellen. Die entscheidende Neuerung stellte allerdings eine innovative Technologie dar, die als interaktives Head-up-Display kombiniert mit einer Datenbrille über Eye-Tracking und Sensorenmessungen künftig das Verkehrsgeschehen weit vorauslesen konnte und das Fahrzeug, die Straße, die Umgebung und vieles andere überwachte. Alles wurde zueinander und mit GPS in Verbindung gebracht, wodurch in weiten Teilen autonomes Fahren möglich und der Mensch überflüssig wurde. So ganz genau konnte die Technik eigentlich niemand erklären. Außer Chen, der mit seinem Namen für das Projekt zeichnete.

Er zeigte einem Wachmann seinen Sicherheitsausweis der Klasse 1B, durfte die Große Halle des Volkes durchqueren und blieb an den mächtigen Türen, die hinaus zum Platz vor der Halle führten, stehen. Draußen wehten rund um das Areal die roten Flaggen mit den gelben Sternen sanft im Wind. Ein ganzes Heer von Medienvertretern hatte ein Meer von Kameras und Mikrofonen aufgebaut, und das jubelnde Volk schwenkte Papierfähnchen.

Aus der Tiefe der Halle erschien der zuständige Parteisekretär für technische Entwicklung, der ehrenwerte Zing Wan, der die Präsentation heute eröffnen würde. Der hagere Mann im schwarzen Anzug zog eine mächtige Bugwelle aus Parteifreunden, Beamten und Security hinter sich her. Er erkannte Chen und steuerte auf ihn zu. Beide deuteten eine Verbeugung an und der Parteibonze blickte gütig durch seine dicken Brillengläser auf den Techniker.

»Werter Herr Ingenieur, heute ist ein großer Tag für unsere Partei und für den technischen Fortschritt unseres Volkes. Sie können sehr stolz auf Ihre Arbeit sein.«

Chen biss sich auf die Unterlippe. Der Herr Sekretär hatte den wunden Punkt getroffen: den Stolz.

»Das könnte ich, wenn wir tatsächlich das System selbst entwickelt hätten.« Chen Xuang wusste, dass er besser geschwiegen hätte. Aber schon oft hatte ihn sein dummer Stolz in die Bredouille gebracht. Er konnte manchmal einfach die Klappe nicht halten, wenn ihn etwas wurmte.

Die Mundwinkel des Parteisekretärs zuckten kurz. »Wir haben die Technik durch die hervorragende Arbeit unserer Ingenieure und dank des Weitblicks unserer Führer zu dem entwickelt, was wir heute der Welt vorstellen dürfen«, entgegnete er schroff, und hinter den Brillengläsern verengten sich die Schlitzaugen noch etwas mehr.

»Genau genommen haben wir nur die Farben in der Darstellung geändert.« Aus Chen sprach eine Stimme, die ihm im Hinterkopf schon lange einredete, dass das alles nicht richtig sein konnte. »Den Rest der Technik haben wir eigentlich von anderen ...«

»Wie auch immer, verehrter Freund«, unterbrach ihn der Parteisekretär und legte ihm kameradschaftlich die Hand auf die Schulter. »Ich habe jetzt der Welt etwas zu präsentieren. Über alles andere sprechen wir später noch einmal ausführlich.«

Als der ehrenwerte Zing Wan durch die Pforte nach draußen in den Sonnenschein trat, gab er dem gorillaartigen Securitymann neben sich einen kurzen Wink, und der nickte verständig.

Chen wollte sich der Bugwelle anschließen, wurde aber angehalten und mit Nachdruck in eines der Parteibüros nach hinten gebeten, um ein Problem mit seinem Sicherheitsausweis zu klären, wie man ihm mitteilte.

»... und so verdanken wir diese großartige Entwicklung nicht nur dem Weitblick unseres ehrenwerten Parteivorsitzenden«, rief Zing Wan kurz darauf in die Kameras der Welt, »sondern auch der Kraft unseres Volkes und vor allem dem Sachverstand unserer Techniker unter der Leitung des ehrenwerten Chefingenieurs Pang Sing.«

Der so Gelobte hatte bisher als Chens Stellvertreter agiert, war aber vor fünf Minuten überraschend befördert worden. Man brauchte im Zusammenhang mit dieser Sensation einen Mann, der in nächster Zeit den Journalisten wohlgefällige Reden und abgestimmte Antworten in technischen Belangen geben konnte. Von Chen Xuang würde man ab heute aber nichts mehr hören.

* * *

Erwin Bachhuber hatte ein ungutes Gefühl, als er so kurz vorm Wochenende ins Personalbüro zitiert wurde. Das besserte sich auch nicht, als der junge Personalreferent im hellgrauen Maßanzug, der erst seit Kurzem in der Firma war, ihm mit einem überheblichen Gesichtsausdruck einen Platz vor seinem Schreibtisch anbot. Er nahm Bachhubers Akte von einem Stapel und blätterte eine Zeit lang darin herum, bevor er sie zur Seite legte, die Ellbogen auf die Tischplatte stützte und sein Gegenüber ansah.

»Tja, Herr Bachhuber, Sie sind ja nun schon einige Jahre bei uns.«

»Vierundzwanzig werns in zwei Monat«, warf Bachhuber ein, dem das Messer in der Tasche aufging, wenn der Typ, der seit einem halben Jahr das Sagen im Personalbüro hatte, ›bei uns‹ sagte.

»Nun«, fuhr der Personalreferent unbeirrt fort, »da könnte man wohl ein wenig Loyalität erwarten. Aber Sie beklauen die Firma.«

Bachhuber fuhr hoch. »Wer behauptet das?«

»Herr Bachhuber. Haben Sie schon vergessen, dass der Werkschutz Sie angehalten hat, als Sie das Gelände mit der Bohrmaschine und dem Satz Schraubenschlüssel verlassen wollten?«

Das Schlimmste war, dass dieser Kerl auch noch so ein keimfreies Hochdeutsch sprach. »Ausgeliehen«, schleuderte ihm Bachhuber entgegen. »Ich wollt mir die Sachen nur übers Wochenende ausleihen. Für private Arbeiten. Macht doch jeder mal.«

Der hochdeutsche Anzugträger winkte ab. »Wir haben jetzt die Beweise dafür, dass Sie seit Jahren Werkzeug aus dem Betrieb mitgehen lassen. Und nicht nur das. Sie schmuggeln auch Ersatzteile nach draußen und verkaufen die privat.«

»Beweise? Was für Beweise?«

»Es ist alles haargenau dokumentiert, mit Fotos, Berichten, Zeugenaussagen und Protokollen von Ihrem Ebay-Account.

Das muss ich Ihnen ja wohl hier jetzt nicht darlegen. Wenn Sie wirklich wollen, können wir das vor dem Arbeitsgericht machen.«

»So ein Schmarrn.« Bachhuber überlegte, aber ihm fiel nichts ein, was in letzter Zeit anders gewesen wäre als die Jahre zuvor. Woher konnten denn diese Beweise stammen?

»Wie auch immer. Wir sehen jedenfalls keine Basis mehr für eine vertrauensvolle Zusammenarbeit.«

Was quatschte der Typ da? Er war doch kein Politiker, er war Feinblechner. Und was für Zeugenaussagen? Wer hatte da was erzählt?

»Und damit kommen wir nicht umhin ...«

Das mit diesem Ebay war ein Fehler. Das hatte er gleich geahnt. Er hätte auf den Flohmärkten bleiben sollen.

»... Ihnen die fristlose Kündigung auszusprechen.«

»Was? Des können S' ned macha!«

»Doch Herr Bachhuber, das müssen wir sogar. Sie brauchen am Montag nicht wieder zu kommen und haben ab sofort Hausverbot auf dem Firmengelände. Ihre Papiere, die Kündigung und ein Arbeitszeugnis für die letzten Jahre schicken wir Ihnen zu.«

Erwin Bachhuber schluckte und rieb sich das stoppelige Doppelkinn. Er sank in dem Besucherstuhl zusammen, als er langsam kapierte, was dieser Schnösel gerade gesagt hatte. Kurz keimte in Erwin der Gedanke, diesem Scheißkerl, der in seinem Anzug so selbstsicher und unnahbar wirkte, die glatt rasierte Fresse zu polieren. So sah sonst oft Erwins bevorzugter Problemlösungsansatz aus. Aber das hatte doch alles keinen Sinn. Fristlose Kündigung!

»Ich muss meinen Spind ausräumen«, entgegnete er kraftlos.

»Wenn Sie jetzt rausgehen, steht da eine Schachtel mit Ihren persönlichen Sachen. Wir haben Ihren Spind schon für Sie ausgeräumt. Sie haben Glück, dass wir da nicht auch noch Dinge gefunden haben, die da nicht hingehören.«

Nach vierundzwanzig Jahren. Fristlose Kündigung. Wegen ein paar Ersatzteilen und einer billigen Bohrmaschine. Erwin konnte es nicht fassen. Es war aber so.

»Auf Wiedersehen, Herr Bachhuber. Ich wünsche Ihnen alles Gute für die Zukunft.« Der junge Personaler nahm sich die nächste Akte vom Stapel und beachtete Erwin nicht mehr.

Als Erwin mit der Pappschachtel unter dem Arm den Schlagbaum passierte, sah es aus, als hätte man ihn aus dem Gefängnis entlassen. Es fühlte sich aber genau andersrum an. Er sah sich noch einmal um und blickte auf die vier Werkshallen, die er nach all den Jahren jetzt nicht mehr betreten durfte. Der Pförtner winkte ihm lässig zum Abschied.

Das Gute an der Sache war, dass seine Frau schon vor Jahren abgehauen war. Wenigstens ihr musste er nichts mehr erklären. Er stand von jetzt auf gleich auf der Straße und hatte keinerlei Plan, was nun als Nächstes passieren würde. Er musste das alles erst mal verdauen. Wie jeden Freitag nach Feierabend führte ihn darum sein Weg in den *Weißbierstadel.* Als erster Anlaufpunkt, um die Gedanken zu sortieren, um die Situation zu verarbeiten, um über den Personalchef und das System zu schimpfen, waren die etwas heruntergekommene Kneipe und das dazugehörige Publikum durchaus geeignet.

* * *

Charly konnte die Zahlen in den kleinen Kästchen fast nicht mehr erkennen. Er war jetzt Mitte vierzig – gut, eigentlich schon eher Ende vierzig. Aber das konnte ja wohl nicht sein, dass er in diesem jugendlichen Alter einen Lottoschein beinahe nicht mehr lesen konnte. Bis jetzt hatte er doch gesehen wie ein Adler. Es lag bestimmt nur an dem abrupten Wetterumschwung. Die sommerlichen Temperaturen, die übergangslos auf die letzten nasskalten, verregneten Frühlingstage gefolgt waren, belasteten den Kreislauf, und damit auch das Sehvermögen. Da musste man sich keine Sorgen machen, das würde schon wieder vergehen. Er beugte sich ein wenig zurück und setzte mit ausgestrecktem Arm seine Kreuze.

Als vor einiger Zeit ein riesiger Jackpot gelockt hatte, waren er und seine Kollegen Helmuth und Sandra auf die Idee gekommen, eine Tippgemeinschaft zu gründen. Sie hatten sich fantasievoll ausgemalt, wofür sie die Millionen verschleudern würden, hatten natürlich den Jackpot nicht geknackt, waren aber trotzdem beim Gemeinschaftstipp geblieben. Und seitdem war Charly zuständig für die Abgabe des Lottoscheines. Inzwischen war es für ihn Routine, freitags nach Dienstschluss als Erstes diese Pflicht zu erfüllen.

Zusammen mit seiner Kundenkarte legte er den ausgefüllten Schein auf den Tresen und lächelte der zierlichen Dame dahinter freundlich zu. Wie immer piepte der Automat, weil er den Chip der Kundenkarte nicht lesen konnte. Kommentarlos nahm die Lottofee die Karte wieder heraus, besprühte sie mit einer geheimnisvollen Flüssigkeit und rubbelte sie an ihrer Bluse trocken.

»Servus beinand! Ahh, der Herr Kommissar. So so, probierst auch dein Glück!«, dröhnte es hinter Charly. Er drehte sich um und erkannte die schmale Nase im runden Gesicht von Hans Strohmeier. Der ehemalige Kollege wirkte immer noch drahtig, war nicht sonderlich groß, hatte aber breite Schultern.

»Servus, na ja, die Hoffnung stirbt zuletzt«, entgegnete Charly.

»Aber sie stirbt.« Strohmeier lachte über seinen gelungenen Witz. »Und, wie geht's immer?«

»Geht scho.« Charly hatte wenig Lust, sich mit dem Mann, der ein wenig älter war als er, zu unterhalten. Er hatte Hans Strohmeier schon damals, als der noch bei der Polizei war, nicht leiden können. Mit der selbstgefälligen und rücksichtslosen Art, die der Exkollege an den Tag gelegt hatte, war Charly nicht klargekommen. Er war auch nicht sonderlich traurig gewesen, als Strohmeier vor etlichen Jahren aus dem Dienst entfernt worden war.

»Muss ja. Und dir?« Der Anstand sprach aus Charly, denn er mochte diese Frage zwischen Tür und Angel nicht. Entweder bekam man ein nichtssagendes »Gut« oder die bayerische Lebensformel »Passt scho« zur Antwort, womit der Gesprächspartner signalisierte, dass er darüber nicht reden wollte – oder aber man trat eine endlose Lawine an mitleidheischendem Gejammer los. Außerdem interessierte es ihn im Grunde gar nicht, wie es Strohmeier ging.

»Wie's mir geht? Charly, man bringt kranke Delfine zu mir, damit ich mit ihnen schwimme.« Wieder lachte er über seinen eigenen Witz. »Und bei der Kripo? Alles in Ordnung? Was macht die Karriere?«

»Passt scho, es läuft so dahi.«

»Du bist jetzt bestimmt scho Hauptkommissar, oder?«

Charly nickte. Strohmeier war damals gerade erst Polizeihauptmeister geworden, als sie ihn rauswarfen. Hätte er sich nicht selbst rausgekegelt, könnte er heute denselben Dienstrang bekleiden wie Charly.

Die Lottofee war mit Charlys Spielschein fertig. Sie legte ihm die Quittung und seine Karte hin.

»Drauf war leider nix. Neunundzwanzigfünfzig wärns dann, bitte.«

»Hoi, ganz schöner Einsatz! Willst mit Gwalt gewinnen, Charly?«

»Is ja ned nur meiner. Mir san mehrer mitnand.« Charly hatte keine Lust, die Hintergründe der Spielteilnahme zu erörtern.

Während er alles sorgfältig verstaute, legte Strohmeier seinen Lottozettel auf den Tisch.

»Ja, mir san auch sowas wie a Tippgemeinschaft«, erklärte er. »A paar Mitarbeiter, Kumpels, quasi.«

Seine Kundenkarte sprühte die zierliche Dame vorsorglich gleich mit der geheimnisvollen Flüssigkeit ein und trocknete sie wiederum an ihrer Bluse ab.

»Also dann, servus, auf Wiedersehn«, verabschiedete sich Charly.

»Ja, servus, Charly! Schönes Wochenende. Sag allen einen schönen Gruß.«

»Mach ich.« Ganz bestimmt, dachte Charly.

* * *

Zwei Stunden später parkte Hans Strohmeier vor dem Haus seiner Ex. Es gehörte zu seinen vielen Unarten, Häuser und Wohnungen zu betreten, ohne vorher zu klingeln oder anzuklopfen.

Rosalinde, seine geschiedene Frau, lag auf dem Sofa und auf einem Kerl in weißen Jeans, der vom ersten Eindruck her einige Jahre jünger war als sie. Zärtlich zwirbelte sie eine Strähne aus seinem Friseur-Werbungs-Scheitel um ihre Finger, bevor sie erschrocken hochfuhr.

»Verdammt Hans, kannst du nicht klingeln? Du kannst doch nicht einfach so reinspazieren, wie es dir gefällt. Was willst du?«

»Des is auch mein Haus, in dem du da rumflackst.«

»Es ist eben nicht mehr dein Haus, sondern nur noch meins.« Im Stehen zupfte sie ihr T-Shirt zurecht. Auch der Scheitelträger stand auf und baute sich hinter Rosalinde auf.

»Was willst du überhaupt?«, bellte sie Strohmeier an.

»Ich wollt unserer Tochter ihr Geschenk zum Namenstag geben.« Er hielt eine Pralinenschachtel mit Schleife und ein Kuvert in die Höhe. »Is sie da?«

»Die Kimberley-Chayenne ist oben. Aber sie hat heut nicht Namenstag.« Rosalinde wirkte immer noch derangiert und jetzt zudem ein wenig verwirrt.

»Heut feiern die Einwohner von Kimberley ihren Gründungstag und ich hab sonst nichts Anständiges im Kalender gefunden.« Strohmeier hatte in Wirklichkeit keine Ahnung, wann die Bewohner der südafrikanischen Stadt ihren Jahrestag feierten, aber er hatte sich mit dem Vornamen seiner Tochter nie anfreunden können. Und ab und zu war es ihm ein Bedürfnis, einen kleinen Nadelstich zu setzen.

»Idiot!«

»Unser Tochter is oben und du suhlst dich da mit deim Lover auf der Couch!«

»Die Kimberley-Chayenne ist siebzehn. Und die ist nicht so verklemmt, wie du denkst.«

»Koa Wunder, wenn sich die eigene Mutter so aufführt.«

»Du Blödmann!«

»Apropos Blödmann«, Strohmeier deutete mit der Pralinenschachtel auf die weiße Jeans. »Schön, dass du wieder Anschluss gefunden hast. Dann kann sich ja ab sofort Prinz

Charming um dich kümmern. Von mir gibt's für dich kein Geld nicht mehr. Nur noch den Teil für meine Tochter.«

»Von wegen, du zahlst, bis du schwarz wirst«, keifte sie und beugte sich nach vorne.

»Vergiss es!«, fauchte er zurück.

Der Träger der weißen Jeans schob sich nach vorne. »Ick finde, du machst hier ganz schön een uff dicke Hose, wa«, berlinerte er und unterschritt dabei Strohmeiers Verteidigungsdistanz. Ohne genau hinzusehen, registrierte Strohmeier, dass sein Gegenüber die rechte Hand zur Faust ballte und die Muskeln spannte. Der ältere Ex verfügte gegenüber dem jüngeren Neuen über einen gehörigen Erfahrungsvorsprung in puncto Bierzelt- und Discoschlägereien. Durch einen kleinen Schritt zur Seite wischte der Schlag des Berliners ins Leere. Gleichzeitig traf Strohmeiers Haken ungebremst auf die kurzen Berliner Rippen, sodass sich der Körper oberhalb der weißen Jeans nach vorne krümmen wollte. Da trafen aber Strohmeiers vorschnellende Handballen beide Schultern des Kontrahenten und der Angreifer landete mit zerzaustem Scheitel vor dem Sofa auf dem weißen Hosenboden.

Strohmeier hob die Pralinen und das Kuvert auf und lies beides auf den Wohnzimmertisch fallen. »Sag der Kim einen schönen Gruß«, sagte er, machte kehrt und ging.

»Wir sind noch nicht fertig, du Arsch«, rief ihm der Berliner vom Boden aus hinterher.

Doch Strohmeier winkte nur gelangweilt ab, ohne sich noch einmal umzudrehen.

* * *

Familie Valentin saß bei der Brotzeit zusammen und Charly war froh, dass dieser Tag endlich zu Ende ging. Obwohl er heute noch nichts Warmes gegessen hatte, war es ihm auch schon egal, dass es wieder mal gesundes Gemüse und selbst gebastelte Brotaufstriche gab, die das bröslige, trockene Vollkornbrot nicht wirklich aufwerteten. Hauptsache, er war jetzt zu Hause und hatte seine Ruhe. Ein gebrauchter Tag, wie es immer so hieß. Aber die zurückliegenden Stunden im Dienst, und eigentlich die ganze vergangene Woche, hatten sich wirklich so angefühlt, als hätte sie schon jemand anders ausprobiert und nach kurzer Zeit wieder weggeworfen, weil einfach nichts passte. Und dann hatte das Schicksal diese weggeworfenen Stunden Charly aufs Auge gedrückt. Aber jetzt war es geschafft. Er würde in Ruhe sein Gemüse essen, sich danach noch ein kühles Weißbier genehmigen und sich auf ein erholsames Wochenende freuen. Auf jeden Fall wollte er in nächster Zeit von Polizei nichts mehr hören.

Petra streichelte seinen Arm und lächelte. »Du, Schorschi«, flötete sie sanft, »die Julia möcht sich bei der Polizei bewerben.«

Charly blieb das Vollkornbrot im Hals stecken. Er kämpfte gegen einen Hustenanfall und zwang sich zu schlucken. Das Töchterchen war jetzt in der neunten Klasse der Realschule und machte sich natürlich Gedanken über ihren Berufswunsch. Und jetzt kam sie auf diese Idee. Er wusste im ersten Moment wirklich nicht, was er dazu sagen sollte.

»Lern halt was G'scheits«, blaffte er, als das Vollkornbrot endlich drunten war.

Petra lächelte weiter, sie wusste, dass man die erste Reaktion ihres Mannes nicht immer so ernst nehmen durfte. Julia starrte ihn ungläubig mit weit aufgerissenen Augen an und im offenen Mund von Sohn Ludwig konnte man den Bärlauch-Paprika-Aufstrich erkennen.

»Ich mein«, Charly räusperte sich, »es gibt so viele schöne Berufe für ein Mädchen: Buchhändlerin, Reiseverkehrs... fach... kauf..., Medien... Design... Dings, oder Büro.«

Petra lächelte, Ludwig kaute weiter und Julia schaute immer noch ungläubig. »Ich hab den Test vom Arbeitsamt gemacht«, erklärte sie. »Entweder Förster oder Bestatter oder Polizist, war das Ergebnis.«

»Vergiss den blöden Test.« Charly richtete sich auf. »Wer will denn heut noch Polizist werden? Überleg doch mal, was das heißt.«

Petra hörte auf zu streicheln und beobachtete ihn interessiert.

»Ich mein, das geht schon in der Ausbildung los. Da musst du im besten Fall die ganze Woche über nach Eichstätt oder München, im schlimmsten Fall nach Würzburg oder vielleicht sogar direkt nach Nürnberg.«

»Aber man soll doch mobil und flexibel sein, sagst du immer«, war Julias trotzige Antwort.

»Ja schon, aber danach kommst zuerst mal in eine Einsatzhundertschaft. Da bist dann jedes Wochenende auf irgendeiner Demo oder im Fußballstadion. Du kannst dich vom schwarzen Block mit Farbbeuteln und Pflastersteinen bewerfen lassen, mit völlig verblödeten Neonazis rumstreiten oder mit besoffenen Fans rumärgern.« Die Vorstellung, seine kleine Julia würde diesen gewaltbereiten Vollidioten gegenüberstehen, wühlte Charly derart auf, dass er keine Gegenreden zuließ. »Du wirst beleidigt, angespuckt und provoziert. Und wennst dich dann amal wehrst, denn stehn Zehne mitm Handy da und filmen dich. Facebook und Youtube lassen grüßen.«

Julia holte Luft, doch mit einer energischen Handbewegung bremste Charly sie aus.

»Und dann, nach der Ausbildung, kommst nach München. Da reißt dann Nachtschichten und Wochenenddienste runter, bis du am Zahnfleisch daherkommst. Und das is in Ingolstadt genauso, wenns'd nach Jahren endlich heimkommst.«

Julia setzte erneut zu einer Antwort an, kam aber wieder nicht zu Wort.

»Oh, oder du kommst natürlich gleich zur Kripo. Ganz toll. Dann beschäftigst dich mit Kinderschändern, Mördern, Betrügern und Einbrechern. Und wenn du mit dem Gesocks fertig bist und den ganzen Dreck ordentlich aufgearbeitet hast, dann kommt der Herr Rechtsanwalt und sagt dir vor Gericht, dass du alles falsch gmacht hast und dass du eigentlich der dümmste von allen Beteiligten bist.« Charly dachte kurz an den bevorstehenden Vergewaltigungsprozess, konnte sich mit dem Gedanken aber jetzt nicht aufhalten.

»Aber das wird dir ja vorher schon gsagt, von den ganzen Menschenrechtlern und unseren Freiheitspolitikern, dass du als Polizist ein ganz Schlimmer bist, weil du rund um die Uhr alle abhörst und überwachst und alle Daten speicherst.« Er merkte, dass er aufpassen musste, nicht allzu polemisch zu werden. »Und das Beste ist, dass dir dann hinterher, wenn alles vorbei ist, die ganzen Gscheidhaferln in der Presse groß und breit erklären, wie's richtig gewesen wär und was du unbedingt hättst machen müssen.« Charly musste Luft holen, er hatte sich direkt ein wenig echauffiert.

Julia nutzte den Moment für einen Einwurf: »Aber der Einstellungsberater hat gesagt, ich könnt auch zur Reiterstaffel gehen.«

Charly schlug die Hände vors Gesicht. »Mir hams damals gsagt, ich kann den Motorradführerschein machen, Hubschrauber fliegen und Polizeiboot fahren. Schatz, eine von tausend kommt zur Reiterstaffel, wenn überhaupt.« Er hatte keine Ahnung, wie viele es wirklich waren. Er wollte nur verdeutlichen, wie utopisch Julias Ansinnen war.

»Warum bist'n dann du bei der Polizei, wenn's so scheiße is?«, fragte Ludwig kauend nach einer kurzen Pause.

»Und warum hängst du dich bei jedem von deine Fälle so nei, wenn's eh keinen Sinn nicht hat?«, setzte Julia nach.

»Und wieso hast du Hunderte von Überstunden, wenns'd nicht gern dort bist?«, fügte Petra beiläufig an.

Charly betrachtete seine Familie der Reihe nach. Petra lächelte immer noch milde, als würde sie seine Erklärungen nicht so ganz ernst nehmen. Ludwig kaute ungerührt weiter und glotzte ihn dabei teilnahmslos an. Julia aber saß aufrecht und blickte ihm herausfordernd in die Augen. Offenbar war sie nicht gewillt, ihren Berufswunsch aufgrund seiner Einwände sofort aufzugeben.

Eigentlich sah sie ein bisschen aus wie seine Kollegin Sandra, dachte Charly. Auch sie trug wie Julia ihr Haar meist zu einem wippenden Pferdeschwanz gebunden. Auch sie war eine selbstbewusste, geradlinige, junge Frau, die sich nicht so schnell von ihrem Kurs abbringen ließ. Und Sandra war bei der Polizei und machte ihren Weg. Vielleicht sollte er sich einfach zurückhalten und sein Mädchen ihre eigene Entscheidung treffen lassen.

»Überleg dir des noch mal genau. Am Schluss musst du machen, was du für richtig hältst.« Er wollte es ihr nicht direkt verbieten. Aber sie sollte schon spüren, dass er nicht damit einverstanden war. Er stand auf, schenkte sich ein Weißbier ein und setzte sich damit nach hinten in den Garten, um die letzten Sonnenstrahlen zu genießen. An den Gedanken musste er sich erst gewöhnen.

* * *

Schon während des Landeanflugs waren Tao Fusan und Maja Miller-Lee fasziniert von dem üppigen Grün am Boden und dem strahlenden Blau und Weiß des Himmels. Die Maschine aus Peking setzte pünktlich in München auf. Nach einer problemlosen Pass- und Zollkontrolle saßen sie im Fond eines Taxis und fuhren auf der Autobahn einem Sonnenuntergang entgegen, wie sie ihn in ihrer chinesischen Heimat schon lange nicht mehr gesehen hatten.

Tao hatte seinen ersten Auftrag in Deutschland überraschend erhalten, als Ersatz für einen älteren, erfahrenen Agenten, der sich vor einigen Tagen beim Kung-Fu-Training den Unterschenkel gebrochen hatte. Zwei Tage bevor das selbstfahrende Auto präsentiert werden sollte, war Tao ins Büro des Parteisekretärs in die Abteilung für technische Entwicklung im Wirtschaftsministerium zitiert worden. Der ehrenwerte Zing Wan selbst hatte ihm seine Aufgabe eröffnet: Die Informationsquelle, die bisher technische Details aus Deutschland geliefert hatte, war aus irgendeinem Grund versiegt. Jemand müsse hinfliegen und den Grund erforschen sowie die Quelle zur weiteren Zusammenarbeit anregen, durch gutes Zureden, durch ein verlockendes Angebot, notfalls durch Drohungen oder deren Ausführung. Tao war ein Partner zugewiesen worden, den er aber entsprechend der üblichen Verfahrensweise erst beim Abflug treffen würde.

Er war durchaus nicht enttäuscht gewesen, als er am Beijing Capital Airport auf Maja Miller-Lee getroffen war. Sie war wie er Ende zwanzig und auch noch nie in Deutschland gewesen. Dass zwei junge, unerfahrene Mitarbeiter gemeinsam einen Auftrag übernehmen sollten, war dem Umstand geschuldet, dass alle anderen Agenten des Wirtschaftsministeriums sich bereits irgendwo auf der Welt in langwierigen Einsätzen befanden.

Bereits während des langen Fluges hatte Tao festgestellt, dass Maja eine sehr sympathische und vor allem eine auffallend attraktive junge Frau war, die gern lachte und mit ihrem Lächeln vermutlich die Terrakottaarmee zum Leben erwecken könnte.

Er blätterte in einem Reiseführer, während das Taxi Richtung A 9 fuhr. Da kam ihm eine Idee. Heute war erst Freitag. Um die Aufgabe zu erledigen, stand ihnen eine Frist von über einer Woche zur Verfügung. Und Spesen spielten keine Rolle. In wenigen, aber dafür umständlichen Sätzen Mandarin teilte er Maja seinen Plan mit. Sie sah ihn zuerst mit großen Mandelaugen an. Dann begann sie zaghaft zu lächeln und nickte verschämt.

Tao wandte sich an den Taxifahrer. »Excuse me, Sir, bitte nickt fahren nak Indolgestaadt.« Als der Chauffeur nach hinten sah, streckte ihm Tao den Reiseführer entgegen und tippte auf die aufgeschlagene Seite.

»Okay, von mir aus, dann halt zum Starnberger See«, quittierte der Taxifahrer.

Taos Augen glänzten. Er lehnte sich bequem zurück ins Polster und nahm zaghaft Majas Hand. »Und morgen Neuschwanstein«, schwärmte er.

Am Starnberger See stiegen sie aus. Im letzten Schimmer des schwindenden Tages ließen sie ihren Blick über das Wasser wandern. Sie betrachteten die Silhouette der Alpengipfel, die zum Greifen nah schienen. Und sie atmeten die frische Luft, die ihnen ein lauer Abendwind über den See entgegentrug. Waren dieser Anblick und diese Stimmung schon für einen Bayern eine unbeschreibliche Wonne, so war es für einen Pekinger Stadtmenschen unbegreiflich, dass man so etwas erleben durfte, ohne gestorben zu sein.

Überwältigt von der Stimmung legte Tao vorsichtig den Arm um Majas Schultern. Und mit Freude registrierte er, dass sie sich an ihn kuschelte. Sollte er wirklich Chancen bei ihr haben? Konnte es sein, dass dieses bildhübsche Mädchen ihn trotz seines Makels mochte? Tao hatte für ein chinesisches Gesicht eine auffallend große und schiefe Nase. Das hatte ihm schon manches Rendezvous verdorben. Doch Maja störte es anscheinend nicht.

Sie standen umschlungen am Seeufer, bis es endgültig dunkel war und die Sterne über den Bergen erschienen. Dank eines großzügigen Trinkgeldes hatte der Taxifahrer gern gewartet, bis seine Fahrgäste die Romantik ausgekostet hatten. Als sie wieder einstiegen, empfahl er ihnen, in Anbetracht des morgen anstehenden Ausfluges nach Neuschwanstein, ein Hotel in München zu beziehen, statt heute noch bis nach Ingolstadt zu fahren. Er stünde dann morgen früh gern für den Transfer nach Füssen bereit. Maja beantwortete Taos fragenden Blick wieder mit einem Lächeln und einem schüchternen Nicken. So wurde kurz darauf aus zwei Einzelzimmern in Ingolstadt ein Doppelzimmer in München.

* * *

Dr. Stefan Martin ließ den BMW X5 in die Garage rollen und schaltete die Scheinwerfer aus. Wie von Geisterhand schloss sich hinter ihm das Tor fast lautlos. Er war in Gedanken immer noch bei dem Rennpferd, das er gerade verarztet hatte. Und immer noch ärgerte er sich über die gewinnorientierte Einstellung des Pferdebesitzers, der jede weitere Behandlung des Tieres ablehnte, da es künftig ohnehin keinen Preis mehr für ihn gewinnen würde. Dabei war noch gar nicht klar, ob das Bein wirklich gebrochen war. Das konnte Dr. Martin erst in ein, zwei Tagen mit Sicherheit feststellen. Als er sich geweigert hatte, das Tier an Ort und Stelle einzuschläfern, hatte der Halter ihm gesagt, er allein sei ab sofort für Stall- und Futterkosten zuständig. Gleich morgen früh musste er also Kontakt mit dem Tierschutzverein und mit dem Gnadenhof aufnehmen. Es wäre wirklich schade um das junge und ansonsten kerngesunde Pferdchen.

Während er seinen Arztkoffer von der Rückbank nahm, fühlte er die Müdigkeit. Die Anspannung des langen Tages fiel von ihm ab. Er hatte sich in der Praxis den ganzen Tag um alle möglichen Tiere gekümmert, hatte dann einige Hausbesuche bei Schoßhündchen und Perserkatzen der besseren Gesellschaft absolviert und war schließlich zu dem Notfall mit dem Rennpferd gerufen worden. Jetzt freute er sich auf seinen Jogginganzug und einen guten Whisky in seinem bequemen Ledersessel.

Er löschte das Licht in der Garage. Bevor er jedoch hinaus in den Garten trat, sah er durchs Fenster hinüber zum Wohnhaus. Zwei Schatten bewegten sich hinter dem hell erleuchteten Fenster der Eingangshalle. Einen dieser Schatten identifizierte er ohne Probleme als den seiner Frau. Der Umriss ihres teuren Busens an der schlanken Gestalt und die Silhouette ihrer Frisur – nicht so teuer wie die Brüste, aber auch von einem kostspieligen Coiffeur kreiert – waren unverkennbar. Der zweite Schatten wirkte männlich, nicht sonderlich groß, aber breitschultrig. Beide Silhouetten bewegten sich auf die Haustür zu. Kurz davor blieben sie stehen. Sie legte die Arme um seinen Hals und er legte die

Hände auf ihren gestrafften Hintern. Nach einem leidenschaftlichen Kuss wurde die Tür geöffnet und der männliche Schatten verschwand nach hinten durch den Garten in die Nacht. Sie schloss die Tür und knipste das Licht in der Diele aus. Ihr Schatten löste sich im Dunklen auf, bis er wenige Augenblicke später hinter dem schummrig beleuchteten Schlafzimmerfenster im ersten Stock wieder auftauchte.

Dr. Martin wartete noch eine Weile, bevor er die Garage verließ und hinüber zum Haus ging. Er wusste, dass seine Frau ihn betrog. Und dieser breitschultrige Schatten war nicht der Einzige. Aber dass diese Schlange offenbar überhaupt keine Skrupel mehr hatte, entdeckt zu werden, und ihre Liebhaber jetzt schon am frühen Abend empfing, wenn er jeden Moment heimkommen konnte, das war neu. Lang konnte er diesem Treiben nicht mehr zusehen. Sie machte ihn ja mehr und mehr lächerlich. Es war an der Zeit, konkrete Schritte einzuleiten.

Früher hatte Erwin Bachhuber den *Weißbierstadel* meist erst nach Feierabend besucht. Die Aufenthalte am Vormittag hatten sich aufs Wochenende beschränkt. Seit seiner Entlassung saß er zu jeder Tageszeit in der Kneipe. Dementsprechend sah er auch an diesem Dienstagvormittag aus: ein zerknittertes Hemd, speckige Jeans, ungekämmte fettige Haare und schwarzgraue Stoppeln im breiten, schwammigen Gesicht.

»Geh weiter, gib ma no a Halbe!«

Es war schon die vierte an diesem Vormittag. Der Wirt zögerte kurz. Aber schließlich war es sein Geschäft und Bachhuber war ja auch alt genug. Also zapfte er ein frisches Bier und brachte es seinem einzigen Gast an den Stehtisch.

»Des konn doch alles ned wahr sei«, brummelte der breitschultrige ehemalige Arbeiter und fixierte das leere Glas vor sich, bis der Wirt es gegen das volle austauschte.

Bachhuber heftete seinen trüben Blick an den Kneipier. »Einfach nausgschmissen! Kannst dir des vorstellen?«, fragte er zum zwanzigsten Mal, ohne eine Antwort zu erwarten. »Wegen a Bohrmaschin. Und diesem blöden Ebay.« Er hob das frische Bier an. »Dieses scheiß Internet. Auf einmal san die ganzen Jahre völlig wurscht, die du gebuckelt hast, verstehst. Einfach wurscht.«

Mit einem großen Schluck leerte er das Glas zur Hälfte, setzte es wieder ab und wischte sich mit dem Handrücken über den Mund. »Dieser mistige Schnüffler, die Drecksau!«

Inzwischen hatte Erwin Bachhuber von einigen Kollegen Einzelheiten erfahren, die in der Firma die Runde machten. Offenbar hatte ein eingeschleuster Privatdetektiv die Belegschaft überwacht, was dann zur Kontrolle Bachhubers und zur Entdeckung der Bohrmaschine durch den Werkschutz geführt hatte.

»Was geht's den denn an, wenn ich mir a Bohrmaschin ausleih. Und überhaupt meine Ebay-Dings und so. Wo bleibt denn da dieser Datenschutz. Des derf der gar ned.«

»Geh, Erwin«, warf der Wirt ein, »des hast doch jetzt schon ghört, dass des die Firma selber ermittelt hat. Des war ned der Detektiv. Der hat doch auch nur sein Job gmacht.«

»Toller Job, ehrliche Leut ausspioniern, pah. Ohne die Drecksau wär ich jetzt auf jeden Fall ned entlassen. Egal, was der Arsch genau gmacht hat und was ned.«

Mit einem zweiten Zug leerte Bachhuber das Glas komplett. Er rülpste und orderte einen Klaren, den er kurz darauf kommentarlos in sich hineinkippte.

»Ich könnt ihn umbringen, die Sau.« Auch die Identität des Detektivs war bereits durchgesickert. Und Bachhuber hatte von einem, der einen kennt, der einen kennt, der es genau weiß, den Namen und sogar die Adresse seines Feindbildes erfahren.

Er knallte das Schnapsglas auf die Tischplatte.

»Zahlen tu ich heut Abend. Jetzt geh ich nämlich und polier dem Schnüffler die Fresse.«

»Erwin, mach keinen Schmarrn«, rief ihm der Wirt hinterher.

Aber da stapfte Bachhuber schon mit rotem Gesicht und finsterem Blick draußen an der großen Fensterscheibe vorbei.

* * *

Maxl hatte ehrlich die besten Vorsätze. Insbesondere, nachdem ihm sein Vater zuletzt die Leviten gelesen hatte, als er in der Schule die Mädchentoilette überflutet hatte.

Eigentlich hat sein Vater diese Leviten, was immer das auch war, von vorne bis hinten auswendig aufgesagt, überlegte Maxl. Denn mit dem Lesen hatte es der Alte nicht so. Außerdem war es nach dem Abendessen gewesen, und da konnte für gewöhnlich der väterliche Blick sowieso nur noch die großen Buchstaben der *Bild*-Schlagzeilen erfassen. Wenn er noch einmal etwas kaputt machen oder sonst irgendwie in der Schule auffallen würde, dann könne er sich auf eine Tracht Prügel gefasst machen, wie er sie noch nie bekommen habe. Eine kleine Kostprobe hatte er umgehend erhalten und die Erinnerung daran brachte immer noch seine Backe zum Glühen. Und überhaupt käme er dann in ein Internat für schwer Erziehbare. Da könnte er seine Computerspiele vergessen, und seinen Fußball auch, der unnütze Hanswurst.

Er wollte sich wirklich bessern. Aber Geschichte und Sozialkunde, da verstand er sowieso nie, was die Lehrer da vorne erzählten. Und draußen schien endlich wieder mal die Sonne und die Vögel pfiffen in den Bäumen.

Leviten hin oder her, der Nachmittagsunterricht war nichts für ihn. Wär schade um die Zeit und um den schönen Tag. Die Sache mit dem Bauchweh hatte wieder prima funktioniert. Die besorgte Frau Lehrerin wollte ihn sogar mit dem Auto nach Hause fahren. Das hatte er gerade noch abbiegen können. Tapfer hatte er darauf bestanden, selbst nach Hause zu gehen. War ja nicht so weit.

Zu Hause war um diese Zeit niemand, also brauchte er auch nichts zu erklären. Er schnappte sich seinen Fußball und ging hinunter in den Hof. Leider war er allein. Die anderen saßen ja noch in der Schule und lernten was über so alte Italiener. Also kickte er mit sich selbst und ließ seiner Fantasie wieder mal ihren Lauf.

Tausende auf den Rängen sangen und jubelten ihm zu, als der Stadionsprecher ihn ankündigte. Dann hörte er die Stimme eines Reporters, der die Fangesänge übertönte: »Dieser Maxl ist zurzeit in einer bestechlichen Form. Unglaublich, was der am Ball alles kann.« Der Superstar trickselte ein wenig herum, spielte sich den Ball auf den Kopf, köpfte ihn nach oben, stoppte ihn mit der Brust, ließ ihn abtropfen und vollführte zwei, drei Übersteiger, wie Ronaldo es nicht besser gekonnt hätte. Das Volk tobte.

»Er war der teuerste Transdings, aber er ist jeden Cent davon wert. Er allein kann ein Spiel drehen und seiner Mannschaft zum Sieg verhelfen.«

Der Wunderstürmer trat einige Male gegen den Ball, und die Hausmauer spielte das Leder zurück. Geschickt brachte er die Kugel jedes Mal unter Kontrolle. Er war schon ein Ausnahmetalent.

»Doch es steht immer noch unentschieden und wir sind schon in der letzten Spielminute. Jetzt braucht es ein Fußballwunder, eine großartige Idee. Es gibt nur noch eine Richtung.«

Maxl schaltete auf Angriff. Er spielte einen gekonnten Doppelpass mit dem Mülltonnenhäuschen und hebelte damit die komplette Abwehr aus. Dann umkurvte er geschickt einige gegnerische Verteidiger.

»Wie Slalomstangen lässt er die Abwehrspieler stehen. Einfach *unausstehlich*, dieser Maxl«, fabulierte der Sprecher in seinem Kopf.

Noch ein öffnender Pass hinaus zum Fahrradständer. Von dort kommt der Ball zurück.

Die Stimme des Reporters überschlägt sich fast: »Jaaa, die Flanke kommt gut. Maxl steht *strafbar* frei in der Mitte.«

Der Ball kam perfekt, halbhoch. Er visierte das Garagentor an, holte aus und nahm ihn volley. Doch in dem Moment, als der Ball seinen Fuß verließ, wusste er, dass irgendetwas falsch gelaufen war.

»Uuuh«, stöhnte der Reporter, »da war er wohl selbst überrascht, wie frei er stand. Zu viel Rücklage! Er drischt diesen Ball übers leere Tor.«

Der Ball flog tatsächlich übers und neben das Tor, schlug aber nicht auf der Tribüne mit den entsetzten Fans ein, sondern in einem Fenster im Hochparterre.

Der weiße Holzrahmen des alten, zweiflügeligen Fensters hatte der Wucht des schweren Lederballes nicht viel entgegenzusetzen. Mit einem hellen Klirren zersplitterten die Scheiben und die Fensterflügel sprangen auf. Der Ball verschwand in dem Zimmer dahinter und unmittelbar darauf klirrte es wieder. Einmal hell und klar, ein zweites Mal mit einem dumpfen Plopp.

Durch stete Übung aufgrund der ständigen Notwendigkeit in letzter Zeit war der Hechtsprung, mit dem sich Maxl hinter dem Mülltonnenhäuschen in Deckung brachte, schon zu einem unwillkürlichen Reflex geworden, über den er nicht mehr nachzudenken brauchte.

»Teamleader an alle: Volle Deckung. Wir haben ihre Zentrale getroffen. Die Aliens werden gleich zurückfeuern.« Maxls Fantasie arbeitete flexibel und blitzschnell.

Er drückte sich gegen die moosige Waschbetonwand und lauschte. Wäre Maxl der deutschen Sprache im Allgemeinen ein wenig mehr zugetan gewesen, und nicht nur im Bezug auf Fußballberichte und Actionspiele, so hätte er sich vermutlich gedacht, dass eine gespenstische Ruhe, gleich der vor dem nahenden Sturm, über dem melancholisch-grauen Pflaster des Innenhofs waberte und diese Grabesstille unaufhaltsam dahinschlich, beinahe greifbar in einer imaginären eisigen Wolke, die sich ihm entgegenschob, nach ihm lechzte und ihn frösteln ließ.

Da er aber in den letzten Deutschstunden angeblich auch von akutem Bauchweh geplagt worden war, dachte er nur »Oh, leck!«.

Das Zwölfuhrläuten der Moritzkirche begann mit einer einzelnen hellen Glocke, die die Stille im Hof noch bedrohlicher wirken ließ. Schließlich stimmten tiefere Glocken und die Geläute der anderen Innenstadtkirchen ein und erfüllten den Innenhof mit ihrem mittäglichen Konzert.

Maxl kauerte in der Ecke und wartete auf das Geschrei, das üblicherweise nach ein paar Augenblicken, die der Fensterbesitzer brauchte, um ungläubig auf die Scherben zu glotzen, durch den Innenhof schallen würde. Aber abgesehen vom Getöse der Kirchenglocken blieb es ruhig. Und es dauerte schon viel zu lange. Auch in den anderen Luken des Raumschiffs tauchten keine neugierigen Aliens auf. Maxl lugte vorsichtig um die Mülltonnen herum.

»Teamleader an alle«, wisperte er in ein erdachtes Funkgerät, »alles ruhig. Ich nehm mir zwei Mann und seh mal nach. Vielleicht haben wir die Hunde fertiggemacht.«

Maxl winkte zwei unsichtbaren Teammitgliedern, gab ihnen kurze Handzeichen und lief dann gebückt hinüber zum getroffenen Fenster.

»Okay, Jungs, gebt mir Deckung. Ich riskier mal einen Blick.«

Er hielt sich an der Regenrinne fest und stellte sich auf einen Mauervorsprung. So konnte er ins Zimmer hinter dem Fenster linsen. Und was er sah, wollte er nicht glauben.

»Scheiße«, entfuhr es ihm, als er die Situation realisiert hatte, »ich will nicht ins Internat.« Er sprang hinunter aufs

Pflaster, spurtete quer über den Hof und durch den Torbogen hinaus zur Straße.

Maxl war klar, er hatte mit seinem vermaledeiten Fehlschuss den Typen hinter dem Fenster erschossen. Und das jetzt, so kurz nach dieser blöden Sache mit dem Weiberklo.

* * *

Margot, Geschäftszimmerdame und mütterliche Vertraute des Dienststellenleiters, hatte sich in einer knallharten Endrunde durchgesetzt. Sie hatte gesungen, getanzt und getrunken, ein Gedicht aufgesagt, Fragen beantwortet und das Frankenland über den Schellenkönig gelobt, und war schließlich von dem agilen Actionwinzer zur Weinkönigin gekürt worden. Nun hielt sie mitten in einem Weinberg hoch über der Mainschleife Hof und der Besitzer der Reben holte aus seiner Ziehharmonika alles heraus. Auf Klappbänken – im übrigen Bayern hätte man dazu Bierbänke gesagt, was im Weinberg natürlich nicht geht – schunkelte die Belegschaft der KPI Ingolstadt zu *Lustig ist das Zigeunerleben* und zum Kufsteinlied.

Dienststellenleiter Hanno Zwerglein, der sich inzwischen ganz nah an eine der jungen Schreibdamen herangearbeitet hatte, spürte die Vibrationen. Zumindest vermutete Charly das, denn der Kriminaloberrat nahm widerwillig den Arm von der Schulter der Angestellten und zog das dienstliche Handy aus der Hosentasche. Einen Klingelton hätte er aber bei dem schallenden Gesang unmöglich hören können, zumal genau jetzt alle Kollegen lauthals den grünen Inn besangen und aus voller Kehle in das fröhliche *Hollerö di rü, di rü, di rü, holleri hollerei diö* einstimmten. Der Chef stellte sich ein wenig abseits und presste sich das Handy ans Ohr.

Er hörte angestrengt zu, kratzte sich am Kopf und wurstelte gedankenverloren in seinen schwarzen Lockerln herum. Nach ein paar kurzen Fragen beendete er das Gespräch und kam mit ernstem Gesicht auf Charly zu.

»Des warn die Kollechen vom KDD«, verkündete er und hob das Telefon hoch. »Sie ham a komische Leich, sagns.«

»Komisch? Wieso komisch?«, fragte Charly.

»Alles hab ich bei dem Lärm da ned verstanden. Aber es könnt aussehen wie a Herzinfarkt, aber dann doch wieder wie a Mord. Und irgendwas von Weißwürscht und von am Fußball und von Glückskekse hat der Kollech erzählt.«

»Komisch!«

»Auf jeden Fall wärs ihnen wohler, wenn sich jemand vom Fachkommissariat die Sach amal anschaut, hams gsacht. Und da wollt ich jetz auch ned nein sagn.«

Charly und Zwerglein drehten sich um und musterten in dem fröhlichen Sängerhaufen der Reihe nach die Ermittler des für derartige Sachverhalte zuständigen K1.

Heute Morgen waren sie nach zweistündiger Busfahrt zu einem Weißwurstfrühstück eingekehrt, wozu sich die meisten natürlich traditionsbewusst mindestens ein Weißbier hatten schmecken lassen. Danach war ihnen bei der Ankunft im Gut des Weinbergführers ein ausgiebiger Begrüßungsschoppen kredenzt worden. Auf der Fahrt zum Weinberg, im urigen Anhänger hinter einem Oldtimer-Traktor, durften sie verschiedene Rebsorten verkosten und im Weinberg selbst – an den Klapptischen – floss dank der musikalischen Animation des Winzers der Wein in Strömen.

Mit leuchtend roten Bäckchen bewarb sich schon seit einiger Zeit Kommissariatsleiter Barsch inbrünstig bei Königin Margot I. um die Stelle als König, wobei sie ihm jedoch nur eine zeitlich begrenzte Anstellung als Hofnarr in

Aussicht stellte. Konrad, der Erbsenzähler, hatte sein musikalisches Talent entdeckt und trällerte voller Begeisterung dem Weinbauern mit der Ziehharmonika die verwaschenen Texte mitten ins Gesicht. Drei weitere Ermittler des K1 diskutierten seit einiger Zeit Brennpunkte der Ingolstädter Lokalpolitik. Anscheinend sprach aber jeder der drei von einem anderen Thema, und dennoch wurden sie sich in gewissen Abständen immer wieder einig. »Prost!«

Sandra und Helmuth hatten einen besonderen Grund zum Feiern. Denn heute Morgen im Bus hatte Charly ihnen mitgeteilt, dass ihre Tippgemeinschaft am Samstag fünf Richtige auf dem Spielschein hatte und jeder der drei über 2000 Euro erhalten würde. Sandra verplante den Betrag sofort für ihre bevorstehende Hochzeitsfeier und die Flitterwochen. Und Helmuth malte sich einen langen Wellnessurlaub mit seiner Yvonne aus.

Dementsprechend ausgelassen tanzte Sandra nun mit dem Kollegen Nager vom Betrug zum *Schneewalzer* aus der fränkischen Ziehharmonika, und auf Helmuths Kopf saß gefährlich schief Margots Krone, während er rundum immer wieder nachschenkte und dabei stets zum Besten gab, was er den ganzen Tag über den Frankenwein und dessen Anbau gelernt hatte.

»Tja, Charly«, stellte KOR Zwerglein fest, »schaut ned gut aus für dich.«

Charly hatte sich als verantwortlicher Organisator des Betriebsausfluges bisher sehr zurückgehalten. Er hatte sich zwar am Vormittag zu den Weißen auch ein Weizen schmecken lassen, danach aber im Laufe des Tages nur drei kleine Gläser Wein getrunken. Oder vier vielleicht. Vielleicht waren sie auch nicht ganz so klein. Auf jeden Fall war Charly hier am Weinberg wohl außer dem Winzer der Nüchternste.

Der Dienststellenleiter beugte sich verschwörerisch zu Charly hinüber. Mit einem Nicken in die Richtung der Schreibdame, bei der er zuvor die Vibrationen verspürt hatte, raunte er: »Und ich kann ja jetzt grad hier auch ned weg, verstehst.« Danach straffte er sich und fügte in offiziellem Tonfall an: »Die Einkehr am Abend und die Heimfahrt schaffn mir dann schon mitm Busfahrer. Da brauchen mir dich nimmer unbedingt, Charly. Is ein super Betriebsausflug. Dank dir.« Er sah Charly an, als müsse der sofort kehrtmachen und nach Ingolstadt zurücklaufen.

»Wie stellst du dir das denn vor?«, warf Charly ein. »Soll ich mitm Taxi fahrn?«

»Lass mich kurz telefonier, des regle ich schon.« Zwerglein trat erneut ein paar Schritte zur Seite. Er führte einige Telefonate und kam grinsend zu Charly zurück. »Alles geklärt. Eiliger Transport eines wichtigen Ermittlers. Du gehst jetzt die paar Meter runter bis zum Meee.« Beflügelt vom Frankenwein verfiel er in seinen heimatlichen Dialekt, als er vom Main sprach. »An dem Steg, wo vorher der Traktor vorbeigezockelt ist, kommt in ein paar Minuten das Polizeiboot. Die bringen dich meeeabwärts nach Kitzingen. Dort wartet ein Motorrad der VPI auf dich. Der Kollech bringt dich bis Ansbach. Dort is grad der Hubschrauber mit dem Herrn Staatssekretär, der wartet auf dich. Wegen der Wartezeit kann er dann aber nicht bis Ingolstadt fliech, sondern wirft dich in Greding raus. Eine Streife von der Ingolstädter Verkehrspolizei holt dich ab und fährt dich bis zum Tatort.«

Charly wurde schon bei der Vorstellung schlecht. »Zefix!« Zur Beruhigung der Nerven kippte er noch einen Schoppen Wein hinunter, bevor er sich auf den Weg zum Steg im Main machte.

»Na endlich! Alles wartet nur noch auf dich, Herr Valentin.« Bernd Fischer vom Erkennungsdienst kniete vor seinem Fotorucksack und verstaute seine Kamera. Hinter ihm schlüpften zwei Kollegen vom KDD gerade aus ihren weißen Papieranzügen. »Tut uns echt leid, dass wir dir den Betriebsausflug versauen«, entschuldigte sich Fischer, während er aufstand. »Aber das hier ist wirklich eine ganz verzwickte Sache.« Er breitete die Arme aus. »Schau dich um, kannst nix mehr kaputt machen. Ich hab alles fotografiert, bin mit dem Video drüber und hab alles gesichert, was man sichern kann. Nur da aufm Tisch und an der Leich selber, das muss ich noch alles eintüten. Ich wollt's dir erst zeigen, bevor ich's verpack.«

Charly sah sich in der kleinen Wohnung um. Sie lag im Hochparterre eines alten Wohnhauses mitten in der Altstadt, war insgesamt karg ausstaffiert, aber sauber. Er hatte sie durch einen engen Flur betreten. Links und rechts führte jeweils eine Tür in ein kleines Bad mit Dusche und WC sowie in ein Schlafzimmer, in dem gerade eben ein breites Bett und ein Kleiderschrank Platz fanden. Geradeaus, hinter einem offenen Durchgang, lag ein fensterloser Raum, in dem nur ein Schreibtisch und ein zerschlissener Drehstuhl standen. Durch eine weitere Tür gelangte man von diesem Raum aus in eine geräumige Wohnküche mit einem Küchenblock aus dem Möbelparadies, einem durchgelegenen Kanapee und einem zerkratzten Esstisch. Über diesem Tisch war die Leiche, auf einem Küchenstuhl aus den Siebzigerjahren sitzend, zusammengesackt. Charly konnte das Gesicht des Toten nicht sehen, denn es lag auf der Tischplatte beziehungsweise auf einem Teller, der davor auf dem Tisch stand. Aber aus Statur, Frisur und Haarfarbe der Leiche, vor allem aber aufgrund des Namens auf dem Klingelschild an der Haustür, schloss Charly, dass es sich bei dem Toten um den ehemaligen Kollegen Hans Strohmeier handelte.

»Schaut auf den ersten Blick aus, als hätt er einen Herzinfarkt ghabt«, kommentierte Fischer. Tatsächlich wirkte die Szene, als wäre Strohmeier ganz gemütlich beim Essen gesessen und sein Oberkörper dann einfach nach vorne gekippt. Die Unterarme lagen links und rechts des Kopfes auf der Tischplatte. Messer und Gabel waren ihm einfach aus den Händen gefallen. Vor ihm standen ein Körbchen mit einer Breze und ein Topf, in dem eine einsame Weißwurst schwamm, die sich oberhalb der Wasserlinie bereits unansehnlich gelblich-braun verfärbt hatte.

»Eine halbe Weißwurscht liegt unter seim Gsicht im Teller. Und außerdem jede Menge Senf. Da liegt er mitm rechten Auge drin«, erläuterte der Spurensicherer. »So weit also quasi ganz friedlich. Aber jetzt schau dir mal seinen Hals an.«

Charly trat vor und zog vorsichtig den Hemdkragen des Toten ein wenig nach unten. Sofort fiel ihm auf, was Fischer meinte. Zwei unregelmäßige, dunkelviolette Streifen zogen sich am Hals entlang nach hinten und endeten unmittelbar vor den Nackenwirbeln.

»Erdrosselt?«

»Würd ich schon sagen. Bei einem Herzinfarkt schauts jedenfalls nicht so aus«, bestätigte Fischer.

»Sei Gsicht hat überhaupt so eine komische Farbe. Zartes Blauviolett, oder?«

»Lilablassblau«, korrigierte der Erkennungsdienstler mit einem Grinsen.

»Und was is mit seim Aug?« Als Charly das Gesicht des Toten genauer betrachtete, fielen ihm das zerschnittene Lid und die seltsam anmutende Augenhöhle auf.

Fischer zuckte mit den Achseln. »Keine Ahnung. Des wird die Obduktion klären. Is übrigens schon angeordnet. Mit der Staatsanwältin hab ich bereits telefoniert.«

»Und kommts ned her, die Gambrini-Steinmetz?«

»Nein, sie is heut beim Krimidinner. Und da passt der Anblick von einem echten Toten jetzt so gar nicht dazu, hats gmeint. Wir würden das schon alles richtig machen, und sie kommt morgen dann mal rüber zu uns.« Fischer wandte sich wieder dem Küchentisch mit der Leiche zu.

»Also einfach so erwürgen lassen und dabei so relaxt sitzen bleiben, is doch komisch, oder? So ganz ohne Kampf?« Charly kratzte sich am Kinn und betrachtete nachdenklich den alten Parkettfußboden neben dem Tisch.

»Genau«, bekräftigte der Spurensicherer. »Da liegt der zerbrochene Weißbierstutzen und das zerdepperte Senfglas. Hat er's also doch bei einem Abwehrkampf vom Tisch geräumt? Warum setzt ihn dann sei Mörder danach wieder so friedlich hin, als wär nix gwesen, lässt aber das Zeug am Boden liegen?«

Charly kratzte sich zur Abwechslung an der Schläfe. Er spürte die Müdigkeit in sich aufsteigen, obwohl er doch eigentlich in dieser Situation voll konzentriert sein sollte.

Fischer trat einen Schritt vor. »Hast des gsehn? Da liegen Glückskekse hinter dem Topf.« Er zählte. »Sieben Glückskekse. Glückskekse? Weißwürscht, Weißbier, Brezen, süßer Senf ... und Glückskekse? Seltsam, oder?«

Charly rieb sich die Nase. Die Gedanken wollten sich einfach nicht ordnen lassen. Er war doch früher immer hellwach, solange die Arbeit an einem Tatort andauerte. Erst danach, zu Hause, war der Stress abgefallen und er war müde geworden. Jetzt stand er vor einer Leiche, fühlte sich schlapp und konnte die Informationen nicht in den richtigen Zusammenhang bringen.

Der Kollege vom Erkennungsdienst trat den Schritt wieder zurück, fasste hinter sich und hob eine große Plastiktüte hoch. Darin hatte er einen abgenutzten Fußball verpackt. »Der is mitten in der Küch am Boden gelegen«, erklärte er.

»Ja mei, ich hab auch einen Tennisball im Büro, zum Kneten und Werfen unterm Nachdenken. Vielleicht hat der Strohmeier beim Kochen immer ein bissl getrickselt.« Charly zweifelte zwar selbst an dieser Theorie, wollte aber darüber jetzt nicht weiter nachdenken.

Fischer legte den Fußball wieder zur Seite und deutete dann über den Küchentisch hinweg zum Fenster. »Des Fenster stand offen, wie wir gekommen sind«, erläuterte er.

Charly konnte durch die Öffnung nach draußen in einen vollständig zugepflasterten Innenhof mit Garagen, bemoostem Mülltonnenhäuschen und Fahrradständer sehen. Der Hof wurde von vier gleichartigen, graubraunen Wohnblocks begrenzt und gegenüber führte eine große Durchfahrt hinaus auf eine der Altstadtstraßen.

»Gewaltsam geöffnet, würd ich sagen«, fuhr Fischer fort. »Schau her: Das Schließgestänge is oben und unten verbogen und da am Rahmen und in der Mitte beim Riegel hat's die Spreizl rausghaut. Außerdem is die Scheibe unten links zerbrochen.«

Nach dieser Erklärung nahm Fischer Charly am Arm und zog ihn nach draußen in den Flur. »Zu guter Letzt is auch noch die Haustür eingetreten. Darum hat ihn auch der Nachbar gefunden. Der is aus der Arbeit nach Hause gekommen und hat die Tür gesehen.«

Auch Charly waren der zersplitterte Holzrahmen und das halb herausgerissene Schloss der Tür gleich aufgefallen, als er im Treppenhaus vor der Wohnung gestanden war.

»Hier hab ich einen Schuhabdruck gesichert«, verkündete Fischer. »Auf Höhe des Türgriffs. Grobstolliges Profil.«

Charly rieb sich den Nacken, legte den Kopf zurück, dass die Halswirbel knacksten, und seufzte.

Bernd Fischer klatschte dagegen in die Hände. »So, ich verpack jetzt noch die paar Sachen in der Küche und dann ist das dein Fall, Charly Valentin. Mit Fenster, Tür, Fußball, Glückskeksen und Weißwürscht.«

Als Fischer zurück in die Wohnung ging, öffnete sich unten die Haustür und zwei Mitarbeiter des Bestattungsunternehmens werkelten einen Zinksarg ins Treppenhaus.

Natürlich war Fischer nicht sofort verschwunden. Er hatte zunächst noch zusammen mit Charly die restlichen Spuren und Asservate verpackt. Schließlich hatten sie die Leiche entkleidet und untersucht, bevor die beiden Mitarbeiter des Bestatters, ein bulliger, breitschultriger Kerl und ein kleines, dünnes Männchen, den Leichnam ungeschickt durch den Schreibtischraum nach draußen in den Flur bugsierten, wo sie ihn unsanft im Zinksarg ablegten.

»Geht gleich nach München zur Rechtsmedizin. Dort ist heut noch Obduktion«, wies Fischer die Bestatter an.

»Ach!«, entfuhr es Charly, der mit einem Obduktionstermin frühestens morgen Nachmittag gerechnet hatte.

»Ja, ja!« Fischer streckte einen Daumen in die Höhe. »Der Bruce in der EZ hat alles geregelt. Hat gleich Nägel mit Köpf gmacht und für heut noch einen Termin vereinbart.« Er legte Charly die Hand auf die Schulter. »Du warst so lang unterwegs. Und der Bruce hat gsagt, er weiß ja, dass es bei der Kripo immer pressiert. Immer volle Kraft voraus, hat er gsagt.«

Da konnte man dem Nordlicht in der Einsatzzentrale nicht mal einen Vorwurf machen. Normalerweise hatte er ja recht. Aber ausgerechnet heute hätte Charly gerne die Ermittlungen beendet und sich morgen, ausgeruht und voller Tatendrang, ans Werk gemacht.

»Na gut, fahrst du mit mir nauf?«, fragte er Fischer. Charly war selbst überrascht, wie niedergeschlagen er klang.

»Bestimmt nicht!«, entgegnete der Erkennungsdienstler. »Ich mach hier schon den ganzen Tag Bereitschaft, damit alle andern in Betriebsausflug fahren können, und renn dabei von einem Tatort zum andern. Da werd ich jetzt um ...«, er sah demonstrativ auf die Uhr, »um Neune auf d'Nacht garantiert nicht mehr nach München nauffahren.«

Charly erinnerte sich an die paar Gläser Wein, die er im Laufe des Tages getrunken hatte. »Selber kann ich aber nimmer fahren«, stellte er fest, verbesserte jedoch gleich: »Kann schon, darf aber nimmer.«

»Frag doch die Herren Bestatter«, schlug Fischer vor, »die fahren sowieso den Strohmeier nauf. Da kannst dich ja vielleicht hinten dazulegen.« Selten hatte Charly Fischer so blöd grinsen sehen. Vielleicht war der Kollege sauer, weil er Dienst schieben musste, statt den Betriebsausflug zu genießen. Und Charly war jetzt das einzige verfügbare Ziel für seine kleine Rache.

Die beiden Bestattungsexperten glotzten Charly ein wenig ungläubig an, als er nach einer Mitfahrgelegenheit fragte, hatten dann aber keine Einwände. Natürlich musste er nicht hinten neben Strohmeier liegen, denn zum Glück waren Pat und Patachon mit einem Mercedes Sprinter unterwegs, der auf der Beifahrerseite über eine etwas breitere Sitzbank verfügte. Leider war das kleine Männchen der Fahrer. Auf der Beifahrerbank quetschte sich der Bullige neben Charly, der während der Fahrt versuchte, sein Knie so weit wie möglich vom Schaltknüppel wegzuhalten, um vertrauliche Berührungen des Bestattungsmännchens zu vermeiden.

Das Obduktionsteam wartete bereits, als sie kurz vor zehn in München ankamen. Während die Trauerhelfer den Sarg ausluden und die Leiche auf einen der Edelstahltische verfrachteten, erläuterte Charly dem Herrn Doktor und seinen Assistenten die Auffindesituation, einschließlich Weißwürscht, Weißbier, Fußball und Glückskeksen.

»Na dann dürfte der Todeszeitpunkt ja relativ klar sein«, dröhnte der Obduzent durch die nächtliche Stille des Leichenkellers. Charly sah ihn fragend an.

»Vor dem Zwölfuhrläuten eben«, erklärte der Doktor und lachte schallend über seinen Witz. »Wegen der Weißwürste halt. Oder ist das nicht mehr so? Ich bin ja nicht von hier, aber meine Frau legt da immer Wert drauf.«

Charly hatte das glasklare Hochdeutsch des Mediziners zwar registriert, war aber zu müde, um intensiver darüber nachzudenken.

»Doch, doch. Bei frischen schon«, erklärte er matt. »Die ausm Supermarkt könnens aber nach zwei Wochen auch noch essen. Die schmecken immer gleich.« Ihm fiel ein, dass er bislang noch nicht wusste, woher die Würste, die Strohmeier als Letztes auf dieser Welt zu sich genommen hatte, stammten. Eventuell würde sich daraus ein erster Ermittlungsansatz entwickeln lassen. Doch wie gesagt, er war zu erschöpft, um Gedanken zu fassen, die logisch aufeinander aufbauten.

Charly hatte vor der Abfahrt in Ingolstadt versucht, mit dem Dienststellenleiter, Kriminaloberrat Zwerglein, zu telefonieren. Er hatte nur so viel verstanden, dass die ganze Mannschaft offenbar wohlbehalten in der fränkischen Traditionsgaststätte zum Abendessen eingetroffen war. Ein vernünftiges Telefonat war aufgrund des Lärmpegels im Hintergrund nicht zustande gekommen und Zwerglein war gar nicht auf die Idee gekommen, zum Telefonieren nach draußen zu gehen. Er hatte sich auch schon recht flüssig angehört.

Gegen diese scheppernde Geräuschkulisse, die Charly immer noch im Ohr klang, wirkte die Stille im Obduktionsraum regelrecht erholsam. Da das eingespielte Team aus Doktor und Assistenten oft minutenlang wortlos nebeneinanderher arbeitete, waren das Surren der Neonröhren und das hässliche Knacken, Reißen und Schmatzen, wenn Knochen getrennt, Sehnen zerschnitten wurden oder der Schädel geöffnet wurde, die einzigen Töne in dem schaurigen Keller.

Charly ertappte sich dabei, wie ihm beinahe die Augen zufielen. Im Gegensatz zu sonstigen Leichenöffnungen stand er heute vollkommen teilnahmslos als Betrachter daneben. Obwohl er doch den Toten auch noch gekannt hatte. Es war wirklich ein sehr langer, anstrengender Tag gewesen. Jetzt in dieser ruhigen, nüchternen, wenn auch nicht gemütlichen Atmosphäre, in der Charly zum Zusehen verdonnert war, fiel die erste Anspannung ab und der Körper wollte sich ausruhen.

Eine junge, nicht unattraktive Helferin notierte in anmutig geschwungenen Ziffern die Gewichte von Leber, Lunge und Herz an der Wandtafel, während der Obduzent selbst mit einem scharfen Messer das Gehirn filetierte. Wie Carpaccio, dachte Charly. Er registrierte, dass er keinen Hunger verspürte, obwohl die Brotzeit mittags am Weingut das Letzte war, was er gegessen hatte. Als kurz darauf die Assistentin Menge und Art des Mageninhalts sowie den Füllstand der Blase in ein Deckenmikrofon diktierte, fiel ihm auch noch ein, dass er seit dem Vormittag nicht mehr auf der Toilette war. Reflexartig meldete sich seine eigene Blase.

»Ich komm gleich wieder«, informierte er das Schnipplerteam und verließ den Obduktionsraum. Er ging den düsteren Gang nach hinten und um zwei Ecken, wo er schließlich fündig wurde. Allerdings unisex, es war kein Urinal vorhanden. Na gut, dachte Charly, Sitzbiesler! Sieht ja keiner. Und ein bisserl hinsetzen und zur Ruhe kommen wird auch nicht schaden.

Er setzte sich und stützte das Kinn in die Hände. Er rechnete kurz nach: seit 18 Stunden war er jetzt auf den Beinen. Zuerst verantwortlich für den ganzen Haufen der Kripo-Angehörigen, dass da ja alles klappt und jeder Spaß hat beim Betriebsausflug. Und jetzt auch noch zuständig für die Ermittlungen in einem Todesfall. Wahrscheinlich sogar ein ganz klarer Mord. Hatte der Obduzent eigentlich ... irgendwie ... In dem Moment fielen ihm die Augen zu, und er döste ein wenig vor sich hin.

Als irgendwo eine automatische Lüftung zu surren begann, wurde er wieder wach. Hoppla, dachte er, jetzt wär ich fast eingeschlafen. Er zog die Hose hoch und verließ die Toilette. Der Gang war dunkel und nur das Lüftungssurren unterbrach die Stille. Charly konnte keinen Lichtschalter finden und tastete sich an der gefliesten Wand entlang in Richtung der Obduktionssäle. Auch dort brannte nirgends Licht und alles war still. Der Schein mehrerer Kontrollleuchten an der Wand ließ die Konturen der Einrichtung in den Räumen erkennen. Der Edelstahltisch, auf dem sie gerade eben Strohmeier aufgeschnitten hatten, war leer. Kein Obduzent, keine attraktive Assistentin, kein Igor, keine Bestatter mehr zu sehen. Scheren, Skalpelle und sonstige Gerätschaften waren ordentlich verräumt. An der weißen Wandtafel standen noch Größen und Gewichte von Strohmeiers Organen.

»Hallo!« Charly ließ die Obduktionssäle links liegen und tappte den dunklen Flur entlang, um zu der Tür zu gelangen, die hinaus in den Hinterhof führte und durch die Polizei und Bestatter normalerweise das Gebäude betraten. Er erreichte den Vorraum, quasi das Foyer der Rechtsmedizin, mit dem Dienstboteneingang. Hier wurden während der Geschäftszeiten von den Bestattern die Toten aus den Zinksärgen auf die Rollbahren gehievt. Jetzt hörte man nur das Summen der großen Kühlfächer, die links und rechts jeweils die Wände bis hinauf zur Decke bildeten. Da liegen grad jede Menge Ermordete und sonst irgendwie komisch Gestorbene drin, ging es Charly durch den Kopf. Hoffentlich ist nicht grad Mitternacht. Er wusste gar nicht, wie spät es eigentlich war. Er kramte sein Handy heraus, musste aber feststellen, dass der Akku den Anforderungen des langen Tages nicht Stand gehalten hatte. Murrend steckte er das Telefon wieder weg. Neben der Tür zum Hof fand er endlich einen Lichtschalter. Doch als er ihn betätigte, wurde es nicht hell. Offenbar war irgendwo ein Generalschalter ausgeknipst, und es wurden nur noch Kühlung und Lüftung mit Strom versorgt. Mehr brauchten die Toten nicht. Die Tür nach draußen war versperrt und die Fenster waren außen mit Gittern gesichert. Charly fiel ein, dass ihm sein Sohn Ludwig erst vorgestern erklärt hatte, wie er sein Handy als Taschenlampe nutzen konnte. Aber der Akku war ja leer. Mittlerweile glaubte Charly zu hören, dass sich in das Kühlungssurren auch noch andere Geräusche mischten. Ganz deutlich vernahm er ab und zu ein Gluckern, mal links, mal rechts. Dann wieder ein entferntes Heulen, fast wie ein Stöhnen, ein Ächzen. Als er meinte, ein leises Klopfen zu hören, machte er sich auf den Weg zurück zu den Obduktionssälen. Am anderen Ende des Ganges fand er eine weitere Tür, die allem Anschein nach ins Innere des Gebäudes führte. Doch auch sie war versperrt und der Lichtschalter daneben führte ebenfalls nicht zur Erhellung. Er war im Leichenkeller eingesperrt und kam nicht raus. Er musste irgendwen anrufen. Aber der Akku war ja leer. Noch einmal tastete er sich den Gang zurück. Irgendwo musste doch ein Telefon sein. Schließlich fand er neben den Obduktionssälen einen lang gestreckten Raum, in dem auf kleineren Labortischen mehrere Mikroskope standen. Die gegenüberliegende Wand nahmen Regale ein, in denen reihenweise Einweckgläser mit präparierten Organen, Fingern, Hautfetzen und sonstigen Überresten ehemals Lebendiger standen. An der Stirnseite des Zimmers befand sich ein Schreibtisch mit einem Computer und einem Telefon. Doch wen sollte er anrufen? Der Gedanke, einem Kollegen aus der Ingolstädter Einsatzzentrale die ganze Geschichte zu erzählen, widerstrebte ihm. Das könnte er sich dann jahrelang anhören. Außer Bruce wäre sein Ansprechpartner. Aber der war nachmittags im Dienst gewesen und lag jetzt bestimmt daheim im Bett. Außerdem musste er zunächst hier aus dem Leichenkeller raus. Am Bereitschafts- oder Nachtdienst oder am Hausmeisternotruf der Rechtsmedizin führte kein Weg vorbei. Charly untersuchte den Schreibtisch und die nähere Umgebung, konnte aber in der Dunkelheit kein internes Telefonverzeichnis des Instituts finden. Aus Richtung des Vorraums drang wieder ein lang gezogenes Heulen durch den Keller. Und klopfte da schon wieder wer?

Charly hob ab und versuchte es einfach mit der Null. Es meldete sich zwar nicht der Bereitschaftsdienst, aber nach einiger Zeit ertönte das Freizeichen im Hörer. Aha, die Null führt zur Amtsleitung, stellte Charly fest. Und jetzt? Die öffentliche Nummer der Rechtsmedizin kannte er nicht, die Privatnummer von Bruce auch nicht. Die Einsatzzentralen Ingolstadt oder München anzurufen schied genauso aus wie Petra. Helmuth fiel ihm ein. Seine Telefonnummer kannte er. Er wählte, und nach unendlichem Klingeln meldete sich Helmuth mit einem mürrischen »Ja?«.

»Helmuth, da is der Charly!«

»Charly? Weißt du, wie spät es jetz is?«

»Äh, nein. Wie spät is denn?«

Es dauerte ein wenig und es raschelte in der Leitung. »Halb zwei!«

»Aha. Wie lang dauert eigentlich die Geisterstund?« Die Frage hatte Charly gestellt, ohne nachzudenken. »Is die um Eins aus oder geht die länger?«

»Was?« Offenbar erschloss sich Helmuth der Sinn der Frage nicht. »Spinnst du?«

Charly ging nicht darauf ein. »Helmuth, du musst mir einen Gefallen tun. Eigentlich zwei oder drei.«

»Aha!«

»Erstens: Stell jetz keine Fragen. Ich erklär dir alles später. Zweitens: Ruf bei der Rechtsmedizin in München an. Die sollen den Leichenkeller aufsperren.«

»Hä?«

»Keine Fragen! Drittens, ruf ein Münchner Taxi. Eine Fahrt von der Rechtsmedizin ungefähr bis zu mir heim.«

»Aber ...«

»Mach des jetz bitte. Ich will da raus. Frag ned!«

Zwei Ärzte, eine Ärztin und eine Medizinisch-Technische Assistentin sperrten schwer bewaffnet mit Messern, Knüppeln und Stangen den Keller auf und schalteten das Licht an. Misstrauisch prüften sie Charlys Dienstausweis, sahen sich genau um, ob ihnen in den Obduktionsräumen oder an den Leichenkühlfächern irgendetwas auffiel, und ließen Charly dann endlich gehen.

Trotz der Müdigkeit fühlte er sich für einen kurzen Moment wunderbar, als er seine Lungen mit der Münchener Nachtluft füllte. Die Straßen waren nass und kleinere Zweige lagen auf der Fahrbahn. Nur noch ein warmer Luftzug schüttelte die Baumkronen vor dem Institut. Von der Straße aus konnte Charly erkennen, dass der Wind im tiefer gelegenen Innenhof des Instituts einige Blätter im Kreis herumwirbelte und dabei einen Handgriff an einem Stahlseil, der als Garagenöffner diente, ins Schwingen brachte. Immer wieder stieß der Griff gegen das Garagentor. Ein Unwetter war also die Ursache für das Gluckern, Heulen, Stöhnen und Klopfen gewesen, das er im Keller wahrgenommen hatte. Charly war ein moderner und rationaler Mensch, und trotzdem war er sehr froh über diese Erkenntnis.

Genauso misstrauisch wie zuvor die Ärzte betrachtete ihn der türkische Taxifahrer im Rückspiegel. Er war komische Fahrten gewohnt, aber nachts um zwei von der Gerichtsmedizin bis fast nach Ingolstadt? Und dann lächelte der Typ immer wieder ohne Grund, wenn er nicht gerade wegdöste. Das kam dem Fahrer offenbar suspekt vor.

»Schaust du scheiße aus, Mann«, stellte er fachkundig fest. »Ganz grün. Geht gut?«

»Alles bestens«, versicherte Charly, »bin nur müde.«

Der Taxifahrer wusste nicht viel von der hierarchischen Ordnung und den fachlichen Zuständigkeiten der Rechtsmedizin. Er wusste nur, dass es dort meistens um Tote ging. »Machst du mit Leichen rum?«

Charly überlegte kurz. Er war Ermittler im Kommissariat 1, zuständig für Straftaten gegen das Leben. »Ja, oft sogar«, antwortete er darum.

»Scheiße, Mann! Aber geht mich ja nix an.« Der Chauffeur schaltete sein Radio an und stellte eine Lautstärke ein, die Charly deutlich machte, dass der Taxler sich nicht mehr mit ihm unterhalten wollte. Der Rest der Fahrt verlief schweigend. Charly musste ab und zu lächeln. Und der Fahrer ließ ihn nicht aus den Augen.

Kurz nach drei schlich Charly so leise wie möglich ins Schlafzimmer und kroch ins Bett, ohne Licht zu machen.

»Des war aber ein langer Betriebsausflug«, murmelte Petra unter ihrer Decke, ohne dass Charly sie sehen konnte. »Was hat denn so lang gedauert? War's schön?«

Es hatte jetzt keinen Sinn mehr, von den Ereignissen des Tages zu berichten. Es hätte zu lang gedauert und nur Fragen aufgeworfen, die zu beantworten er jetzt keine Lust mehr hatte.

»Wunderbar!«, antwortete er, drehte sich um und schlief sofort ein.

Wie ferngesteuert stand Charly am Morgen automatisch auf, als um halb sechs der Radiowecker zu dudeln begann. Mit einem unangenehm dumpfen Gefühl im Kopf saß er kurz darauf im Auto und fuhr zur Arbeit. Auch über Ingolstadt war gestern Abend das Unwetter hinweggezogen, denn auch hier lagen kleinere Zweige auf den Fahrbahnen. Entlang der vierspurigen Münchener Straße verteilte sich an mehreren Stellen der Müll aus gelben Säcken über die Fahrbahn und auf den Geh- und Radwegen. Charly war zu matt, um sich darüber in gewohnter Weise zu ärgern. Er hatte kein Verständnis für das Ingolstädter Entsorgungssystem, bei dem jeder Haushalt seinen gelben Sack an einem bestimmten Abend an der Straße bereitstellte. Dadurch entstanden vor größeren Wohnblocks und Mietskasernen enorme, unansehnliche Sackberge. Und war es nicht der Wind, der den Inhalt der Säcke großflächig entlang der Straße verteilte, so erledigten dies kraftstrotzende, marodierende Jugendliche oder streunende Katzen und Marder. Normalerweise waren Charly derartige Umstände immer einige Schimpfwörter und Kraftausdrücke wert. Heute brachte er nur ein kraftloses »Zefix!« zustande.

Nachdem er den Akku seines Handys über Nacht aufgeladen hatte, schaltete er es im Büro wieder ein. Gleich darauf erhielt er eine SMS, die ihm mitteilte, dass die Mailbox am Abend zuvor um kurz vor zehn einen Anruf registriert hatte. Bruce hatte versucht ihn zu erreichen.

»Moing, Bruce. Du hast mich gestern noch angerufen. Mei Akku war leer.«

»Moin, Moin, Charly. Schon ausgeschlafen? Du, ich wollt dir nur sagen, dass wir gestern noch eine Vermisstenmeldung reinbekommen haben. Ein elfjähriger Bub geht ab. Ist mit Bauchweh von der Schule heim und wurde ab da nicht mehr gesehen. Wohnt aber gleich ums Eck von dort, wo ihr gestern die Leiche vom alten Strohmeier gefunden habt. Und da hab ich mir gedacht, ist vielleicht interessant für dich, wegen dem räumlichen und zeitlichen Zusammenhang.«

Bruce war ein feiner Kerl. Aber manchmal war er einfach zu laut, sprach zu schnell und zu viel. A Preiß halt. »Alles klar, danke für die Info. Ich schau mir den Fall an. Servus, Bruce.«

Charly legte auf und konnte gerade einmal durchschnaufen, da schlurfte Sandra herein und ließ sich hinter ihrem Schreibtisch in den Stuhl fallen.

»Moing, Charly. Mensch, bin ich kaputt.« Zum Beweis gähnte sie und streckte sich. »Bitte heut keine schwierigen Aufgaben.« Charly kam nicht dazu zu antworten, denn nun streckte Helmuth seinen Kopf ins Zimmer.

»Moing beinand. Was war denn jetz des gestern Nacht?«, fragte er und sah Charly aus müden Augen an.

»Was war gestern Nacht?«, mischte sich Sandra ein.

Charly hob beide Hände. »Später! Jetz is Frühbesprechung. Hopp, trink ma an Kaffee.«

Das ganze Kommissariat saß schwunglos um den Tisch herum, ließ stumm die Köpfe hängen und klimperte in den Kaffeetassen. Offenbar hatte nicht nur Charly eine kurze Nacht hinter sich.

Als Erster ergriff Oberrat Zwerglein als Dienststellenleiter das Wort: »Es war gestern ein wunderbarer Betriebsausflug. Bis zum Schluss. Des liegt natürlich zum einen an dem herrlichen Frankenland. Zum andern aber auch an der großartigen Organisation. Und dafür möcht ich dem Charly und seim Team noch mal herzlich danken. Habt ihr gut gemacht.«

Die Kollegen klopften auf die Tischplatte und murmelten zustimmend.

»Dann kommen wir kurz zum Tagesgschäft«, übernahm Kommissariatsleiter Barsch mit heiserer Stimme. »Gestern Nachmittag hat man ja den Strohmeier Hans tot aufgefunden. Deswegen hat der Charly vorzeitig den Betriebsausflug verlassen müssen. Vermutlich handelt es sich um ein Tötungsdelikt. Erzähl uns was über den Fall, Charly!« Barsch wirkte, als wäre er froh, nicht länger reden zu müssen. Sah aus, als wäre gestern noch einiges an heimatlichem Liedgut in die fränkische Nacht hinausgegrölt worden.

Charly schilderte die Auffindesituation. Er konnte dabei förmlich sehen, wie die übermüdeten Gehirne der Kollegen hinter den in Falten gelegten Stirnen versuchten, die Informationen zu verarbeiten. Die Blicke aus den matten Augen der Ermittler wurden immer fragender, als Charly von Weißwürsten, Glückskeksen, dem Fußball und aufgebrochenen Türen und Fenstern berichtete. Bevor jedoch am Ende irgendjemand eine Frage formulieren konnte, meldete sich Sandra zu Wort.

»Schaut aus, als hätts ihr diesen Strohmeier alle gekannt. Mir sagt der Name nix.«

»Da hast auch nix versäumt«, antwortete Helmuth. »Im Grund gnommen war der Strohmeier ein drum Depp.«

Konrad, dem Erbsenzähler, fiel der Unterkiefer herunter. Über Tote durfte man nichts Schlechtes sagen. An diesem Grundsatz des menschlichen Miteinanders hatte seltsamerweise auch seine jahrelange Tätigkeit als Todesermittler nichts geändert.

»Stimmt schon«, bestätigte hingegen Barsch. »Mir warn alle ned traurig, wie der damals nausgschmissen worn is.«

Um dem Kommissariatsleiter weiteres schmerzliches Gekrächze zu ersparen, wandte sich Helmuth wieder Sandra zu. »Der Strohmeier Hans war früher ein Kollege in der Schicht. Er war aber so ein Typ, der mit dieser …«, Helmuth suchte nach dem richtigen Wort, »na ja, mit dieser Macht, die du als Polizist in Uniform hast, nicht umgehen hat können. Immer wieder hat's Beschwerden gebn, weil er sich aufgführt hat wie ein Stier. Er hat reihenweise Widerstände provoziert, immer wieder Täterwatschn verteilt und war der Meinung, des is alles in Ordnung so, weil er ja die Staatsmacht is. In der Beziehung war er absolut belehrungsresistent.«

»Aber des war gar ned der Grund, warum er am End entlassen wurde«, ergänzte Charly. »Der Strohmeier war schon immer ein Weiberheld. Und sei Spezialität damals war eine ganz eigene Sachbearbeitung. Wenn eine Beschuldigte nett zu ihm war, dann is schon mal die Anzeige untern Tisch gfalln.« Charly verdrehte die Augen.

»Bis er an zwei junge Ladendiebinnen gekommen ist, Teenager«, übernahm Barsch wieder den Rückblick. »Die wollt er auch nötigen, also gemeinsam, quasi gleichzeitig. Verstehst?«

Sandra nickte zaghaft und Helmuth schaltete sich wieder ein: »Aber die ham sich des ned gfallen lassen. Und der Vater von einer war Jurist bei irgendeiner großen Firma. Der hat die Sach dann offiziell gmacht.«

»Bei den Ermittlungen hat sich rausgstellt, dass der Strohmeier des schon x-mal so praktiziert hat«, meldete sich erneut Charly. »Sei Glück war, dass keine der Damen vor Gericht aussagen wollte, bis auf die zwei Teenager. Drum hats nur eine Bewährungsstrafe und eine Geldauflage gegeben. Aber für die Entlassung hats greicht.«

»Des muss jetzt ungefähr fünfzehn Jahr her sei, oder?«, versuchte Barsch sich zu erinnern.

»Kommt hin«, bestätigte Charly. »Der Garn X. Conny war damals grad unser neuer Chef. Der hat uns danach recht umständlich belehrt, dass wir ja nix anfangen sollen, mit weiblichen Verdächtigen oder Zeuginnen. Den Strohmeier hab ich übrigens grad letzten Freitag noch getroffen. Komischer Zufall, oder?«

Helmuth nickte nachdenklich. »Nach seim Rauswurf hat der Strohmeier als so eine Art Privatdetektiv sein Geld verdient«, erläuterte er dann. »Ich hab bloß mal ghört, dass er es mit seim Charme immer wieder schafft, alten Damen einzureden, sie bräuchten einen Bodyguard, wenn sie ihre Klunker in der Stadt ausführen. Mit denen is er dann ins Theater und ins Konzert oder ins Café gegangen. Als unauffälliger Schatten. Mehr weiß ich aber ned drüber, wie er sein Geld verdient hat.«

»Wir werden das rausfinden«, stellte Zwerglein fest und wechselte das Thema: »Was is denn gestern bei der Obduktion rausgekommen, Charly?«

»Ja, äh …«, druckste Charly herum, »da muss ich jetzt dann gleich noch mal telefonieren. Der Obduzent wollt sich gestern ned so richtig festlegen. War scheinbar ned so gut drauf, und …« Er war sehr froh, als die Tür geöffnet wurde und die Aufmerksamkeit der Kollegen sich darauf konzentrierte. Margot, die unterfränkische Weinkönigin, betrat das Kaffeezimmer und reichte Charly einen Briefumschlag. »Hat grad jemand in der Wache für dich abgegeb.«

Auf dem weißen Kuvert mit dem dunkelgrauen Rand stand als Absender die Bestattungsfirma, die Strohmeier gestern nach München transportiert hatte. Charly öffnete den Umschlag.

Sehr geehrter Herr Kommissar, wir bedauern sehr das kleine Missverständnis von gestern Abend und hoffen, Sie hatten durch dieses Versehen nicht allzu große Unannehmlichkeiten. Bitte haben Sie Verständnis dafür, dass unsere Mitarbeiter es einfach nicht gewohnt sind, auf lebende Passagiere zu warten. Als kleine Wiedergutmachung dürfen wir Ihnen beiliegenden Gutschein überreichen in der Hoffnung, Sie demnächst bei uns begrüßen zu dürfen. Mit vorzüglicher Hochachtung, Trauerhilfe bla bla

Charly starrte auf eine Karte, die als Anlage beigefügt war. Ein Hochglanzfoto zeigte ein Grablicht an einem verschneiten Nelkengesteck. *Gutschein für eine umfassende Beratung in Bestattungs- und Trauerangelegenheiten*, stand darauf.

»So ein Schmarrn«, platzte Konrad, der Erbsenzähler, heraus, »so alt bist jetzt auch wieder ned, dass du eine Bestattungsberatung brauchst. Da wär ein Gutschein für eine Darmspiegelung viel gscheiter gewesen.«

Während die übrigen Kollegen zustimmend nickten und gut gemeinte Bestätigungen murmelten, krächzte Barsch mit Nachdruck: »Was für Unannehmlichkeiten? Was für ein Missverständnis? Charly, was war gestern Abend?«

»Später! Ich muss jetzt bei der Rechtsmedizin anrufen«, wich Charly aus, stand auf und verließ den Raum, ehe die anderen nachhaken konnten.

Sandra und Helmuth folgten ihm mit einem entschuldigenden Achselzucken und ließen den verdutzt dreinblickenden Dienststellenleiter und den verwirrten Kommissariatsleiter im Kaffeezimmer zurück.

Im Büro informierte Charly kurz darauf seine beiden Kollegen über die Ereignisse des Vorabends, bis ihn die zwei am Ende amüsiert angrinsten. Eine energische Handbewegung machte deutlich, dass Charly keinen Kommentar zu hören wünschte.

»Aber mit der Darmspiegelung hat der Konrad schon recht«, stellte Sandra dennoch abschließend fest. »Des sollt man in eurem Alter nicht auf die leichte Schulter nehmen.«

Bevor Charly protestieren konnte, bestätigte Helmuth: »Ich war schon.«

»Äh, ich telefonier jetzt«, wich Charly aus, »und dann fragen wir uns mal in dem Mietshaus vom Strohmeier durch. Wir haben ja schließlich einen Fall zu bearbeiten.«

Nachdem Charly den Obduzenten erreicht und sich vorgestellt hatte, konnte er das Grinsen des Mediziners förmlich durchs Telefon hören. »Wir haben uns schon Sorgen gemacht. Sie waren plötzlich verschwunden.«

»Ja, ich musste noch was erledigen.«

»Die Kollegen der Nachtschicht haben uns heute Morgen schon von dem Notruf aus Ingolstadt erzählt.«

Damit war die Sache aufgearbeitet und der Doktor fasste für Charly noch einmal das Ergebnis der Leichenöffnung zusammen. Strohmeier war gut genährt und rundum gesund gewesen. Todesursächlich war Sauerstoffmangel infolge einer Strangulation. Die Verletzungen und Verfärbungen am Hals ließen sich mit dieser These zwanglos in Einklang bringen. Manchmal konnte sich Charly über die ausgesprochen fachlichen Formulierungen direkt amüsieren: zwanglos. Wenn etwa bei einem brutalen, martialischen Verbrechen die Rede davon war, dass sich die drei kreisrunden parallel verlaufenden Stichkanäle in der Brust des Opfers *zwanglos* mit den Zinken der sichergestellten Mistgabel in Deckung bringen ließen.

Was dem Mediziner jedoch nicht gefiel, waren die Auffindesituation und das Fehlen jeglicher Spuren von Gegenwehr.

»Ich lasse mich doch nicht einfach so erdrosseln und zähl dabei in aller Ruhe von zehn rückwärts«, stellte er fachmännisch fest. »Da wehr ich mich doch. Bewusstlos geschlagen war er nicht, und besoffen war er auch nicht.«

Charly fragte nach, ob der Schnitt am Augenlid und die Verletzung des Auges von einem Abwehrkampf stammen konnten.

»Eindeutig postmortal«, erklärte der Obduzent. »Das Auge ist nach dem Tod ausgelaufen. In der Höhle haben wir einen Glassplitter gefunden. *Kuch* steht da drauf. Sagt Ihnen das was?«

»Kuchlbauer! Das ist eine Weißbierbrauerei hier in der Gegend.« Jetzt war Charly der Fachmann. »Sie meinen also, er ist nach vorn ins Weißbierglas gefallen, als der Täter ihn wieder losgelassen hat?«

»Das würd ich nicht sagen«, entgegnete der Mediziner. »Von den Verletzungen her ist zwischen dem Todeszeitpunkt und dem Nach-vorne-Fallen schon eine gewisse Zeit vergangen.«

Er wollte sich aber nicht auf genauere Angaben festlegen. Dagegen schlug er weitere Untersuchungen in alle möglichen Richtungen vor, die die Staatsanwaltschaft anordnen müsste. Charly sagte zu, die erforderlichen Aufträge einzuholen und verabschiedete sich.

Die Staatsanwältin, Frau Gambrini-Steinmetz, hob nach dem zweiten Klingeln ab. »Guten Morgen, Herr Valentin. Sind Sie wieder zurück von Ihrem Abenteuer in München?«

»Zefix! Was wissen denn Sie da drüber?«

»Die Cousine von meim Mann studiert in München und verdient sich was nebenbei als Babysitter. Unter anderem bei einer Ärztin, immer wenn die Nachtschicht in der

Rechtsmedizin hat. So wie gestern zum Beispiel. Und heut früh hats gleich angerufen, weil sie die Gschicht von dem Ingolstädter Kommissar so gruslig fand. Tja, die Welt ist ein Dorf.«

Schon wieder glaubte Charly, ein Grinsen förmlich hören zu können. Er räusperte sich und wurde dienstlich. Nach einer kurzen Zusammenfassung der bisherigen Erkenntnisse ließ er von der Staatsanwältin die weiteren Analysen der Rechtsmediziner anordnen.

Er hatte gerade den Hörer aufgelegt und wollte endlich raus und mit den Ermittlungen beginnen, als er einen Anruf erhielt.

»Moing Charly, Riederer, *Donaukurier*. Hat jetzt irgendwer den Strohmeier Jack umbracht? Ein betrogener Ehemann? Oder eine verlassene Liebschaft? Da solls ja mehr gegeben haben, die Jahre über!«

»Du Hubert, sei mir ned bös, aber ich darf dir jetzt noch nix dazu sagen, verstehst! Wir san no ganz am Anfang und es wird eine Presseerklärung geben.«

»Schon klar Charly. Aber des mit den Glückskeksen is schon komisch, oder? Also ich hab noch nie Glückskekse zu Weißwürscht gessen!«

»Zefix! Woher weißt denn jetz des schon wieder? Nein, halt. Ich will's gar ned wissen. Ich sag nix dazu.«

»Okay! Du, was anderes: Wie is es denn so, nachts allein in der Rechtsmedizin?«

»Ja, Herrschaft! Da Gambrini ihr Cousine? Oder wer hat dir des gsagt?«

»Hä? Nix Gambrini. Sei du mir bitte auch ned bös, Charly, Quellenschutz. Aber die Story heben wir uns auf. Vielleicht fürs Sommerloch: ›Nachts im Leichenkeller!‹ Stark, oder?«

Nach einigen freundschaftlichen Sticheleien verabschiedete sich Charly vom Lokalreporter. Er wollte endlich raus und anfangen.

Doch KOR Zwerglein, der Dienststellenleiter, betrat das Büro. »Was war denn jetz eigentlich bei der Obduktion?«, wollte er wissen. Charlys Bericht beschränkte sich auf die forensischen Fakten, und der Chef fragte nicht mehr nach den Gründen für den Gutschein. Er war gedanklich schon in eine andere Richtung unterwegs.

»Die Sach mit die Glückskekse, die is komisch«, stellte er fest. »Die sin bestimmt a Hinweis auf internationale Verstrickungen. Vielleicht ham da chinesische Triaden die Finger drin? Und da Strohmeier is auf irgendwas gstoßn, so als Privatdetektiv, der wo er ja war.« Wie immer dachte der Vorgesetzte, dem der lokale Handlungsrahmen zu eng war und der immer noch eine tragende Rolle im Ministerium anstrebte, in größeren Dimensionen. »Ich werd auf jeden Fall die Kollegen von der Organisierten Kriminalität informiern. Und ich werd schaun, dass ich einen von den Profilern aus München herkrieg. Die solln da mal so a Analyse machen.« Er nickte zur Bestätigung und zupfte an seinem Sakko. »Und jetz muss ich a Pressekonferenz vorbereiten. Wie geht's bei euch weiter?«

»Wir wollten die Nachbarn befragen«, antwortete Charly.

»Na dann los, da könntet ihr ja schon lang unterwegs sein.« Damit verschwand er wieder.

Obwohl das Haus, in dessen Parterre Strohmeiers Wohnung lag, mitten in der Altstadt unweit der Asamkirche stand, herrschte eine beruhigende Stille, nachdem die schwere Haustür wieder zugefallen war. Nur sehr gedämpft war der Lärm der Straße zu vernehmen: Autos, die auf der Suche nach Parkplätzen wie Geier um den Stadtkern kreisten, Schüler- und Studentenhorden auf dem Weg zur Mensa, zum Dönerladen oder zur Salatbar, Touristengruppen, die einem bunten Regenschirm hinterhertrotteten und sich begeistert über die perspektivische Darstellung von Elefanten und Pfeilen in der Maria de Victoria unterhielten. Es war kühl und roch modrig in dem geräumigen Treppenhaus. Oben, am ersten Treppenabsatz, konnte man Strohmeiers Tür an den Polizeisiegeln und an den Holzsplittern rund ums Schloss erkennen. Daneben führten noch zwei weitere Türen in die Wohnungen der Nachbarn. Und so sah es auch in den zwei Stockwerken darüber aus. Doch an keiner der acht Türen wurde ihnen geöffnet. In den Wohnungen blieb alles still. Joggingschuhe auf den Fußabstreifern waren meist der einzige Hinweis, dass hier tatsächlich die Menschen lebten, die auf den Türschildern standen.

»Koana dahoam«, stellte Sandra oben an der letzten Wohnung fest und blickte auf die Uhr. »Halb elf. Also ungefähr die Zeit, wo man Weißwürscht isst.«

Charly nickte. »Und wenn des in dem Geisterhaus jeden Tag so is, denn werdn wir da ned viele Zeugen finden.« Beide sahen sich ein wenig ratlos an, als unten der Straßenlärm lauter wurde und kurz darauf wieder abebbte. Jemand hatte die Haustür geöffnet.

»Hallo!«, rief Charly und lief die Treppe hinunter.

Ein knochiger, älterer Herr schlurfte eben mit gesenktem Kopf an Strohmeiers Wohnung vorbei, als Charly am ersten Treppenabsatz ankam. Der Mann schleppte schwer an einer Discounter-Plastiktüte. Er erschrak, als Charly plötzlich vor ihm stand.

»Grüß Gott, Valentin, Kripo«, stellte er sich vor.

Der Alte tippte sich ans Ohr und sagte: »Hä?«

Offenbar hatte er auch das »Hallo« zuvor nicht gehört. Charly wiederholte sein Sprüchlein etwas lauter. Sandra war inzwischen auch angekommen. Sie nickte nur freundlich und ersparte sich das Geplärr.

»Aah, wie der Sportreporter. Olympia Zweiundsiebzig!« Die Mine des Mannes hellte sich auf.

»Nein, nicht Valérien. Valentin!« Charly wurde noch lauter. »Nicht wie der Sportreporter, sondern wie der …« Er schüttelte den Kopf. »Is ja wurscht«, stellte er leiser fest, hob dem Alten seinen Dienstausweis unter die Nase und tippte auf seinen Namen. Dann schrie er ihn an: »Wohnen Sie da herin?«

»Ja, ja, ganz oben.« Der Mann deutete mühsam nach oben und hielt sich am Treppengeländer fest.

»Wir sind wegen dem Strohmeier da«, schrie Charly weiter und deutete auf die versiegelte Tür hinter ihnen. »Haben S' den gekannt?« Charly war mittlerweile froh, dass sonst niemand zu Hause war. Ein unbeteiligter Zuhörer hätte aufgrund der Lautstärke bestimmt einen Streit vermutet.

»Ja, mei, vom Sehn halt«, antwortete der Alte. Er hob die schmalen Schultern. »Gut Moing und Grüß Gott, mehr war ned. Der wollt ned redn.«

Versteh ich schon, dachte Charly, rief aber: »Wo san denn die ganzen andern, die da wohnen? San die um die Zeit nie daheim?«

Der Blick des Mannes wurde traurig. »Mei, müssen halt alle in ihr Arbeit, den ganzen Tag«, sagte er. »Ich bin der letzte von die Alten da. Die anderen, die früher hier gwohnt ham, san gstorbn oder im Heim.« Er senkte wieder den Kopf. »Oder sie könne sich die Miete nimmer leisten«, fügte er leise hinzu.

»Warn S' gestern daheim?«, fragte Charly.

»Was für ein Heim?«, erschrocken starrte er Charly an.

»Nein, ob Sie gestern Vormittag zu Hause warn«, plärrte Charly. »Is Ihnen irgendwas aufgefallen? Ham S' was gsehn, oder ghört?« Er hatte routinemäßig die Frage gestellt, ohne darüber nachzudenken, und erntete dafür einen verständnislosen Blick von Sandra.

Auch der Alte sah ihn nur entgeistert an und schüttelte langsam den Kopf.

»Oder können S' mir sonst noch irgendwas über den Strohmeier sagn?«

Der Mann hob den knochigen Zeigefinger in die Höhe. »Eine Zugehfrau hat er. Die kann Ihnen bestimmt mehr erzählen. Nette Frau, hat sich a paar Mal mit mir unterhalten.« Der Zeigefinger kratzte an der faltigen Schläfe herum. »Aber den Namen weiß ich gar ned.«

»Macht nix, den Namen bringen wir schon raus.« Charly lächelte den Mann an. »Sie ham uns schon geholfen. Danke«, beendete er schreiend das Gespräch.

Sandra schnappte sich die Plastiktüte und hakte bei dem Mann unter. »Ich geh schnell mit rauf. Muss noch kurz was nachschaun oben«, sagte sie laut und deutlich zu Charly. Der Alte lächelte sie an und stieg mit Sandra die Treppe hinauf.

Charly wartete vor Strohmeiers Wohnung. Als Sandra kurz darauf zurückkam, hörten sie von irgendwo ganz oben die ersten Klänge eines Marsches, zwar hinter verschlossenen Türen, aber dennoch schön laut.

»Na bravo. Also in dem ganzen Haus is tagsüber keiner daheim«, fasste Charly zusammen.

»Außer der Strohmeier«, korrigierte Sandra, »und der Herr Berg.« Dabei deutete sie nach oben in die Richtung, aus der der Marsch erklang.

»Der leider überhaupt ned mitkriegt, was da herinnen so passiert«, ergänzte Charly, »aber die Haustür unten is trotzdem immer offen.«

Sie traten nach draußen auf die Straße, deren Geräuschkulisse Charly jetzt gar nicht mehr so laut vorkam.

Ein wenig enttäuscht von der unergiebigen Hausbefragung sahen sie sich nach weiteren Ermittlungsansätzen um, nach irgendwem, den sie noch befragen konnten. Ein paar Augenblicke später rempelte Sandra ihren Kollegen an und deutete auf einen Friseurladen ein paar Eingänge weiter. Werbetafeln am Gehweg wiesen darauf hin, dass Damen und Herren gleichermaßen bedient wurden und die Aktionswochen für Färben und trendige Rasuren noch bis zum Monatsende verlängert worden waren.

»Friseure san immer erstklassige Informationsquellen«, stellte Sandra fest. »Zwei Stund Dauerwelle, da kannst jede Menge quatschen.«

Charly stimmte zu. »Fragen kost ja nix. Vielleicht hams den Strohmeier gekannt.«

Ein leises Bimbam erklang, als sie das Geschäft betraten. Gleich darauf stand ihnen der Inhaber gegenüber. Der junge Mann mit dem pflegeleichten Stiftenkopf war hinter einem Regal mit Stylingprodukten hervorgekommen und ein paar Schritte auf sie zugegangen.

Bevor sie sich als Ermittler der Kripo ausweisen konnten, rief er ihnen entgegen: »Grüß Gott, grüß Gott! Nix sagen, ich kann's erraten. Da bin ich echt gut.« Mit der Hand am Kinn musterte er einige Sekunden die Haartracht des verdutzten Charly. Dann schnippte er mit dem Finger. »Des ham ma gleich«, teilte er schließlich der vermeintlichen Kundschaft mit. »Is ja ein einfacher Fall.« Er ging halb um Charly herum. »Da hinten nehmen wir ein bisserl was weg, dann fällt's schon nimmer so auf, dass vorne weniger wird. Die paar Grauen kann man tönen. Da haben wir was ganz Neues, völlig unschädlich, direkt gsund schon fast.« Er baute sich wieder vor Charly auf. »Vorne geben wir eine Kleinigkeit dazu.« Er lachte. »Alter Friseurwitz! Nein, kein Problem, des schneiden wir zurecht und dann föhnen wir's hin. Schon fallen die Geheimratsecken nimmer auf.« Er lächelte Sandra an. »Und schon kann's Fräulein Tochter wieder stolz sein auf'n Papa.«

Sandra drehte sich um und grinste durchs Schaufenster zur Straße hinaus, während Charly seinen Dienstausweis zückte und das Missverständnis auflöste.

»Ach so«, sagte der Friseur, »na, dann hams jetzt halt eine kostenlose Beratung bekommen.«

»Keine Kunden da«, stellte Charly fest und sah sich demonstrativ im Laden um. »Läuft ned so.« Ein kleiner Teil in ihm kam sich schäbig vor. Doch er wollte diesem Schnippler, der so schonungslos die beginnenden Defizite an seinem Haupthaar angesprochen hatte, wehtun.

Der Friseur blieb jedoch völlig unbeeindruckt. »Das Geschäft geht gut. Ich kann nicht klagen. Aber jetzt machen wir dann gleich zu über Mittag. Um diese Zeit vergeben wir keine Termine.«

»Aha! Wir kommen wegen dem Hans Strohmeier, von da drüben.« Charly deutete nach draußen. »Sie wissen, was passiert is?«

»Ja, natürlich. Wir ham's mitgekriegt. Schreckliche Sache.«

»Wir wollten fragen, ob Sie den Strohmeier gekannt haben, und ob Ihnen gestern um diese Zeit, oder irgendwann mal, etwas Verdächtiges aufgefallen is.«

Der Meister der Schere strich sich über den Stiftenkopf. »Ja, mei, gekannt schon, wegen der Nachbarschaft. Aber der is immer nur vorbeigegangen an meim Laden. Keine Ahnung, wo der sich seine paar Federn hat schneiden lassen.« Er biss sich auf die Unterlippe und sparte sich augenscheinlich weitere Bemerkungen über die Frisur des Dahingeschiedenen. »Und aufgefallen«, fuhr er fort, »also, nicht dass ich wüsst. Während der Geschäftszeiten ham wir keine Zeit, dass wir auf die Straße rausschauen. Und wie gesagt, um die Zeit schließen wir. Da sitz ich jeden Tag über Mittag zwei Stunden im Keller. Ich muss mich um unsere Webseite kümmern, um Facebook und unsere App, die Onlinetermine bestätigen, Nachrichten und E-Mails beantworten. Man muss halt mit der Zeit gehen.« Entschuldigend hob er die Schultern.

»Können S' uns vielleicht noch irgendwas über den Strohmeier sagen?«, fragte Sandra.

»Sie meinen Tratsch«, antwortete der Friseur. »Ich ned, weil mich des ned interessiert. Aber da weiß ich jemanden für Sie.« Er ging nach hinten und öffnete eine Tür. Dann rief er »Maa-am!« Als die Gerufene erschien, stellte er sie den Kommissaren als Seniorchefin des Salons vor. Die rostorangerote Mähne seiner Mutter war für den Geschäftsinhaber eine bessere Reklame als sämtliche gekünstelten Werbefotos im Schaufenster. Schließlich teilte der Junior ihr mit, dass ihr Fachwissen gefragt sei.

»Nicht das als Friseurmeisterin, das andere«, fügte er mit einem verschmitzten Lächeln an.

»Der Strohmeier«, begann sie, nachdem Charly sein Anliegen vorgebracht hatte, »nix für ungut, aber des war ein Hallodri. Ein Schürzenjäger.«

Ihr Sohn schüttelte amüsiert den Kopf und verschwand mit ein paar leeren Kartons nach hinten.

»Nur Jäger oder auch mit Beute?«, fragte Charly.

»Ach, so genau hab ich den Mann auch nicht gekannt.« Die Friseurmeistermutter winkte ab. »Und getratscht wird ja viel. Da möcht ich jetzt gar nix erzählen. Aber wie gsagt: Er war halt kein Kind von Traurigkeit, der Strohmeier.«

»Können S' uns vielleicht irgendwelche Namen sagen, die vielleicht nur so gesprächsweise gefallen sind?«, setzte Sandra nach.

»Nein, ich weiß dazu nix Konkretes.«

»Kennen Sie die Zugehfrau vom Strohmeier?«, mischte sich Charly wieder ein.

»Ja, ja, die Frau Zauner. Eine nette Frau. Kommt auch hin und wieder zu uns und lässt sich die Haare machen. Mei, sie hat sich halt gekümmert, um den Haushalt quasi.«

Sogar Charly hörte aus dieser Mitteilung heraus, dass sich die Frage verbot, ob man Frau Zauner zu den Beutetieren Strohmeiers zählen musste.

»Wissen Sie, wo die Frau Zauner wohnt?«, fragte er stattdessen.

Die Friseurin begab sich hinter den Kassentresen und die Mähne wippte locker elastisch, als sie sich nach unten bückte. Kurz darauf tauchte sie zeternd und mit hochgezogenen Schultern wieder auf. »Ich hab's irgendwo aufgschrieben ghabt. Aber mit dem ganze modernen Graffl, da findst ja bei uns nix mehr. Und jeder Zettel wird immer glei weggschmissen.«

Zum Glück tauchte ihr Sohn wieder auf.

»Die Adresse von der Frau Zauner suchen wir«, schleuderte sie ihm entgegen. »Da war doch irgendwo der Zettel.«

Mit drei großen Schritten war der Ladeninhaber bei ihr, griff sich ein Tablet vom Tisch und wischte darauf dreioder viermal hin und her. »Frühlingsstraße 13, brauchen S' die Telefonnummer auch?«

Sandra notierte sich die Daten. Der Friseur streckte seiner Mutter den kleinen PC-Bildschirm entgegen und die sah demonstrativ darüber hinweg.

Als Charly und Sandra sich für die Auskunft bedankten und sich verabschiedeten, meldete sich nochmals die Friseurin: »Wenn S' wirklich was von dem Tratsch hier im Viertel erfahren wollen, dann fragen S' die Frau Zwingerl. Die weiß alles, über jeden.«

»Aha, sehr gut. Und wo finden wir die Frau Zwingerl?«

Der Friseur wischte auf dem Tablet herum, doch seine Mutter antwortete: »Um die Zeit wirds vermutlich in der Finanzamtskantine sein. Da trifft sie sich mittags meistens mit ihre Freundinnen.« Mit einem abschätzigen Blick auf ihren Sohn fügte sie hinzu: »Des steht da ned drin.«

»Zwingerl oder Zauner? Was machen wir zuerst?«, fragte Sandra draußen.

»Wenn die Zwingerl grad in der Kantine is, dann gehen wir doch gleich da hin«, entschied Charly. »Und nachmittags fahrn wir zur Zauner.«

Immer wenn Schnitzel mit Kartoffelsalat auf dem Speiseplan stand, herrschte besonders viel Betrieb in der Finanzamtskantine. Als Charly und Sandra den Speisesaal betraten und sich umblickten, entdeckten sie zuerst Helmuth. Er saß ganz vorne am ersten Tisch nach der Kasse und ließ seine Yvonne, die freundlich lächelnd kassierte, während des Essens nicht aus den Augen. An einem anderen Tisch, rechts neben dem Gang zur Theke, fielen ihnen fünf ältere Damen auf. Eine trug eine graue, eine andere eine rosafarbene Häkelmütze, eine weitere einen Trachtenhut, die vierte eine blasslila Dauerwelle und die letzte schließlich einen bunten

Seidenschal. Sie waren mit der Mahlzeit fertig und ins Gespräch vertieft, als Charly an den Tisch trat.

»Entschuldigung, ist eine der Damen die Frau Zwingerl?«

»Ja«, sagte die mit dem Trachtenhut unsicher.

»Pass auf, Luise!«, warnte die rosa Häkelmütze, »des könnt so ein Enkeltrick sein. Der will dein Geld.«

Charly zog seinen Dienstausweis hervor. »Nein, nein. Es ist schön, dass Sie so wachsam sind. Aber wir sind von der Polizei.« Er setzte sich auf den freien Stuhl. Sandra blieb hinter ihm stehen.

»Könnt auch ein Trick sein«, warf die mit dem Seidenschal ein, ohne Charly anzusehen, »hört man ja immer wieder.«

»Frau Zwingerl, wir wollen kein Geld von Ihnen«, stellte Sandra klar. »Wir wollten Sie fragen wegen dem Strohmeier, der gestern tot in seiner Wohnung gefunden worden ist. Sie sind uns als Auskunftsperson genannt worden. Haben S' davon ghört?«

»Ja, ja, natürlich hab ich des mitgekriegt«, bestätigte Frau Zwingerl. »Also ghört hab ich halt davon«, berichtigte sie. »Gsehn hab ich nix.«

»Es muss gestern um die Mittagszeit gewesen sein, eher davor vielleicht«, meldete sich Charly wieder.

»Gestern warst ja gar ned da beim Essen, Luise«, stellte die graue Häkelmütze fest.

»Was hätts denn gegeben gestern«, fragte Luise Zwingerl.

»Gulasch mit Nudeln«, berichtete die rosa Mütze. »Aber wieder so viel Flaxen drin.« Sie winkte ab.

»Gut war's schon«, stellte die mit dem Seidenschal fest.

»Wo warst denn eigentlich?«, wollte die graue Mütze von Luise Zwingerl wissen.

»Beim Arzt hab ich einen Termin ghabt.«

»Ach, fehlt dir was?«, sorgte sich die Dauerwelle. »Müssen wir uns Sorgen machen?«

»Wegen meim Ischias halt. Zurzeit is wieder schlimm.«

»Da musst zum Doktor Müller gehen«, riet die mit dem Seidenschal. »In der … wie heißt denn jetz die Straße?«

»Meine Damen, Entschuldigung«, unterbrach Charly. »Das bringt uns ned weiter. Frau Zwingerl, eigentlich wollten wir Sie nach dem Strohmeier und der Frau Zauner fragen.«

»Zauner? Was für a Zauner?«, fragte die rosa Mütze nach.

»Die hat dem Strohmeier so a bisserl den Haushalt gmacht. Die Tochter vom alten Zauner Gustl«, erklärte Frau Zwingerl der Runde. »Der war früher Maurer beim Senftl, also beim Vater noch.« Sie lehnte sich zurück und schüttelte den Trachtenhut. »Der hat doch so gsoffen.«

»Der Senftl?«

»Nein, der Gustl.«

»Hat der dann des Reserl vom Haberstroh gheirat?«, fragte die Graue.

»Müssen!«, warf die Dauerwelle ein. »Heiraten müssen. Die war ja so dumm!«

Charly wurde ungeduldig. »Meine Damen, Frau Zwingerl, bitte. So kommen wir ned vorwärts. Is Ihnen denn in letzter Zeit irgendwas aufgefallen, was im Zusammenhang mit dem Strohmeier stehen könnt?« Ihm fiel selbst auf, dass die Frage viel zu global und völlig ins Blaue hinein formuliert war. Aber es gelang ihm nicht, bei dem Gesprächswirrwarr der Mädels einen klaren Gedanken zu fassen.

»Jetzt, wo Sie's sagen«, antwortete Frau Zwingerl nachdenklich. »Ich hab gestern einen gsehn, der is in des Haus gegangen, eigentlich mehr gerannt. In des Haus, in dem der

Strohmeier wohnt ... also gwohnt hat«, berichtete sie. »So ein finsterer Typ. Und der wohnt da nicht, des wüsst ich. Muss um die Mittagszeit gwesen sein, als ich vom Arzt gekommen bin.«

»Um Gottes willen!« Der Seidenschal und die rosa Mütze schlugen die Hand vor den Mund, während die graue Mütze feststellte: »Da hast ja Glück ghabt. Wenn du dem in die Arme rennst.«

»Genau wie die Leinert Fanny«, erinnerte sich die lila Dauerwelle. »Damals nach dem Krieg is die auch zufällig diesem Ami in die Quere gekommen. Und der hat sie dann drei, vier Mal ...«

»Also des geht so nicht«, fiel Charly der Frau ins Wort. »Frau Zwingerl, sagen Sie mir bitte nur noch, ob Sie den Mann beschreiben können, den Sie gsehn haben.«

»Des tut mir jetzt leid, dass ich des sagen muss«, antwortete Frau Zwingerl, »aber der hat mich an eine Wildsau erinnert, wie er so an mir vorbei ist. So ein mächtiger Schädel, rot. Und wilde schwarze Haare und Stoppeln im Gsicht. Und weil er eben so wild dahin gestapft is. Darum is er mir ja aufgefallen.«

»Ja hör nur grad auf«, unterbrach sie der Seidenschal. »Da kann dir ja angst und bang werden, wennsd hörst, was bei uns so alles rumläuft.«

»Man ist nicht mehr sicher«, bestätigte die graue Mütze.

»Mein lieber Herr Gesangsverein«, war der lakonische Kommentar der lila Dauerwelle.

»Aber die Leinert Fanny hat ihn damals dann gheirat, ihrn Ami«, berichtete die rosa Mütze, »und is mit ihm rüber.«

Resigniert massierte Charly sich mit der linken Hand die Schläfen. »Frau Zwingerl, bitte kommen Sie mit zu uns ins

Büro, damit wir eine ordentliche Aussage aufnehmen können.« Er sparte sich den Hinweis, dass dies hier im Kreise ihrer Freundinnen absolut keinen Sinn hatte.

»Später«, stellte Frau Zwingerl definitiv klar. Und als Charly sie verblüfft anblickte, fügte sie hinzu. »Ich komm nachher bei Ihnen vorbei. Jetzt müssen wir zuerst zum Wiedamann. Da treffen wir uns auf einen Kaffee mit zwei Freundinnen.«

Die Zwingerl mit dem Trachtenhut, der Seidenschal, die lila Dauerwelle und die rosa und die graue Häkelmütze lächelten Charly an. Ihm wurde klar, dass jede Gegenrede zwecklos sein würde. Er reichte Frau Zwingerl eine Visitenkarte. »Also bis dann, viel Spaß beim Kaffee.«

Charly und Sandra verabschiedeten sich von den Damen, holten sich ein Schnitzel, zahlten bei Yvonne und setzten sich zu Helmuth.

Sandra hatte recht behalten. Sie hatte getippt, dass das Kaffeekränzchen knapp zwei Stunden dauern und Frau Zwingerl nicht vor halb drei auftauchen würde. Helmuth hatte gemutmaßt, die Neugier würde sie spätestens nach einer Stunde zur Polizei treiben. Und Charly war davon ausgegangen, dass sich die Freundinnen so in ihren Gesprächen verlieren, dass Frau Zwingerl heute überhaupt nicht mehr kommen würde.

Nun saß sie da, hielt ihre Handtasche auf dem Schoß fest, und berichtete von ihrer Begegnung mit dem Verdächtigen. Sie sei um die Mittagszeit von der Arztpraxis nach Hause unterwegs gewesen, als plötzlich dieser Kerl an ihr vorbeigestürmt und hinter der »Strohmeier-Haustür« verschwunden sei. Er hätte sie beinahe umgerannt. Der Mann habe zornig gewirkt, berichtete sie. Beschreiben konnte sie ihn als groß und stämmig, beinahe dick. Aufgefallen war ihr das gerötete, aufgedunsene Gesicht mit den kleinen, tief liegenden Augen und den dunklen Bartstoppeln vom Hals übers Doppelkinn bis unter die Knollennase. Und der massige Schädel mit ungepflegten, schwarzen Haaren, die in alle Richtungen standen.

»Wie eine Wildsau halt, tut mir leid. Außerdem hat er nach Schnaps gerochen.«

Von Strohmeiers Lebenswandel konnte oder wollte Frau Zwingerl nichts berichten. Und von der Zauner war ihr angeblich nur bekannt, dass sie sich mehrmals pro Woche, zu unterschiedlichen Zeiten, um Strohmeiers Haushalt kümmerte, für ihn einkaufte und seine Wäsche zum Waschen mit nach Hause nahm. Sonst nichts.

Charly glaubte ihr nicht ganz. Aber der Hinweis auf die »Wildsau« war mehr, als er zu Beginn der Ermittlungen erwartet hatte. Darum fragte er vorerst nicht weiter nach und führte Frau Zwingerl nach unten zum Ausgang. Morgen beim Mittagessen würde sie was zu erzählen haben.

Charly erreichte Frau Gambrini-Steinmetz, die Staatsanwältin, telefonisch. Sie stimmte einer Pressemeldung mit der Beschreibung des Tatverdächtigen zu. »Aber lassen S' den Begriff *Wildsau* weg«, bat sie. »Da kämen wir nicht groß raus.«

Danach verfasste Charly einen Fahndungsaufruf, der über die Pressestelle an Hubert Riederer vom *Donaukurier* ging.

Kurz vor vier standen Sandra und Charly vor dem Wohnblock an der Frühlingsstraße, direkt neben dem Bahngleis. Sie fanden zwar die Klingel von Elfriede Zauner, es öffnete aber niemand. Während sie ein wenig ratlos vor dem Eingang herumstanden, kam eine Frau mit Fahrrad auf sie zu. Sie mochte Ende vierzig sein, war weder auffallend klein noch groß und wirkte auf den ersten Blick schlank, obwohl bei näherer Betrachtung ausgeprägte weibliche Formen ins Auge stachen. Sie schob ihr Rad, das mit einem vollen Einkaufskorb am Gepäckträger, einer Discountertüte links am Lenker und einer Packung Klopapier rechts schwer beladen war. Sie stellte das Rad vorsichtig vor dem Eingang ab und hievte den Korb herunter. Dabei grüßte sie mit einem Lächeln die zwei Fremden.

»Grüß Gott«, erwiderte Charly, »entschuldigen Sie, wissen Sie zufällig, wo wir die Frau Zauner finden?«

»Ich bin die Frau Zauner.« Mit der Linken strich sie eine Strähne ihrer halblangen braunen Haare nach hinten.

Charly überlegte kurz, ob die rotmähnige Friseurmeistermutter für die flotte Frisur verantwortlich sein mochte.

»Ja, prima.« Er stellte sich und Sandra vor und hielt Frau Zauner den Dienstausweis hin.

»Kripo? Um Gottes willen! Hab ich was falsch gemacht?«

»Vielleicht könnten wir reingehen, Frau Zauner, und drinnen weiterreden.«

Frau Zauner trug den Einkaufskorb, Sandra die Tüte und Charly das Klopapier, als sie die Wohnung im ersten Stock betraten. Es war eine kleine, sehr einfach eingerichtete, aber saubere und ordentliche Wohnung. Frau Zauner bat ihre Besucher in die Küche, wo sie an einem kleinen Tisch Platz nahmen. Direkt vor dem Fenster polterte gerade ein Regionalexpress vorbei.

Charly lehnte Kaffee, Tee und Wasser dankend ab. »Frau Zauner, wir kommen wegen dem Herrn Strohmeier«, begann er.

»Aha«, antwortete sie unsicher.

Charly war überrascht, dass Frau Zauner von dem Vorfall offenbar noch nichts wusste. »Der Herr Strohmeier ist tot«, eröffnete er ihr. Und nach einer kurzen Pause, in der sie ihn fassungslos anstarrte, fügte er hinzu: »Wir müssen davon ausgehen, dass ihn jemand umgebracht hat.«

Ungläubig riss sie die Augen auf. Der Mund öffnete sich und die Unterlippe begann zu zittern. Die Augen wurden feucht, und als Frau Zauner schließlich langsam den Kopf schüttelte, liefen Tränen neben der schmalen, geraden Nase herunter. Sie schlug die Hände vors Gesicht und sackte schluchzend in sich zusammen.

»Verstehn S' mich bitte nicht falsch«, nahm Charly das Gespräch wieder auf, »aber das wundert mich jetzt, dass Sie noch nichts davon gehört haben. Sie führen dem Strohmeier den Haushalt? Ist das richtig?«

Sie richtete sich wieder auf und wischte sich unbeholfen die Tränen ab. »Ja. Nein, so kann man das nicht sagen.« Sie schniefte. »Ich schau nach dem Rechten, wisch mal durch, kauf das Notwendigste ein und mach ab und zu die Wäsche.« Wieder musste sie die vorwitzige Strähne nach hinten streichen. »Ich wär erst morgen wieder hingegangen.«

»Und wann warn S' des letzte Mal bei ihm?«

Sie überlegte kurz. »Gestern früh. Ich hab abgspült und das Bad geputzt. Wäsche war nicht so viel, dass es sich rentiert hätt.«

»Und was hat er da so gsagt, der Herr Strohmeier?«

»Er war gar nicht da. Ich hab einen eigenen Schlüssel. Und die Abmachung war so, dass ich einfach reingeh und selber nachschau, was erledigt werden muss.«

»So so, von wann bis wann waren S' denn in der Wohnung?«

»Dürft so acht gewesen sein, wie ich rein bin. Und ungefähr um halb zehn war ich fertig.«

»Is Ihnen da irgendwas aufgefallen in der Wohnung? Oder ham S' jemanden gsehn im Haus?«

Frau Zauner dachte wieder kurz nach, während sie sich über die Augen wischte. »Nein, in der Wohnung war alles wie immer. Und in dem Haus is tagsüber nie jemand da. Außer der Herr Berg von ganz oben. Aber der hört und sieht nix.«

Sandra nickte. »Wie war denn Ihr Verhältnis mitm Herrn Strohmeier?«, fragte sie dann. Und als sie sah, wie Frau Zauner zuckte, fügte sie an: »Also das Arbeitsverhältnis, mein ich.«

»Na ja«, antwortete die Gefragte zögerlich, »eigentlich kein offizielles. Ich hab mich halt drum gekümmert und dafür hat er mir ab und zu einen Fuchziger gegeben. Da war nix fest ausgemacht.« Sie brachte ein kleines Lächeln zustande. Den ersten Schock hatte sie anscheinend verdaut. »Ich putz im Bad, also im Wonnemar«, erklärte sie. »Immer abends ein paar Stunden. Aber da verdien ich natürlich nicht übermäßig viel. Drum war ich dankbar für die kleine Nebeneinnahme. Ich hoff, des is nicht schlimm.« Treuherzig blickte sie Charly aus feuchten Augen an.

»Des interessiert uns jetzt überhaupt nicht«, versicherte er. »Wir wollen den Fall aufklären. Drum haben wir noch eine andere Frage: Kennen Sie jemanden aus dem Bekanntenkreis des Strohmeier, der ... na ja, der so ungefähr ausschaut wie eine Wildsau? Also so breit und kräftig und ungepflegt, struppiger Bart, schwarze Haare?«

Elfriede Zauner starrte auf die Tischplatte vor sich und brauchte eine gewisse Zeit, bis sie Charly wieder ansah und den Kopf schüttelte. »Äh, nein, tut mir leid, das sagt mir nix. Ich muss aber dazu sagen, dass ich niemanden kenne, mit dem der Hans Geschäfte gemacht hat. Ob es jetzt Kunden waren oder so Überwachte. Er hat darüber nie gesprochen.«

»Wo Sie grad von seiner Arbeit reden«, hakte Sandra ein, »wir haben in der Wohnung nix gefunden: keinen Computer, kein Handy. Wissen Sie, wie er gearbeitet hat?«

»So einen Laptop hat er schon gehabt. Und so eine ... na wie heißt des, des er immer so angestöpselt hat, so eine Platte.«

»Eine externe Festplatte?«

»Genau, so hat er gsagt. *Mein Gehirn.* Aber des geht mich nix an, hat er gsagt. Drum weiß ich da jetzt auch gar nix drüber.«

»Hat er ein Handy auch ghabt?«

»Ja, schon.«

»Haben Sie die Nummer?«

»Nein, ich hab ja selber gar kein Handy. Zu teuer.«

»War des alles noch da, als Sie gestern früh in der Wohnung waren?«, fragte Charly.

Frau Zauner zuckte mit den Schultern. »Da hab ich nicht aufgepasst. Wie gsagt, ich war in der Küche und im Bad. Der Schreibtisch war für mich mehr oder weniger tabu. Des geht nur ihn was an, hat er gsagt.«

»Wissen Sie eigentlich, wo er gestern früh war?«

»Nein, das hab ich nie gwusst, wo er grad is. Wissen S', er hat immer allein sei Ding gmacht. Sei Spruch war: Alles wissen, nix sagn, und Auskunft nur gegen Geld. Und genauso war er auch mir gegenüber.«

Charly registrierte, dass Frau Zauner anscheinend schon akzeptiert hatte, dass Hans Strohmeier nicht mehr ist, sondern war. »Wann ham S' denn den Strohmeier zuletzt gesehen?«, fragte er.

»Vorgestern, am Montag, genau. Da war ich nachmittags kurz dort. Ich hab ihm seine Wäsche gebracht und die Küche aufgeräumt.«

»Und, is Ihnen da irgendwas aufgefallen? War er anders als sonst?«

Frau Zauner strich noch einmal die Strähne nach hinten, während sie nachdachte. »Nein«, antwortete sie schließlich zögerlich. »Er war wie immer. Wir haben nicht viel geredet am Montag. Er war an seinem Schreibtisch ghockt, und ich war in der Küche.«

»Sie sagen, Sie kaufen das Notwendigste ein«, meldete sich Sandra. »Haben Sie auch die Weißwürscht besorgt, die er gestern Vormittag gegessen hat?«

Frau Zauner wedelte mit den Händen. »Nein, nein. Da war er eigen. Die gehen mich gar nix an. Wissen S', er hat jeden Vormittag Brotzeit gemacht. Immer abwechselnd, mal Weißwürst, mal an Leberkäs, mal a Gselchts. Und des hat er immer selber besorgt, weil er da so bestimmte ... na ja, Spinnereien im Kopf ghabt hat. Der Metzger hat an dem Tag selber und frisch schlachten müssen, im Leberkäs hat nur das und das drin sei dürfen, des Gräucherte nur mit einem bestimmten Holz. Des hätt ich nie richtig machen können. Und mit die Brezen war er genauso.«

»Also hat er vermutlich die Weißwürscht gestern frisch gekauft. Sie wissen aber nicht, wo?«, setzte Sandra nach.

Frau Zauner nickte und schüttelte den Kopf gleichzeitig, was wohl Ja und Nein heißen sollte. »Wie gsagt, er hat immer alles frisch gekauft. Aber halt mal da und mal da. Wie's ihm gerade eingefallen is.«

»Hat er eigentlich noch andere Mitarbeiter ghabt, oder war er immer allein unterwegs?«, schaltete sich Charly wieder ein.

»Da gibt's schon zwei. Einen älteren Herrn, der arbeitet manchmal bei der Stadt als Fremdenführer. Scheibl oder Streubl. Und einen gewissen Bertl, den Nachnamen weiß ich nicht. Aber was die genau gmacht ham, weiß ich ned.«

»Wissen Sie vielleicht, wo wir den Bertl finden?«

»Anscheinend hängt der die meiste Zeit am Viktualienmarkt rum, oder in so einer Kneipe irgendwo hinterm Rathausplatz. Keine Ahnung, wie die heißt.« Als draußen ein ICE vorbeirollte, drehte sich Frau Zauner um und blickte auf die einfache Küchenuhr neben der Tür. Es war kurz vor fünf. »Brauchen wir noch lang?«, wandte sie sich Charly zu, »ich müsst nämlich dann in die Arbeit, ins Wonnemar.«

»Wir sind eigentlich schon fertig.« Sie standen auf und waren bereits unterwegs zur Tür, als Charly sich noch einmal umdrehte. »Ach ja, eine Frage hätt ich noch: Auf dem

Tisch neben den Weißwürsten lagen Glückskekse. Können Sie uns dazu was sagen?«

Elfriede Zauner schlug die Hand vor den Mund und riss die Augen auf. »Die Chinesen!«, flüsterte sie. »Um Gottes willen!« Kraftlos ließ sie sich auf ein Schuhregal im Gang sinken und ließ den Kopf hängen. »Vor ein paar Wochen«, begann sie mit zittriger Stimme, »hat der Hans mir erzählt, dass er einer großen Sache auf der Spur ist, und dass er Angst vor den Chinesen hat, wenn die rausfinden, was er entdeckt hat.« Mit Tränen in den Augen blickte sie zu Charly auf und kam seiner nächsten Frage zuvor. »Er hat mir aber nicht gesagt, um was es ging. Wie schon gesagt: das hat er mir nie erzählt.«

Sie verabschiedeten sich und ließen eine aufgelöste Elfriede Zauner in der Wohnung zurück.

»Puh, die Chinesen! Da könnt der Chef ja doch recht haben mit seine Triaden, organisierte Kriminalität und so«, Charly wedelte mit der Hand. »Wenn der Fall Strohmeier jetzt zu internationalen Verwicklungen führt, dann wird's eine Nummer zu groß für uns.«

»Geh, Quatsch!«, entgegnete Sandra. »Was der halt seiner Putzfrau erzählt hat. Vielleicht hat er rausgfunden, dass der Asia-Grill die Spülhilfe nicht angemeldet hat oder irgend so was.«

»Auch möglich, aber dann müsst er ja wahrscheinlich keine Angst vor denen haben.«

Sandra hob die Schultern. »Auf jeden Fall hat's gezuckt, als wir nach dem Verhältnis gefragt haben. Da war vielleicht doch a bisserl mehr als nur Putzen.«

»Mhm, möglich.« Er zwinkerte Sandra zu. »Leben und leben lassen. Aber komisch, dass sie noch nix gewusst hat. Spricht sich doch eigentlich schnell rum in so einem Dorf wie Ingolstadt. Sie war wirklich überrascht.«

»Hat sich aber schnell wieder gefangen«, antwortete Sandra. »Ach, und jetz haben wir sie gar nicht nach ihrem Alibi befragt.«

Charly winkte ab. »Is ja zunächst wurscht. Wir gehen jetzt erst mal auf Wildschweinjagd.«

Zurück auf der Dienststelle diktierten Sandra und Charly noch verschiedene Aktenvermerke zu den Ermittlungsergebnissen des Nachmittags. Danach freute er sich auf den Feierabend. Er wollte zu Hause noch mal mit Julia über ihren Berufswunsch sprechen, diesmal in aller Ruhe und vorbereitet, nicht so überrumpelt und aufgewühlt wie beim letzten Mal. Er hatte sich verschiedene Berichte ausgedruckt, in denen geschildert wurde, wie junge Kolleginnen im Dienst angepöbelt, beleidigt und provoziert worden waren. Dazu hatte er aus der Mitarbeiterzeitung Bilder verletzter, mit Farbe besudelter Kollegen bei Demonstrationseinsätzen ausgeschnitten. Er konnte und wollte sich seine Julia einfach nicht in diesem Umfeld vorstellen. Und das würde er ihr heute noch einmal klar zu verstehen geben.

»Also ich geh dann«, teilte er Sandra mit. »Ich wünsch dir einen schönen …«

»Charly, gut, dass du noch da bist.« Konrad stand plötzlich im Büro.

»Ich wollt grad gehen.«

Konrad wischte Charlys Äußerung ungeduldig beiseite. »Hör zu, seit gestern war doch der Bub vermisst. Der Maxl, der unmittelbar neben deinem Tatort, also der Wohnung Strohmeier wohnt.«

»Ja, ich weiß. Der Bruce hat mich extra deswegen angerufen. Ich hab aber ned so richtig einen Zusammenhang gesehen. Und?«

»Wir haben den Maxl grad vorhin gefunden. Er hat sich am Künettegraben in einem großen Kanalrohr versteckt. Is völlig durchn Wind.«

»Aha.« Charly leuchtete immer noch nicht ein, was das mit seinem Fall zu tun haben könnte.

»Der Maxl hat sich versteckt, weil er nicht ins Internat will. Das hat ihm sein Vater nämlich angedroht, wenn er noch mal was anstellt.«

»Ah geh!«

»Ja, und gestern is er mit einer Ausrede früher von der Schule heim und hat wieder was angstellt.«

»Geh weiter?« Charly wurde langsam ungeduldig.

»Er hat nämlich mit seinem Fußball im Innenhof rumgspielt, und dann dummerweise das Fenster vom Strohmeier eingeschossen. Und was er dazu sagt, des solltest du dir am besten selber anhören.«

»Oha!« Jetzt war der Zusammenhang da. Plötzlich war Maxl für Charly interessant. Er legte die Berichte und Fotos auf den Schreibtisch zurück und streifte seine Jacke wieder ab. Zusammen mit Sandra folgte er Konrad in dessen schmuckloses Büro.

Auf einem Stuhl vor dem Schreibtisch saß Maxl, in sich zusammengesunken, und kaute auf einer Wurstsemmel herum, die man ihm besorgt hatte. Vor ihm stand eine fast leere Colaflasche. Er hörte auf zu essen und klammerte sich an der Semmel fest. Seine Backen glühten und unsicher beäugte er Charly, als der sich neben ihn setzte.

»Servus, Maxl. Ich heiß Charly Valentin und bin auch von der Kripo.«

Maxl atmete aus, wodurch seine Schultern noch weiter nach vorne fielen. »Ned vom Jugendamt oder vom Internat?«, fragte er nach.

Charly schüttelte den Kopf, dann wandte er sich Konrad zu. »Apropos, seine Eltern sind verständigt, oder?«

»Ja, wir haben angerufen.«

Maxl legte die Wurstsemmel weg. Obwohl er sich ein wenig aufrichtete, wirkte er noch ängstlicher als zuvor. Offenbar wusste er, was er zu erwarten hatte.

»Der Vater ist in der Spätschicht und kann angeblich nicht weg. Aber sei Mutter kommt so schnell wie möglich und holt ihn ab.«

Die Angst in Maxls Blick verschwand. Als Charly ihn nach den Einzelheiten seines Ungeschicks fragte, griff er wieder zur Wurstsemmel und schilderte zwischen kräftigen Bissen den Vorfall. Kleinlaut erzählte er vom vorgetäuschten Bauchweh. Etwas lebhafter wurde der Bericht, als es um die fußballerischen Eskapaden im Hinterhof ging. Und aufgewühlt schilderte er die Situation nach seinem Fehlschuss.

»Und da is der dagsessen, mitm Kopf aufm Tisch. Und alles war kaputt. Und der hat si nimmer grührt.« Die Erinnerung ließ ihn heftig schlucken.

»Hast außer dem am Tisch noch jemanden gsehn in der Wohnung?«, fragte Charly.

Den Wurstsemmelrest betrachtend dachte Maxl nach. »Nein, da waren nur Stimmen!«

»Stimmen? Was für Stimmen?«

»Ganz normale. Also die ham nicht plärrt oder gschimpft. Sondern einfach nur so gred.«

»Hast du verstanden, was die geredet haben?«

Maxl schüttelte langsam seinen runden Kopf. »Da waren ja die Kirchenglocken. Die warn so laut. Drum hab ich ja die Stimmen auch erst gehört, wie ich zu dem Fenster naufkraxelt bin.«

So sehr sich Charly und Sandra bemühten, Maxl konnte nicht mehr dazu sagen. Die Glocken hätten eingesetzt, kurz nachdem er das Fenster getroffen hatte. Dann habe er den Typen, der sich nicht mehr bewegte, am Tisch sitzen sehen. Und da waren die Stimmen, von denen er aber nicht wusste, was sie gesagt haben. Aus Angst, in ein Internat gesteckt zu werden, habe er sich schließlich die ganze Nacht über und fast den ganzen nächsten Tag in dem Kanalrohr versteckt.

Charly wählte eines der harmloseren Tatortfotos aus, auf dem man Strohmeier von hinten sah, wie er mit dem Oberkörper auf dem Tisch und auf seinem Weißwurstteller lag. Maxl betrachtete das Bild mit offenem Mund und bestätigte schließlich, dass alles genauso ausgesehen habe, als er hineingespäht hatte.

Als seine Mutter kam, ihn umarmte und küsste, war Maxl sehr erleichtert. Zusammen mit ihr wurde seine Aussage schließlich noch schriftlich fixiert. Dann durfte er nach Hause. Ob er den Versicherungen seiner Mutter glaubte, sein Vater würde nicht schimpfen, da er auch nur sehr froh wäre, dass Maxl wieder da war, konnte Charly nicht beurteilen. Jedenfalls verließen Mutter und Sohn das Polizeigebäude Hand in Hand.

Nachdem sie schließlich den notwendigen Papierkram erledigt hatten, beendeten auch Charly und Sandra den Dienst.

Julia schlief bereits, als er nach Hause kam. Außerdem hatte er die Berichte und Fotos im Büro vergessen. Darüber ärgerte er sich, denn es geschah in letzter Zeit häufiger, dass er vergaß, was er sich eine Minute zuvor noch fest vorgenommen hatte.

Petra döste zugedeckt auf dem Sofa. Charly schenkte sich ein Weißbier ein. Alles, was der Kühlschrank hergab, waren ein Ei, Emmentaler, Essiggurken und Tomaten, dazu selbst gebackenes Dinkel-Ingwer-Brot. Seine Hoffnung, Petra würde weiterschlafen, während er neben ihr Brotzeit machte, erfüllte sich nicht. Sie wollte alles wissen, was den ganzen Tag geschehen war, und erzählte dazwischen von den eigenen Vorkommnissen in Job und Familie. Außerdem knurrte sie ihn an, als er auf eine leichte, farbenfrohe Komödie umschalten wollte. Stattdessen bestand sie darauf, das dunkelgraue deutsche Psycho-Fernsehdrama zu Ende zu sehen.

Als das Weißbier leer war, endete ohne sichtbare Auflösung auch der preisverdächtige Film. Charly fühlte sich deprimiert und müde und ging ins Bett. Petra folgte ihm, war aber mit ihren Erlebnisberichten noch nicht ganz fertig.

Sechs Donnerstag

Die gelben Säcke waren immer noch nicht abgeholt worden. Und Charly konnte sich auf dem Weg zur Arbeit nach Herzenslust darüber ereifern. Gott sei Dank war es seit dem Unwetter relativ windstill geblieben und es hatte auch nicht mehr geregnet. Im Gegenteil, es versprach, wieder ein sonniger Frühsommertag zu werden. Auch darum besserte sich kurz darauf seine morgendliche Laune. Hauptsächlich aber, weil die Lottogesellschaft den Gewinn vom Wochenende überwiesen hatte. Charly konnte an Sandra und Helmuth jeweils knappe 2100 Euro als deren Anteil übergeben. Alle drei hatten Mühe, sich während der Morgenbesprechung ein ständiges Grinsen zu verkneifen und den Ausführungen von Kommissariatsleiter Barsch konzentriert zu folgen. KOR Zwerglein hatte sich ebenfalls eingefunden und rührte geistesabwesend in seiner Tasse herum.

»Ja, und dann wurde gestern Abend der vermisste Elfjährige, dieser Maxl, wieder aufgefunden«, berichtete Barsch. »Ist unverletzt, hat sich aus Angst vor seim Vater versteckt.« Barsch kratzte sich hinterm Ohr. »Und er bringt uns zum Fall Strohmeier. Er hat nämlich gestanden, dass er mit seim Fußball das Fenster vom Strohmeier eingschossen hat. Charly, wie schaut's aus mit deim Fall?«

»Der Maxl hat irgendwelche Stimmen in der Wohnung gehört, nachdem er's Fenster eingschossen hat. Da wissen wir noch ned, was es damit auf sich hat.« Charly nippte kurz an seinem Kaffee. »Ansonsten haben wir gestern noch die Zugehfrau vom Strohmeier befragt. Ja mei, der Strohmeier war halt ein Eigenbrötler mit speziellen Macken. Aber sonst konnt sie auch nicht viel dazu sagen.«

»Weiß sie was von den Glückskeksen?«, fragte Barsch.

Charly hatte eigentlich vermeiden wollen, dem Chef Öl in die lodernden Flammen seiner Hirngespinste von internationalen Verschwörungen zu gießen, indem er von Frau Zauners Einlassung zu den Keksen berichtete. Er hätte die Sache lieber selbst und in Ruhe ausermittelt. Aber jetzt konnte er nicht mehr aus. »Wir haben sie gefragt, und sie hat gsagt, dass der Strohmeier Angst vor irgendwelchen Chinesen ghabt hat, weil er angeblich irgendwas rausgfunden hat«, versuchte er den Sachverhalt so lapidar wie möglich darzustellen.

Sofort war der Dienststellenleiter hellwach. »Wie ich ja gleich vermutet hab! Ja, ja, ja. Ich hab der OK-Dienststelle schon Bescheid gsagt. Die sind sehr interessiert. Wir sollen alles Notwendige ermitteln und sie auf dem Laufenden halten.« Er zupfte an seinem Sakkokragen. »Ich muss dann gleich noch mal bei dene Profiler in München anruf.«

»Wir könnten doch von einem Lebensmittelchemiker die Glückskekse analysieren lassen«, warf Helmuth ein. »Vielleicht kann man feststellen, ob die wirklich aus China sind, oder aus einer deutschen Fabrik.«

»Sehr gut, Reithl, sehr gut! Veranlass des!«

»Aber, hörts amal«, meldete sich Konrad, »wenn so Triaden so was machen, dann wollen die doch, dass des geheim bleibt. *Lass es wie einen Unfall aussehen,* heißt's doch dann immer. Die werden keine Glückskekse aufn Tisch legen, damit man sofort auf sie tippt.«

»Vielleicht is so wie bei diesem Iwan Dingsda, den sie mit Palladium vergiftet haben«, meldete sich Barsch.

»Alexander Litwinenko, und es war Polonium«, verbesserte Sandra.

Die Einzelheiten waren Barsch nicht so wichtig. »Genau, auf jeden Fall hat man da auch gsagt, dass so ein Mord nur von höchsten Stellen ausgeführt werden kann, weil des Zeug so teuer und so schwer zu bekommen ist. Die wollten damals also scheinbar, dass die ganze Welt sieht: Wer sich mit uns anlegt, der verliert.«

»Ach so!«, traf Konrad die Erleuchtung, »quasi ein Zeichen. Ein Hinweis für alle anderen, die den Chinesen ans Bein pissen wollen, dass sie dann auch Glückskekse kriegen.«

KOR Zwergleins Augen leuchteten. »Ich seh schon, Kollegen, wir sind auf dem richtigen Weg. Was steht heut auf dem Plan?«

»Im *Donaukurier* erscheint heute der Fahndungsaufruf mit der Beschreibung. Da warten wir halt jetzt zuerst mal, was passiert.« Es war Charly anzuhören, dass er die Kirche im Dorf lassen und auf die große internationale Mafiathese nicht so enthusiastisch einsteigen wollte wie sein Dienststellenleiter. »Ansonsten fahr ich mit der Sandra zur Exfrau vom Strohmeier. Mal schaun, was die weiß.«

»Und ich stell eine Liste mit Metzgereien zusammen, die nach den Kriterien vom Strohmeier für den Weißwursteinkauf infrage kommen«, berichtete Helmuth. »Die werd ich mal abklappern.«

Zwerglein sah ihn ein wenig verwirrt an. Dann schüttelte der Dienststellenleiter sich kurz. »Also gut, mach das. Aber nicht vergessen: Lebensmittelchemiker. Und ihr könntet mal recherchieren, ob's in Europa schon solche Glückskeksfälle gibt.«

»Das mach ich«, bot sich Barsch an.

»Gut, Klaus. Ich telefonier dann jetzt noch mal mit der OK-Dienststelle. Und mit dem Lagedienst. Dann mit dem Profiler und mit der Presseabteilung.« Zwerglein war voll in seinem Element. Er witterte einen aufsehenerregenden, medienwirksamen Fall und sprühte vor Euphorie. Gerade wollte er schwungvoll aufstehen, als die Tür des Kaffeezimmers aufging und Sonja eintrat, die junge Schreibkraft, neben der Zwerglein am Weinberg vibriert hatte.

Er hielt in seinem Schwung inne und blieb auf dem Stuhl sitzen. Charly hatte den Eindruck, dass er sogar ein wenig den Kopf einzog.

Die Angestellte würdigte den Chef keines Blickes. »Guten Morgen«, wünschte sie allgemein und lächelte dabei Sandra an. »Guten Morgen, Herr Barsch.« Sie reichte Charly eine Schreibmappe. »Charly, deine Aktenvermerke und die Anhörung vom Maxl.«

»Danke Sonja.«

»Ich wünsch den meisten noch einen schönen Tag. Bis dann.« Sie verließ den Besprechungsraum.

Kurz darauf stand KOR Zwerglein auf. Mit einem kleinlauten »Ich geh telefonier« verschwand auch er.

»Ach ja, hätt ich jetzt fast vergessen«, sprengte Kommissariatsleiter Barsch nach kurzer Zeit die nachdenkliche Stille. »Charly, die Kollegen von der Fahndung haben die Handynummer vom Strohmeier rausgebracht, soll ich dir ausrichten. Die Anfragen beim Provider laufen schon. Vielleicht kommt was raus bei der Überprüfung.«

»Danke, schau ma mal. Vielleicht ein Anruf aus China.«

Nachdem Charly die Schriftstücke Korrektur gelesen hatte, wollte er wie angekündigt zusammen mit Sandra zu Strohmeiers Exfrau fahren. Er ging ins Geschäftszimmer, um sich einen Dienstwagen zu organisieren. Die Tür zu Zwergleins Büro war geschlossen. Margot saß hinter ihrem PC und nickte ihm freundlich zu.

»Du Margot, war irgendwas zwischen unserem Chef und der Sonja?

Sie winkte ab und blickte verstohlen zur geschlossenen Tür. Dann beugte sie sich ein wenig nach vorne, obwohl Charly immer noch drei Meter von ihr entfernt stand, und begann im verschwörerischen Flüsterton: »Beim Betriebsausflug waren sie doch ein Herz und eine Seele, na. Und anscheinend is da noch irgendwas gewesen, nachdem wir wieder zurückgekommen sin. Und jetz hat die Sonja erfahr müss, dass da Chef mit der Müllerin, der Vorzimmerdame vom Präsidenten, beiananda is. Is sie natürlich sauer, die Sonja.« Sie lehnte sich zurück und blickte wieder auf ihren Bildschirm, schickte aber ihrer Botschaft ein abfälliges »Weiberheld« und ein noch abfälligeres »Männer« hinterher.

Charly hatte den Termin telefonisch vereinbart, und so wartete Rosalinde Strohmeier bereits und öffnete Sekunden nach dem Klingeln.

»Darf ich Ihnen irgendwas anbieten?«, fragte sie höflich. Sandra und Charly lehnten ab und setzten sich mit Frau Strohmeier an einen Tisch im Wohnzimmer. Zu ihnen gesellte sich noch ein Mann, den Charly auf knappe vierzig schätzte und den Frau Strohmeier als ihren Partner Dirk Tiedke vorstellte. Tiedke trug weiße Jeans und erregte dadurch sofort Charlys Misstrauen, denn eine weiße Hose war in Charlys Augen als männliches Beinkleid völlig fehl am Platz, außer man war Arzt, Schiffsoffizier oder Bäcker. Eine hochgeschobene stylische Sonnenbrille mit weißer Fassung zwang die blonden Haare nach hinten. Tiedke legte Rosalinde Strohmeier demonstrativ die Hand auf die Schulter und zeigte, dass er sich als ihr Beschützer verstand.

»Zunächst unser Beileid. Sie wissen, was mit Ihrem Mann, Verzeihung, Exmann, geschehen ist?«

Sie nickte. »Obwohl ich mich schon wundere, dass ich es nicht von der Polizei erfahren habe, sondern von Nachbarn und aus der Zeitung.«

»Na ja, in so einem Fall sind für gewöhnlich geschiedene Exfrauen nicht unsere ersten Ansprechpartner. Und im weiteren Verlauf hat sich das Ganze wohl ein wenig verzögert. Hatten Sie denn noch so ein inniges Verhältnis zu Ihrem Mann?«

»Ich nicht! Wir haben unseren Kontakt und unsere Gespräche auf das Notwendigste beschränkt. Aber er hat ja schließlich eine Tochter.«

»Dass Hans Strohmeier eine Tochter hatte, wissen wir erst seit Kurzem. Dafür, dass wir sie nicht gleich verständigt haben, möchte ich mich entschuldigen.«

»Mitdenken Glückssache, wa! Dat kenn wa ja«, steuerte Dirk Tiedke bei, nahm die Brille ab und schleuderte mit einer kurzen Kopfbewegung seine Föhnwelle nach hinten.

Die minimalen Sympathiewerte, die Charly Frau Strohmeiers Partner von Anfang an entgegengebracht hatte, verflüchtigten sich blitzartig.

Sandra ignorierte ihn und fragte stattdessen Frau Strohmeier: »Wie hat denn dieser auf das Notwendigste beschränkte Kontakt ausgesehen?«

Sie schürzte die Lippen und legte den Kopf schief. »Geld!«, sagte sie dann. »Meistens ging es um Geld. Um mich oder um die Kimberley-Chayenne hat er sich nie gekümmert. Hat auch nie gefragt, wie es ihr geht und was sie so macht. Er hat nur immer gestritten wegen der Unterhaltszahlungen, die er leisten muss. Vernünftig reden konnte ich sehr selten mit ihm.«

»Na ja, verletzte Männlichkeit. War een richtig kleener Idiot, wa. Konnte nich verliern«, fügte der sympathiebefreite Berliner an.

Gezwungen ruhig wandte sich Charly ihm zu. »Können wir es so machen, dass Sie sich jetzt zurückhalten, während wir mit Frau Strohmeier sprechen? Zu Ihnen kommen wir dann schon noch.«

»Ick lass mir doch hier nich im eigenen Haus den Mund verbieten.«

Charly ließ seinen Blick demonstrativ und in aller Ruhe durch den großen Wohnraum schweifen. Er erinnerte sich daran, dass Strohmeier dieses Haus mit viel Eigenleistung gebaut hatte, als er damals noch zusammen mit Charly bei der Polizei im Schichtdienst war. Schließlich bedachte er Tiedke mit einem schiefen Lächeln. »Klar, wir respektieren natürlich, dass Sie hier in *Ihren eigenen* vier Wänden tun und lassen können, was Sie wollen. Aber wir dachten, bevor wir alle Beteiligten zu uns auf die Dienststelle vorladen, versuchen wir es erst mal so.«

Der Berliner sagte nichts dazu.

»Wann haben Sie denn Ihren Exmann zuletzt gesehen?«, fragte Sandra.

»Am Freitagnachmittag. Er kam hierher. Und es ging wieder mal um Geld. Er hat angedroht, nichts mehr zu überweisen. Außerdem hat ihm nicht gefallen, dass ich wieder einen Partner habe. Es kam halt wieder mal zu einem Streit.«

»Aber bis jetzt hat er immer bezahlt, oder?«

»Ja, immer pünktlich, per Dauerauftrag. Das hätt ich ihm anders nicht durchgehen lassen.«

»Wahrscheinlich brauchen wir Sie nicht zu fragen, ob Sie wissen, an was er zuletzt gearbeitet hat oder mit wem er zusammengearbeitet hat? Oder ob ihn irgendetwas besonders beschäftigt hat?«

»Keine Ahnung. Das hat mich nicht interessiert.«

»Tss, gearbeitet«, murmelte Tiedke vor sich hin. »Andere ausspioniert.«

»Hat er am letzten Freitag noch irgendwas gesagt? Was er vorhat oder wo er am Wochenende hingeht?«

»Nein, nix.«

»Frau Strohmeier, wir müssen Sie natürlich fürs Protokoll fragen, wo Sie am Dienstagvormittag waren.«

»Ich war in der Arbeit, im Büro. Sie wollen aber dort hoffentlich nicht als Kripo nachfragen, ob mein Alibi in einem Mordfall stimmt?«

»Mal sehn, ob wir es vermeiden können«, antwortete Charly. Dann wandte er sich an Tiedke. »Waren Sie auch da am Freitag?«

»Ja, ick war zu Hause am Freitag«, bestätigte der Berliner.

»Und was war mit dem Streit? Wie is es da weitergegangen?«

»Gar nicht«, antwortete der Gefragte, lehnte sich zurück und verschränkte die Arme. »Der Klügere gibt nach. Ick schlag mir doch nich mit nem alten Mann.«

Strohmeier war ungefähr so alt wie Charly gewesen. Dass Tiedke ihn als alten Mann bezeichnete, ließ sein Sympathiepunktekonto nicht wieder anwachsen.

»Um was ging's?«

»Er war ein Idiot.« Tiedke beugte sich wieder nach vorne. »Hat ihm nich gepasst, dass ick hier bin. Hat die Rosi doch gesagt.«

»Und wo waren Sie am Dienstagvormittag, Herr Tiedke?«

»Ick war von Sonntagabend bis gestern in die Schweiz. In Zürich uffm Festival. Ick arbeite als DJ und Graffitikünstler. Gibt's auch in Youtube. Dat könnse gerne überprüfen, wennse wollen. Fragense nach DJ Böörlin.«

»Werden wir.«

Nachdem Sandra die Erreichbarkeit von Frau Strohmeiers Arbeitsstelle sowie die Kontaktdaten der Schweizer Veranstaltung notiert hatte, verließen die Ermittler das Haus.

»Bissl a Unsympath, oder?«, urteilte Sandra draußen.

»Schon! Die Frage is, wie schaut's mit seiner eigenen gekränkten Männlichkeit aus. Der Strohmeier war jetzt ned so der Diplomat. Wenn der mit dem Typen gestritten hat, dann sind da bestimmt ein paar deftige Worte gefallen.«

»Des würd jetzt schon ein bisserl weit führen, dass er ihn deswegen dann gleich umbringt. Außerdem hat er ja ein Alibi, wahrscheinlich.«

»Die andere Frage is wieder ...« Charly hob die Schultern. »Was find die Strohmeierin an dem Kerl? Der ist doch mindestens zehn Jahr jünger als sie.«

»Oh mei, Charly! Des is doch überall so«, erklärte Sandra lächelnd. »Schau, der Platzhirsch, der sich eine Zeit lang um sein Rudel gekümmert hat, der verliert irgendwann gegen einen Jüngeren. Dann muss der Alte gehen und der Jüngere, Kräftigere is zuständig für die Hirschkühe. Des hat die Natur so eingerichtet, damit ...«

»Ja, is ja gut jetzt!« Charly wollte die genauere Begründung nicht hören. Er setzte gerade dazu an, Sandra die Vorzüge einer gewissen Reife und Ruhe zu erklären, als sein Handy klingelte.

»Wir haben dem Strohmeier sein Handy geortet«, teilte einer der Fahnder mit. »Und wir stehn grad davor. Vielleicht kommst am besten selber mal her und schaust dir das an. Wir sind da heraußen im Industriegebiet, im Wertstoffhof.«

Die Fahnder standen in dem weitläufigen Hof vor einem der Container und redeten mit einem Mann in blauem Overall und oranger Weste.

»Servus Charly!« Es wirkte, als wären die Kollegen wirklich froh, Charly zu sehen. »Die Ortung hat ergeben, dass das gesuchte Handy vom Strohmeier irgendwo da drin is.« Dabei deutete er auf den Container vor sich, der fast bis oben hin mit Mobiltelefonen aller Marken und Generationen gefüllt war. »Und des is der Herr Holzwart. Der is hier zuständig und muss aufpassen, dass nix wegkommt.« Der Kollege beugte sich zu Charly und raunte ihm ins Ohr, sodass es der weiter entfernte Arbeiter nicht hören konnte: »Und des nimmt der sehr ernst.«

»Na gut, Herr Holzwart«, wandte sich Charly an den Aufseher. »In diesem Container befindet sich ein Beweismittel in einem Mordfall. Und weil wir das so schnell jetzt da nicht rausfinden, ist erst mal der gesamte Container sichergestellt. Ja?«

Holzwart antwortete mit einem lang gezogenen »Nein!«, während er langsam den Kopf schüttelte. »Was da drin ist, gehört der Firma. Und wenn jemand was rausnimmt, ist es Diebstahl«, erklärte er in breitem Akzent.

»Also hörn S' amal!«, ereiferte sich Charly, »wir sind ja nicht irgendeine Laufkundschaft. Wir sind die Kripo und ermitteln in einem Mordfall.«

Holzwart ging zum Container und legte seinen Arm demonstrativ auf den Rand. »Nein!«, sagte er.

In Charly stieg Wut hoch, und er bemerkte das Anwachsen seines latent vorhandenen Aggressionspotenzials. Erst der Berliner und jetzt dieser engstirnige Aufpasser. Er hätte gute Lust gehabt, Holzwart einfach vom Container wegzuschlagen. So weit und so lange, bis er die Klappe halten würde. Natürlich konnte man ihn auch vorläufig festnehmen, solange der Containerinhalt abtransportiert wurde. Aber der Wichtigtuer war ja nicht mal Eigentümer. Charly besann sich. »Herr Holzwart, wer ist denn Ihr Chef? Wollen Sie ihn anrufen, oder soll ich das machen?«

Holzwart schüttelte nur den Kopf. Charly vermutete, dass schon öfter Kunden des Wertstoffhofes dem eigensinnigen Kerl mit einer Meldung an den Chef gedroht hatten, und der darum gar nicht mehr auf solche Anfragen einging.

Der Kommissar zückte sein Telefon und wählte die Nummer der Firmenzentrale, die sich nicht weit entfernt befand. Er fragte sich durch und landete schließlich bei einem Herrn Raucheisen, dem Seniorchef. Nachdem Charly die Sachlage erklärt hatte, kam auch Holzwarts Vorgesetzter zu dem Urteil, hier würde gar niemand irgendetwas sicherstellen. Er kündigte an, den Anwalt des Unternehmens, Herrn Dr. Bierschneider, zu informieren und selbst raus zum Wertstoffhof zu kommen.

Da somit die Angelegenheit auf die juristische Ebene gehoben worden war, versuchte Charly, die Staatsanwältin Frau Gambrini-Steinmetz zu erreichen. Man sagte ihm jedoch, dass die Anklägerin sich den heutigen Tag freigenommen hatte.

Charly hatte auch Gambrini-Steinmetz' Privatnummer gespeichert und sie wollte ja ohnehin über alle Neuigkeiten in dem Fall informiert werden.

»Gambrini-Steinmetz.«

»Valentin, Kripo, hallo, servus. Entschuldigung, Frau Dings, ich weiß, dass Sie heut eigentlich freihaben.«

»Ja, ’s Wetter soll am Wochenende wieder schlechter werden, und ich hab im Garten noch so viel zu erledigen.«

»Ach so, ja, äh ... Folgendes ...« Charly informierte sie über die aktuelle Lage, und Frau Gambrini-Steinmetz sagte zu, zum Wertstoffhof zu kommen. Sie wohne ja ohnehin gleich um die Ecke am Stadtrand.

Der Chef des Wertstoffhofs und die Staatsanwältin trafen gleichzeitig auf dem Recyclinggelände ein. Er in einem schmutzigen Mercedes-Jeep, sie auf einem Hollandrad mit einem Weidenkorb am Lenker. Der Firmeninhaber trug eine Cordhose, ein Karohemd und eine Strickweste. Er war stämmig, mit Kugelbauch und Schnauzbart. Gleich nachdem er ausgestiegen war, polterte er ohne Gruß los: »Was macht die Polizei überhaupt ohne Durchsuchungsbefehl auf meinem Firmengelände? Dürfen Sie das überhaupt?«

Die Staatsanwältin stellte ihr Rad neben dem Mercedes ab. Sie war schnell in Turnschuhe geschlüpft, trug eine enge, kurze Jeans, ein rotes Bikinioberteil und hatte darüber eine weiße Blümchenbluse vor dem Bauch verknotet. Sie erreichte Charly kurz nach Raucheisen. »Jetzt mal langsam!«, warf sie ein.

»Halten Sie sich da raus«, fuhr sie der Seniorchef an, betrachtete sie dabei aber nicht wirklich.

»Mein Name ist Gambrini-Steinmetz«, stellte sie sich resolut vor. »Ich bin die zuständige Staatsanwältin und hier geht es immerhin um ein aktuelles Ermittlungsverfahren wegen Mord.«

Raucheisen drehte sich um und betrachtete die Frau, die ihm gegenüberstand, von unten nach oben. Charly registrierte, dass der stämmige Polterer mit offenem Mund die schlanken Knöchel über den Turnschuhen musterte, die durchtrainierten Waden, die wohlgeformten Oberschenkel, den flachen

Bauch, das ansprechende Dekolleté und den schlanken Hals. Dann sah er ihr ins Gesicht. Rechts schimmerte die vom Radeln gerötete Wange durch einen Wischer Blumenerde.

»Ja und?«, stammelte Raucheisen, den der Anblick offensichtlich verwirrte.

»Das heißt, dass es entsprechende Vorschriften gibt und dass die Polizei und die Staatsanwaltschaft alle Befugnisse nutzen werden, um dieses Verbrechen aufzuklären. Also kommen Sie mir hier nicht mit dem Betreten Ihres Firmengeländes. Es geht um die Sicherstellung dieses Containers, in dem sich ein wichtiges Beweismittel befindet.«

Raucheisens Blick war wieder zurück über das üppige Dekolleté nach unten gerutscht und am flachen Bauch hängen geblieben, wo er ein kleines Schmetterlings-Tattoo fixierte.

Gambrini-Steinmetz stemmte die Hände in die Hüften und fügte an: »Und das gilt unabhängig davon, ob ich eine Robe anhabe oder nicht.«

Der Firmenchef starrte die Staatsanwältin noch immer ungläubig an. Darum ergriff Charly das Wort.

»Wir wissen inzwischen, dass das hier ein Sammelcontainer ist«, erklärte er. »Es werden also quasi alle Elektroschrottcontainer aus den umliegenden Wertstoffhöfen aussortiert, und alle Mobiltelefone kommen da rein.« Er deutete auf den Behälter, um den sich alles drehte. »Und genauso ist es mit den Computern und Laptops und so Zeug, das die Leute entsorgen. Das kommt alles da rein.« Nun deutete er auf den Container daneben, der ebenfalls schon bis obenhin gefüllt war.

»Genau!« Raucheisen hatte sich wieder gefangen und kehrte zu seiner lauten Art zurück. »Da steckt also schon ein Haufen Arbeit drin. Und das ist kein Müll, das ist ein Handelsgut.«

»Wie gesagt, in erster Linie geht es jetzt für uns mal um ein wichtiges Beweismittel, das wir eben aus Ihrem Handelsgut erst rausfinden müssen. Und darum ist der Container sichergestellt.«

»Das geht nicht. Die Container müssen morgen Abend in Hamburg aufm Schiff sein. Ist alles schon gebucht.«

»Der Container bleibt hier.« Die Staatsanwältin wandte sich an Charly. »Fehlen nicht auch noch ein Laptop und eine Festplatte vom Strohmeier?« Charly nickte.

»Dann bleibt der zweite Container auch hier.«

»Aber …«, setzte Raucheisen an.

Frau Gambrini-Steinmetz trat einen Schritt vor und stand dicht vor dem stämmigen Mann, der sie um einen Kopf überragte und dessen Blick wieder zu weit nach unten abzugleiten drohte.

»Ihre Handelsware wird schon noch irgendwann auf ein Schiff kommen.« Die Anklägerin wurde eine bedrohliche Nuance leiser. »Damit sie sicher nach Indien oder Pakistan gebracht werden kann, wo in einem Hinterhof Kinder bis zu den Knien in einer giftigen Brühe stehen und die wertvollen Rohstoffe rausholen aus dem Schrott. Damit Ihr Profit am Schluss stimmt.« Sie trat wieder einen Schritt zurück und sprach in normaler Lautstärke weiter. »Die beiden Container sind beschlagnahmt und bleiben hier. Wer ab jetzt etwas daraus entnimmt, macht sich strafbar. Den zerr ich persönlich wegen Verwahrungsbruch und Strafvereitelung in einem Mordfall vor Gericht.«

Sie deutete mit dem Zeigefinger auf Raucheisen. »Sie sind dafür verantwortlich, dass die Container hier sicher sind, bis die Polizei den Inhalt abholt. Sie verschließen die Container, damit es nicht reinregnet. Und wenn die Polizei was braucht, auch am Wochenende, dann gewährleisten

Sie den Zugriff darauf.« Sie strich eine braune Strähne nach hinten, die im Eifer des Gefechtes in die Stirn gerutscht war. »So und jetzt können Sie sich wegen der Maßnahme beschweren. Zuerst bei der Staatsanwaltschaft, wenn Sie wollen. Dann beim Amts- und beim Landgericht. Von mir aus beim Bundesverfassungsgericht und am besten beim Europäischen Gerichtshof für Menschenrechte. Dort reden wir dann über die indischen Kinder. Alles klar?«

Raucheisen sagte nichts mehr. Er schnaubte verächtlich, drehte sich um und legte Holzwart, seinem Arbeiter, den Arm um die Schulter. »Pass auf, Eugen. Du hast alles richtig gemacht. Aber jetzt müssen wir diese Container ...« Die beiden entfernten sich.

»Jetzt bin ich wieder übers Ziel hinausgeschossen«, gestand Gambrini-Steinmetz Charly leise. »Aber Kinderarbeit und dieser ganze Scheiß macht mich immer so aggro.« Nachdem sie erneut die widerspenstige Haarsträhne nach hinten gestrichen hatte, verabschiedete sie sich, stieg auf ihr Rad und strampelte davon.

Charly rief die EDV-Spezialisten an. Sie mussten es jetzt irgendwie bewerkstelligen, so schnell wie möglich Tausende von Handys und Laptops darauf zu überprüfen, ob etwas davon Strohmeier zuzuordnen war.

Sie schoben sich gerade mehr oder weniger genüsslich die letzten Bissen ihrer Leberkässemmeln in den Mund, als Helmuth das Kaffeezimmer betrat. Er hatte zum Mittagessen seine Yvonne in der Kantine des Finanzamts besucht und immer noch ein verzücktes Lächeln im Gesicht. Er schenkte sich eine Tasse Kaffee ein und setzte sich, wobei das Lächeln verschwand und sich stattdessen tiefe Falten auf der Stirn bildeten.

»So kommen wir nicht weiter«, begann er. »Ich hab heut früh zuerst mal eine Liste von allen Metzgern in Ingolstadt und der näheren Umgebung gemacht, die nach Strohmeiers Kriterien als Weißwurstlieferanten infrage kommen. Man möcht's nicht glauben, aber das sind immerhin knapp zwanzig Betriebe.«

Auch Charly und Sandra gossen sich Kaffee ein, während Helmuth schon den Zucker schwindlig rührte. Helmuth hatte sich euphorisch für diesen Ermittlungsabschnitt eingesetzt, nachdem man übereingekommen war, dass die Mitarbeiter der entsprechenden Metzgerei wohl diejenigen waren, die Strohmeier zuletzt lebend gesehen hatten. Um die letzten Stunden in Strohmeiers Leben zu rekonstruieren, musste das betreffende Geschäft ausfindig gemacht werden.

»Und dann wollt ich eigentlich die Metzgereien abklappern«, fuhr Helmuth fort, »damit wir rauskriegen, wo der Strohmeier am Dienstag seine Würscht gekauft hat.« Er nahm einen kräftigen Schluck Kaffee.

»Aber nach dem zweiten Laden hab ich aufgegeben.« Während Charly und Sandra ihn überrascht anstarrten, nippte Helmuth erneut am Kaffee. »Die ausgewählten Metzgereien gehören, eben weils zum Beispiel die Weißwürscht noch frisch machen, zu den angesagten Geschäften. Und die Befragung musst du quasi bei laufendem Betrieb im vollen Laden durchführen. Dann glaubst du gar ned, wie viele Teilzeitkräfte die beschäftigen. Und da sind natürlich diejenigen, die am Dienstag bedient haben, heut gar ned da. Und dann gibt's ja nicht mal ein ordentliches Foto vom Strohmeier. Das Bild aus seim Ausweis mit dem Vokuhila, da drauf kennt ihn kein Mensch nicht. Und des aktuelle mit der blassblauen Haut und dem Senf im Gsicht, wo ihm das

Auge fehlt und der Splitter drinsteckt, des kannst ja in der Metzgerei ned herzeigen.«

»Na ja, grad in a Metzgerei sind's doch ned so zart besaitet«, warf Sandra ein.

Helmuth stutzte nur kurz, sprach dann aber weiter. »Ich hab eine andere Idee: Wir veranstalten morgen ein Weißwurscht-Testessen.« Er machte eine Pause, um die Großartigkeit seines Einfalls wirken zu lassen.

»Aber dann musst ja auch in jeden Laden, wenn du die Würscht kaufst«, merkte Charly an.

»Des hab ich schon geregelt. Die Kollegen vom E-Zug würden einkaufen. Geht ja auch schnell, wenn die mit zehn Mann losmarschieren, die einfach nur überall zwei Paar Weiße kaufen. Da könnten wir sogar noch mehr Geschäfte mit auf die Liste schreiben, damit uns ja keiner durchrutscht.«

»Ja und dann?«, fragte Sandra. »Wie willst dann die Würschtl rausfinden, die der Strohmeier gekauft hat?«

Helmuth spannte die Brust. »Ich hab doch die Analyse dieser Glückskekse veranlasst. Und da hab ich a bisserl mit dem Lebensmittelchemiker vom LKA gequatscht. Der erstellt mir eine Checkliste, mit der wir unsere fraglichen Weißwürscht Punkt für Punkt testen und erfassen können. Und er sagt, mit der kriegen wir zu fünfundneunzig Prozent raus, welche Würscht der Strohmeier aufm Teller ghabt hat.«

Charly kratzte sich an der Schläfe. »Na ja, ich weiß nicht. Warum analysiert sie dann der Chemiker nicht gleich selber in seinem Labor?«, gab er unschlüssig zu bedenken.

»Weil ... des is ... er hat ... die im LKA sind chronisch überlastet«, stopselte Helmuth herum. »Da warten wir Monate auf ein Ergebnis. Und außerdem sind da auch geschmackliche Parameter zu erfassen, und der is Vegetarier … Veganer … Frutarier, oder irgend so was. Der isst gar nix, jedenfalls keine Weißen.«

»Aha, und wir können deine geschmacklichen Parameter beweiserheblich feststellen?« Das Argument konnte Charly nicht recht überzeugen. Denn schließlich hatte auch bestimmt niemand Strohmeiers Würste geschmacklich getestet. Allerdings hatte der Hinweis auf den zeitlichen Verzug seine Berechtigung.

»Ach komm! Glaub's mir, des funktioniert.« Helmuth sah ihn bittend an. Charly vermutete, dass der Kollege mehr von der Idee eines dienstlichen Weißwurstfrühstücks begeistert war als vom möglichen Nutzen für die Ermittlungen.

»Und weil's eine ermittlungstaktische Maßnahme in einem Strafverfahren is, würd die Staatsanwaltschaft das Ganze bezahlen«, unterbreitete Helmuth grinsend sein Schlussargument.

Charly zuckte mit den Schultern. »Vielleicht is es einen Versuch wert. Sag's dem Chef, der muss es genehmigen. Und der Gambrini-Steinmetz, die muss es bezahlen.«

Charly und Sandra saßen im Büro und rissen Witze über Helmuths Weißwurstidee, die er gerade dem Chef erläuterte, als der Kollege aus der Wache anrief und eine junge Frau Strohmeier ankündigte. Sandra holte sie unten ab, und gleich darauf saß sie den Ermittlern gegenüber. Man konnte die Siebzehnjährige mit den glatten blonden Haaren und dem hübschen Gesicht durchaus ein paar Jahre älter schätzen. Obwohl sie im Moment ein wenig eingeschüchtert wirkte.

Charly versuchte, ihr Vertrauen zu gewinnen. »Darf ich Du sagen?«

Sie nickte.

»Also Kimberley-Chayenne ...«

»Kim, bitte«, fiel sie ihm ins Wort. »Ich hasse diesen ganzen Namen. Kim ist das Einzige, was geht.«

»Oh, das ist schade. Ist doch eigentlich recht schön.«

»Herr Kommissar, Sie wissen gar nicht, was die Mütter ihren Töchtern antun, wenn sie meinen, je ausgefallener der Name desto schöner. Ich hätt so gern Marie oder Lena geheißen.«

»Aha, na gut, Kim. Weshalb bist du zu uns gekommen?«

»Meine Mutter hat mir erzählt, dass Sie bei ihr waren. Ich weiß nicht, was sie Ihnen über meinen Vater erzählt hat. Aber ich möchte nicht, dass irgendein falscher Eindruck entsteht. Meine Mutter ist nämlich vielleicht nicht immer ganz objektiv, wenn es um Papa geht.«

Charly staunte über die rationalen Gedanken, die sich eine Siebzehnjährige in dieser Situation machte.

»Wie war denn dein Verhältnis zu deinem Vater?«, fragte Sandra.

Kims Augen wurden feucht. »Wahrscheinlich hat Ihnen Mama erzählt, dass er sich nicht dafür interessiert hat, wie es mir geht. Aber das stimmt nicht.« Sie begann zu weinen und unter Tränen sprach sie weiter. »Er wollte nur nicht, dass ich es ihr sage. Aber wir haben uns oft getroffen. Zum Eisessen, beim McDonald's oder auf eine Cola im Café. Außerdem haben wir ständig WhatsApp-Nachrichten und E-Mails geschrieben.«

»Ah, du hast also seine Handynummer?«

»Natürlich!«

»Weißt du, was für ein Handy er hatte?«

»Ein Samsung. Aber was für eins – keine Ahnung.«

»Okay! Und wann hast du ihn zuletzt gesehen?«

»Das letzte Mal haben wir uns vorige Woche getroffen. Im *Florian.*«

Charly kannte das Eiscafé an der Gaimersheimer Straße. Dort hatte er auch schon öfter mit seiner Familie die besonders großen Eisbecher genossen.

»Ist dir da irgendwas aufgefallen? Oder hat er irgendwas von seiner Arbeit erzählt?«

»Er war ganz normal. Und von seiner Arbeit hat er mir nie was erzählt. Ich hab zwar oft gefragt, weil es mich interessiert hat. Aber er hat immer gesagt, er will nicht, dass ich irgendwas mit dem ganzen Schmarrn und Dreck zu tun hab, mit dem er sich abgeben muss.«

Diesen Gedanken konnte Charly sehr gut nachvollziehen. Als er fragte, ob sie sich vorstellen könne, wer ihren Vater getötet hat, schürzte sie die Lippen und hob die Schultern. »Kann man sich das überhaupt vorstellen, dass jemand einen anderen bewusst umbringen will?«

»Tja, man glaubt es nicht. Aber es kommt immer wieder vor. Hast du mit deiner Mutter über die Sache geredet?«

»Ja. Es tut ihr leid, dass Papa tot ist.« Kim kämpfte erneut mit den Tränen. »Aber ich soll nicht zu viel darüber nachdenken und mich nicht reinsteigern. Ich soll froh sein, dass ich sie habe.«

»Und, bist du froh?«

»Schon, einerseits«, antwortete sie zögerlich. »Andererseits ist Mama auch komisch. Irgendwie hört sie mir meistens gar nicht zu. Kümmert sich nur um ihr Zeug. Ab und zu hab ich den Eindruck, dass ich ihr lästig bin, vor allem, wenn ich mit Problemen daherkomme.« Sie wischte sich über die Augen und atmete tief durch. »Mama beschäftigt sich lieber mit ihrem Dirk.« Nachdem sie diesen Satz versonnen ins Nichts gemurmelt hatte, durchzuckte es sie und sie sah Charly an. »Eins wollt ich Ihnen noch sagen: Zuletzt gehört hab ich Papa nämlich am Freitag, als er bei uns war. Ich bin aber zu spät aus meinem Zimmer gekommen. Da war er schon wieder weg.« Sie blickte wieder ins Leere, als sie sich zurückerinnerte. »Es muss einen Streit gegeben haben. Ich hab gehört, wie Dirk rief: *Wir sind noch nicht fertig*. Dabei saß er am Boden vor der Couch. Und als Papa schon weg war, sagte er noch: *Den mach ich fertig, den Drecksack.*«

Mehr konnte sie von dem Zwischenfall nicht berichten. Denn sie hasste diesen beschissenen Krieg, wie sie sich ausdrückte, in dem Dreiecksverhältnis Mama – Papa – Dirk. Darum war sie so schnell wie möglich wieder in ihrem Zimmer verschwunden.

»Wie ist denn deine Beziehung zum Dirk?«, wollte Sandra wissen.

»Gar keine. Das ist ein arbeitsscheuer Blödmann.« Sie verkündete ihre Einschätzung nüchtern und sachlich. »Der nutzt die Mama aus. Aber sie steht voll auf ihn. Ich hab mal versucht, ihr klarzumachen, wie der Typ sie ausnutzt. Keine Chance!«

Kim biss sich auf die Unterlippe. »Noch ein halbes Jahr, dann werd ich achtzehn und bin weg«, erklärte sie. »Aber bis dahin muss ich noch bei Mama wohnen. Vielleicht könnten Sie nicht sagen, dass ich das hier ausgesagt habe.« Charly sagte zu, ihren Namen momentan bei den Ermittlungen herauszuhalten. Dass es später bei einer eventuellen Gerichtsverhandlung auch so abgehen würde, konnte er ihr nicht versprechen. Das akzeptierte sie.

Nachdem die Aussage zu Papier gebracht war, führte Sandra Kim zum Ausgang. Charly informierte inzwischen die EDV-Spezialisten, dass sie nur die Samsung-Telefone aus dem Container untersuchen mussten.

»Na prima!«, war die ironische Antwort. »Dann sind's ja nur noch 2000 Handys.«

»Da werden wir wohl den sympathischen Berliner gleich mal fragen, was er mit *fertigmachen* gemeint hat«, schlug Charly vor, als Sandra zurückkam. Doch die Kollegin sah auf die Uhr und widersprach. Sie hatte bei der Stadt ermittelt, dass es sich bei dem älteren Herrn, der ab und zu mit Strohmeier zusammengearbeitet hat, um einen gewissen Luitpold Strobl handelte. Und der sei jetzt als Fremdenführer auf dem Pfeifturm zu erreichen.

»Der DJ wird uns die nächsten Stunden nicht weglaufen«, urteilte sie.

Charly kam zu demselben Schluss. Darum machten sie sich zu Fuß auf den Weg in die Innenstadt.

Schon auf Höhe der Franziskanerkirche, noch bevor die breite Harderstraße sich zur Straße Am Stein verjüngte, sahen sie den Pfeifturm. Hoch reckte er sich neben dem Turm der Moritzkirche über die steilen Dächer der Altstadt. Nachdem sie den Teufelsstein passiert und die Fußgängerzone durchquert hatten, konnten sie unter einer mächtigen, in die Mauer integrierten Christusfigur die Pforte erkennen, die in den Pfeifturm führte. Wie die Schwanzspitze eines riesigen Reptils, das sich ins kühle Dunkel des Turms zurückzog, verschwanden gerade die letzten Mitglieder einer Touristengruppe im Eingang. Die Sehenswürdigkeit war normalerweise versperrt. Nur an Sonntagvormittagen und bei speziellen Führungen konnte man den Turm betreten. Charly und Sandra folgten dem Reptilienschwanz und stiegen die dreihundert Stufen nach oben. Sandra schien den

Aufstieg mühelos zu bewältigen, während Charly sich dazu zwingen musste, nicht mittendrin anzuhalten, um zu verschnaufen. Seine Oberschenkel brannten und er atmete schwer, vor allem auch, weil er vor Sandra nicht hecheln wollte wie ein gehetzter Hund.

Schon bevor sie ganz oben ankamen, hörten sie eine angenehm dunkle Stimme, die davon berichtete, dass bis 1938 hier oben die Familie des Türmers lebte, der die Aufgaben eines Nachtwächters und eines Wachmannes wahrgenommen habe. Die jüngste Tochter dieser Familie, liebevoll Turmschwaiberl genannt, habe bis zuletzt in Ingolstadt gelebt und wäre heut schon über hundert Jahre alt.

Nachdem sie die Stube erreicht hatten, sahen sie, dass die angenehme Stimme zu einem stämmigen älteren Herrn mit spärlichem grauem Haar und einer großen Nase gehörte. Er stand in der Mitte des hellen Raumes, umringt von etwa zwanzig Zuhörern, und erklärte gerade das mittelalterliche Alarmsystem für die Meldung eines Brandes. »Je nachdem, in welchem Stadtviertel es brannte, wurden verschiedenfarbige Fahnen aus dem Turm gehängt und die Alarmglocke entsprechend des Bezirks verschieden oft geschlagen.«

Als der Fremdenführer Charly und Sandra bemerkte, stockte er in seinem Vortrag.

»Tut mir leid, ist eine gebuchte Tour, geschlossene Gruppe«, rief er ihnen zu.

Charly konnte nicht antworten. Er musste erst ein paar Mal durchschnaufen. Sandra hingegen bereitete das Sprechen keinerlei Probleme: »Wir wollen zu Ihnen, Herr Strobl. Wir müssen mit Ihnen reden.«

»Ach so.« Er kratzte sich kurz hinterm Ohr. »Na gut. Gleich.« Er wollte mit seinen Erklärungen schon fortfahren, musterte dann aber nochmals Charly. »Geht es Ihnen gut?«, fragte er.

Charly winkte ab. »Passt scho! Alles bestens.«

Strobl wandte sich wieder seiner Gruppe zu und berichtete vom damaligen Alltag hier in der Türmerwohnung. Davon, dass jeder, der die Stufen nach oben stieg, von unten einen Eimer Wasser und ein paar Scheite Brennholz mitnehmen musste, und von dem Ziegenbock, den sich die Familie gehalten hatte, der aber mit seinem Gemecker die Andacht in der benachbarten Moritzkirche gestört hatte und darum nicht mehr im Turm leben durfte. Danach empfahl er den Besuchern, draußen von der umlaufenden Galerie den wunderbaren Blick über die gesamte Altstadt zu genießen, bevor die Tour weitergehen würde.

Er selbst kam zu Charly und Sandra.

»Ach ja, der Strohmeier! Schade, wenn man in dem Alter so sterben muss«, stellte er fest, nachdem die Kriminaler sich vorgestellt und den Grund ihres Besuchs eröffnet hatten. »War zwar ein Arsch, aber trotzdem schade.« Mit einer beiläufigen Handbewegung lud er Charly und Sandra ein, bei dem schönen Wetter hinaus auf den umlaufenden Balkon zu treten.

»Wieso war er ein ..., also so?« Charly konnte wieder sprechen. Auch wenn ihm flau im Magen wurde, als er sah, wie Sandra sich locker an die relativ niedrige Balustrade lehnte. Er selbst schaffte gerade einen Schritt nach draußen. In den Bergen hatte Charly keinerlei Probleme mit ausgesetzten Wegen, Abgründen und Steilwänden. Aber immer wenn etwas von Menschen konstruiert war und eine geradlinige Verbindung zum Boden existierte, befiel ihn eine ausgeprägte Höhenangst.

»Na ja, wie heißt des, wenn man mit anderen mitfühlt? Empathie, glaub ich. Und des hat ihm halt völlig gefehlt.

Der hat auf niemanden Rücksicht genommen, also gefühlsmäßig mein ich. Des war ihm völlig wurscht.«

»Weils grad davon reden«, warf Sandra ein. »Wissen Sie, wo er seine Weißwürscht gekauft hat?« Sie stützte sich rückwärts mit den Ellbogen auf das Geländer.

Strobl lächelte schief. »Nein. Ich weiß, dass er da einen Spleen ghabt hat. Aber wo er einkauft, hat mich nie interessiert. War ja immer verschieden, oder?« Er fügte noch an, wo er selbst seine Weißwürste kaufte, und zwar immer. Dass Strohmeier in der Beziehung so eigen war, hatte er nie verstanden.

»Sie haben für ihn gearbeitet?« Charly bemühte sich, nicht auf Sandra zu achten. Er lehnte sich locker gegen die Turmmauer. Zumindest hoffte er, dass es locker aussah.

»Ach Gott, was heißt gearbeitet. Ab und zu, wenn's ihm selber zu blöd war oder wenn er keine Zeit ghabt hat, dann hab ich für ihn Beobachtungsposten übernommen. Für an Fuchziger die halbe Nacht um die Ohren gschlagen.«

Bevor Charly fragen konnte, fuhr Strobl fort: »Ich hab aber nie gewusst, um was es gegangen ist. Es hat immer nur gheissen: Schreib auf, wann ein bestimmtes Auto wegfahrt. Oder: notier alle Kennzeichen von Autos, die da und da parken. Lauter so Depperljobs halt.«

»Wann hams denn zuletzt so einen Job gekriegt?«

»Mhm, is schon länger her, drei oder vier Monate vielleicht. Da hab ich ein paar Stunden einen Hauseingang observieren müssen. Ob Autos mit auswärtigen Kennzeichen davor parken, oder ob Asiaten ins Haus gehen. Aber fragens mich nicht, warum oder wieso.« Er winkte ab. »Es war aber nix. Keiner rausgegangen in der Zeit, keine fremden Autos, keine fremden Menschen. Außer Spesen nix gewesen.«

»Asiaten?« Charly war sofort hellhörig geworden. »Chinesen vielleicht?«

»Oder so, kann doch eh keiner unterscheiden.«

»Sie wissen sicher noch, wo dieser Hauseingang war.«

Strobl nannte eine Straße in Gaimersheim. »Nummer 14, is so ein Dreispänner, der mittlere Eingang.« Er dachte kurz nach. »Tss, ich weiß nicht mal den Namen, wer da wohnt.«

»Und was hätten S' tun sollen, wenn ein Asiate aufgetaucht wär?«, wollte Charly wissen.

»Ihn anrufen, also den Strohmeier, ned den Asiaten. Er hat mir dafür extra so ein Handy mitgegeben.«

»War des öfter, dieser Auftrag, oder ähnliche mit Asiaten?«

»Nein, nur des eine Mal. Sonst hätt ich schon mal nachgfragt, was der Scheiß soll.«

»Haben Sie sich privat auch mitm Strohmeier getroffen?«, wechselte Sandra das Thema, nachdem es offenbar zu den Asiaten nichts mehr zu sagen gab.

»Ab und zu mal auf a Halbe im Biergarten. Aber eigentlich war des nie richtig privat. Meistens immer dann, wenn er was wollt von mir.«

»Es gibt noch einen gewissen Bertl, der auch fürn Strohmeier gearbeitet hat. Kennen Sie den?«

»Kennen wär zu viel gesagt. Ich hab ihn zwei-, dreimal gesehen.« Strobl rieb sich die breite Nase. »Und ich will ja nix sagen, geht mich nix an, aber ich glaub, dass der mehr mit dem Strohmeier gesoffen hat, als für ihn zu arbeiten.«

»Wie der noch heißt, oder wo wir den finden, wissen S' wohl nicht zufällig?«

»Ich weiß nur Bertl. Am Viktualienmarkt soll er sich rumtreiben. Und, ich glaub, da hinten«, er deutete quer über den Rathausplatz weit unter ihnen, »das *Donau-Stüberl* hat der Strohmeier mal erwähnt.«

Zu der Beschreibung des Tatverdächtigen, die heute Morgen im *Donaukurier* stand, fiel Strobl niemand ein. Einen konkreten Verdacht, wer Strohmeier umgebracht haben könnte, konnte er auch nicht nennen. Bald hatten Charly und Sandra alles erfahren, was es von ihm zu erfahren gab. Charly war erleichtert, als Sandra sich von der Brüstung löste und auch er wieder ins Innere des Pfeifturms trat.

Der Fremdenführer klatschte in die Hände. »So meine Herrschaften«, rief er seine Touristengruppe zusammen, »dann gehen wir wieder runter und schauen uns den Rathausplatz mit dem Sandtner-Modell und den Viktualienmarkt an.«

Die Kriminaler trabten mit den anderen die Stufen hinunter, und als auch sie wieder auf der Moritzstraße standen, sperrte Strobl hinter ihnen die Pforte zum Turm ab. Er führte seine Gruppe vor zum Rathausplatz. Charly und Sandra blieben zurück.

In Gaimersheim öffnete eine junge Frau, die ein Hochdeutsch sprach, das Charly keinem bestimmten Landstrich zuordnen konnte. Er und Sandra waren übereingekommen, dass es das Beste sei, sofort dem Hinweis auf die Wohnung in Gaimersheim nachzugehen. Nachdem die Ermittler sich vorgestellt hatten, stieß die Hausbewohnerin einen entrüsteten Lacher aus. Sie hätte zwar bereits von einer speziellen bayerischen Art und Weise gehört und auch von der hohen Aufklärungsquote im Freistaat, aber dass die Polizei sie schon so kurz nach dem Einzug belästige, das sei schon der Hammer. Charly erklärte ihr die Hintergründe des Besuchs. Doch die Frau blaffte nur, sie würde weder diesen Strohmann – oder wie auch immer – noch sonst jemanden kennen und wolle mit der Sache und mit der Polizei nichts zu tun haben. Darum würde sie sich derartige Überfälle an der Haustür verbitten. Auf Sandras Frage, wie lange sie schon hier wohne, entgegnete die Frau, sie wisse nicht, was das die Polizei anginge. Entweder lag es an Charlys Blick, der sich allmählich verfinsterte oder an Sandras Körpersprache (sie stemmte die Fäuste in die Hüften und atmete tief durch), auf jeden Fall schwenkte die Hausbewohnerin um. Sie sei mit ihrer Familie vor vierzehn Tagen hier eingezogen, ihr Mann habe eine gute, eine leitende Position bei Audi angetreten, sie hätten das Reihenmittelhaus von einem Makler erworben und es interessiere sie wirklich nicht, wer vorher hier gehaust habe. Am Schluss fügte sie spitz hinzu, ob die bayerische Polizei auch noch ihre Steuererklärung sehen oder ihre BH-Größe wissen wolle. Charly tippte im Geiste auf 65 A, war sich aber unschlüssig, ob das der Grund für das zwiderne, kratzbürstige Wesen sein konnte. Bevor er dazu kam, etwas zu entgegnen, teilte die Dame abschließend mit, dass sie nun keine Zeit mehr für derartigen Firlefanz habe, denn nun müsse Kevin zur Trommelstunde und Priscilla zum Ballett. Und übrigens erwarte sie das nächste Mal eine telefonische Terminvereinbarung, da sie sich ihren Tag ja auch einteilen müsse. Mit einem »Guten Tag« fiel die Tür zu. Sandras »Willkommen in Bayern« erreichte die Empfängerin bereits nicht mehr.

Acht Donnerstagabend

Es war kurz vor vier, als sie zur Dienststelle zurückkamen. Charly freundete sich immer mehr mit dem Gedanken an, für heute Feierabend zu machen. Er fühlte sich matt und müde. Das hätt's früher auch nicht gegeben, dachte er erschüttert. Nicht während einer brandaktuellen Ermittlung. Vor nicht allzu langer Zeit hätte er in einem derartigen Fall am liebsten alles an einem Tag und am besten gleichzeitig erledigt. Wenn er dann nach zwölf, dreizehn Stunden heimgegangen war, hatte er ungeduldig den nächsten Tag erwartet, um sich von Neuem in die Ermittlungsarbeit zu stürzen. Aber die Vorstellung, sich zu Hause eine halbe Stunde in den Garten zu legen und die Augen zuzumachen, war sehr verlockend. Danach könnte er ins Alt-Herren-Training gehen. Einfach um sich selbst zu beweisen, dass er es noch drauf hatte. Auch wenn damit zu rechnen war, dass morgen dann wieder Knöchel und Knie, Sehnen und Muskeln schmerzten.

Sandra zeigte dagegen keinerlei Ermüdungserscheinungen. Sie wirkte frisch und energiegeladen. Sie tippte auf ihrer Tastatur herum und präsentierte schließlich einen Ausdruck, der zeigte, dass bis vor vier Monaten eine andere junge Familie in dem Dreispänner in Gaimersheim gewohnt hatte. Inzwischen war sie von Amts wegen abgemeldet und mit unbekanntem Ziel verzogen.

Charly nahm das Blatt entgegen und kommentierte die Erkenntnis mit einem müden »Aha«. Als das Telefon läutete und Charly die Lärmquelle mit geneigtem Kopf und abwesendem Blick fixierte, musterte Sandra ihn nachdenklich. Vermutlich noch ein oder zwei Klingeltöne, dann hätte sie zu seinem Hörer gegriffen. So weit wollte Charly es dann aber doch nicht kommen lassen. Die Kollegin war ja nicht seine Vorzimmerdame.

Er hob selbst ab. »Valentin, guten Abend.«

Vermutlich blieb der Anrufer stumm, weil er ungläubig irgendeine Uhr anstarrte. Es war vier Uhr Nachmittag.

Schließlich meldete sich am anderen Ende eine unsichere, männliche Stimme. »Ähh, ja ... hallo, Grüß Gott!« Der Mann sprach Bayerisch, auch wenn er ob des Behördenkontaktes seine Mundart ins Hochdeutsche transferierte.

»Ich ruf an wegen dem Bericht, der wo heut in der Zeitung war. Wegen diesem Toten und der Beschreibung.«

»Okay, mit wem sprech ich denn?«, fragte Charly routinemäßig.

»Mein Name tut nix zur Sache. Aber ich glaub, ich kenn den Mann.«

»Den Toten?«

»Nein, den mit der Beschreibung. Der, wo gesucht wird.«

»Und woher kennen Sie ihn?«

»Ich hab eine Kneipe, und da ist er Stammgast.«

»Gut, wissen Sie auch, wie Ihr Gast heißt?

»Natürlich, das ist der Bachhuber Erwin.«

»Aha, wir reden also von einem Erwin Bachhuber, und der ist Stammgast in der Gaststätte ... Wie heißt die?«

»Weißbierstadel.«

»Ah, der Herr Schluck, oder?« Charly kannte den Wirt noch aus seiner Fahnderzeit. Im *Weißbierstadel* war früher durchaus der eine oder andere Kunde zu finden gewesen, für den ein Haftbefehl bestanden hatte. Der Wirt war dabei stets bemüht gewesen, mit der Polizei zumindest im unvermeidlichen Rahmen zu kooperieren. Auch wenn er es ansonsten selbst mit den Vorschriften nicht immer so ganz genau nahm. Und die Hinweise auf die Straftäter in seiner Gaststube waren nie von ihm gekommen. Aber so ein gravierender Sachverhalt wie Mord ging ihm dann wohl doch zu weit. Charly hatte sich der Name damals eingeprägt, weil er es hintersinnig fand, dass ein Kneipenwirt Schluck hieß.

»Zefix!«, ärgerte sich Schluck. Doch nachdem ihm Charly zugesichert hatte, seine Mitteilung vertraulich zu behandeln, berichtete der Wirt davon, dass der von ihm verdächtigte Bachhuber kürzlich seine Arbeit verloren hätte und seitdem ein wenig abgestürzt sei. Nachdem er dann den Namen eines Privatdetektivs erfahren habe, der seiner Meinung nach für die Entlassung verantwortlich war, hätte Bachhuber oft von Rache gesprochen.

»Ich kenn den Namen des Schnüfflers nicht, Herr Kommissar. Aber letzten Dienstag, nach ein paar Halbe, hat der Erwin irgendwas gsagt wie *Jetzt is so weit*, oder so ähnlich, und is dann auf und davon.«

»Letzten Dienstag? Um wie viel Uhr war das?« Charly zeichnete in Gedanken einen Zeitstrahl.

»Keine Ahnung, irgendwann am Vormittag. Ich hab ned auf die Uhr gschaut.«

Die Angabe ließ viel Raum und Bachhuber konnte durchaus genau zum Weißwurst-Zeremoniell an der Strohmeier-Wohnung aufgetaucht sein.

»Und wissen S', Herr Kommissar, schon des allein wär ja ein blöder Zufall. Aber dann noch die Beschreibung. Seit der Erwin entlassen ist, lässt er sich ein bisserl gehen. Er is von Haus aus ein recht fester Kerl. Und jetzt is er auch noch unrasiert und beim Friseur war er schon länger nimmer. Nach den paar Halbe und mit der Wut im Bauch hat er dann auch noch so einen richtig roten Belle aufghabt, damals. Also von der Beschreibung her würd ich sagen, er hat direkt an einen wütenden Keiler erinnert. Ja, wie eine ... entschuldigens den Ausdruck ... wie eine Wildsau hat er ausgschaut, wenn man des so sagen darf.«

Nach dem tierischen Vergleich war Charly restlos überzeugt, dass das die richtige Spur war. »Herr Schluck, wissen Sie, wo der Bachhuber wohnt?«

Schluck wusste es nur ungefähr. Dafür winkte Sandra bereits mit dem nächsten Computerausdruck und nickte Charly zu. Er vereinbarte mit dem Wirt einen Termin, um die Aussage schriftlich zu fixieren, und verabschiedete sich.

Sandra hatte parallel zu Charlys Telefonat im Computer nach dem Verdächtigen gesucht und war in Ingolstadt auf drei Männer mit dem Namen Erwin Bachhuber gestoßen. Der erste war achtzehn Jahre alt und der zweite fünfundachtzig. Der dritte jedoch war dreiundfünfzig und polizeilich in der Vergangenheit durch eine Trunkenheitsfahrt und zwei Anzeigen wegen Körperverletzung aufgefallen. Leider gab es im System kein Bild des Mannes. Seine gemeldete Wohnung lag vier Querstraßen vom *Weißbierstadel* entfernt.

Die Müdigkeit war verschwunden. Doch noch so ein bisserl wie früher, stellte Charly zufrieden fest. Er überprüfte seine Waffe und steckte sie zurück ins Holster. Sandra schlüpfte in ihre Schutzweste. Helmuth hatte zwei Fahrzeuge organisiert und brachte die Schlüssel. Er war ein wenig enttäuscht. Denn sollte die Festnahme dieses Bachhuber die Lösung des Falles bedeuten, würde sein Weißwursttest morgen früh vielleicht noch abgesagt. Obwohl der Chef und die Staatsanwältin die Sache bereits genehmigt hatten.

Neben Charly und Sandra würde Helmuth zusammen mit Konrad ein Team bilden. Mehr Kollegen waren auf die Schnelle nicht erreichbar. Kommissariatsleiter Barsch hatte sofort entschieden, die Aktion vom Büro aus zu koordinieren. Und Dienststellenleiter Zwerglein hatte sich bereits gegen drei Uhr von Margot verabschiedet und ihr mitgeteilt, er werde nun seine Freundin abholen und sich den Rest des Tages an einem Badeweiher entspannen.

»Pack mas!«, forderte Charly seine Kollegen auf. Helmuth nickte ergeben.

»Was packen S' denn? Geht's auf Feindflug, Herr Valentin?« Präsident Rubin stand plötzlich in der Tür. Charly erklärte ihm mit drei Sätzen das Vorhaben.

»Aha, seids vorsichtig«, ermahnte sie der Dienstherr. »Sollen wir das SEK verständigen?«

Charly winkte ab. »Für den Bachhuber Erwin wird's so auch reichen.«

»Was anderes, Herr Valentin: Können Sie Ihren Chef erreichen. Der ist mit meiner Vorzimmerdame unterwegs und die müsst ich dringend was fragen. Sie geht aber nicht ans Telefon.«

»Tut mir leid. Wir haben es auch schon probiert. Aber der Herr Kriminaloberrat ist im Moment ebenfalls nicht greifbar.«

»Na ja, dann muss die Sache eben warten bis morgen«, entschied der Präsident. »Apropos morgen! Herr Reithl, Sie veranstalten morgen einen wichtigen Test in dieser Sache, hab ich gehört.«

Helmuth nickte verhalten und wartete ab, worauf Rubin hinauswollte.

»Wenn Sie da noch Personal brauchen, Sie können mich gerne einteilen. Ich würd da schon meinen Anteil zu den Ermittlungen beisteuern.«

»Vielleicht fällt der Test ja aus«, entgegnete Helmuth traurig. »Wenn sich das alles jetzt dann mit der Festnahme aufklärt, wird der Weißwurschtversuch wohl überflüssig.«

Rubin rieb nachdenklich sein Ohrläppchen. »Also ich hab mal gelernt, dass bei Kapitalverbrechen alle Fakten ausermittelt werden müssen. Egal ob man einen Tatverdächtigen hat oder nicht. Ich würde also sagen, der Test wird auf jeden Fall durchgeführt. Wer weiß, für was man die Erkenntnisse dann noch brauchen kann. Und außerdem läuft ja schon alles.«

Helmuth strahlte. »Jawoll, Herr Präsident, so mach mas!«

Erwin Bachhuber war in einem Wohnblock an der Herschelstraße gemeldet. Sie stellten die Fahrzeuge um die Ecke ab und näherten sich schweigend dem Eingang. Wenn das Klingelschild richtig montiert war, dann lag Bachhubers Domizil im Hochparterre links neben dem Eingang. Dort konnten sie hinter der betonierten Brüstung in eineinhalb Metern Höhe eine gekippte Balkontür erkennen. Aus dem Innern der Wohnung drangen Gesprächsfetzen und Musik. Vermutlich RTL-Nachmittagsprogramm in voller Lautstärke, dachte Charly. Es war jedes Wort zu verstehen. Er freute sich, dass er Bachhuber anstatt der Realityshow über zwei coole Polizisten gleich eine echte Vorstellung würde bieten können. Wortlos bedeutete er Konrad, dass er nach hinten, ums Haus herum gehen solle, um einen möglichen Fluchtweg abzuschneiden. Konrad nickte und verschwand. Aus der Balkontür hörte man dramatische Musik und ein Martinshorn. Dazu erklärte ein Sprecher die Situation. Der schaut tatsächlich *Toto & Harry*, amüsierte sich Charly innerlich.

Die Haustür war versperrt. Darum legte Charly sich gedanklich seinen Spruch zurecht, den er nach dem Klingeln aufsagen würde. Er entschied sich für die Nummer mit dem Mitarbeiter der Stadtwerke, der vorbeikommt, weil irgendwas mit dem Gas nicht stimmt. Das zog immer.

Er wollte gerade klingeln, als sein Handy *We will rock you* spielte. Es war Zwergleins Nummer. Um die stampfende Rockhymne zu beenden, nahm Charly das Gespräch schnell an. »Ja?«, zischte er.

»Charly! Was ist denn los?«, meldete sich Zwerglein. »Die Margot hat mich grad angerufen, wie wir aus dem Wasser gekommen sind. Ihr nehmt jemanden fest?«

»Ich kann's jetzt ned erklärn«, flüsterte Charly in die hohle Hand, die er übers Handy gelegt hatte. »Es ist ein sehr guter Hinweis auf die Pressemeldung hin. Und den Typen holen wir uns jetzt.«

»Is des ein Chines?«

»Hä?«

»Na, wegen die Triaden!«

Sandra schlug Charly gegen den Arm, verdrehte die Augen und hob drängend die Schultern an. Beende endlich dieses Telefonat, sollte das wohl heißen.

»Später Chef, ich kann jetzt nicht.«

»Ja gut, ich komm nachher zur Dienststell. Seids vorsichtig.«

Charly steckte sein Handy wieder weg. Unter Sandras ungeduldigen Gesten drückte er schließlich den Klingelknopf. Sogleich erklang aus der Wohnung hinter der Balkontür ein schrilles Gebimmel, das an das Warnsignal einer Straßenbahn erinnerte.

Daneben war just in dem Moment der melodiöse Bass des RTL-Kollegen zu vernehmen, der laut und deutlich sagte: »Stadtwerke. Wir kommen, weil was mit dem Gas nicht stimmt.« Gleich darauf fügte er verschwörerisch, offenbar an seinen Streifenpartner oder die Kamera gewandt, hinzu: »Funktioniert immer.«

Charly konnte gerade noch »Zefix!« denken, da erschien an der Balkonbrüstung auch schon Bachhubers mächtiger Schädel. »Was is?«

Charly, Sandra und Helmuth hatten sich während der letzten Sekunden auf die Lautsprecheranlage konzentriert und nicht registriert, dass die Balkontür geöffnet worden war. Nun starrten sie überrascht nach oben, Sandra in ihrer Schutzweste, Charly mit der Waffe am Gürtel und Helmuth mit der Pistole in der Hand.

»Ähh, Stadtwerke ...«, stammelte Charly.

Blitzartig verschwand Bachhuber in seiner Wohnung.

In dem Moment wurde die Haustür geöffnet. Umständlich versuchte ein älteres, gebeugtes Mütterchen mit dem Rollator nach draußen zu gelangen. Während Charly losspurtete, um hinter das Haus zu Konrad zu gelangen, hielt Sandra der Frau die Tür auf. Erst als sie endlich weit genug draußen war, konnten sie und Helmuth ins Treppenhaus stürmen.

Gleich nachdem er um die Ecke gebogen war, sah Charly seinen Kollegen und den Flüchtenden. Bachhuber saß auf dem Hosenboden und schüttelte benommen den Kopf. Konrad lag wie ein gefällter Baum zwei Meter von ihm entfernt auf dem Rücken und war bewusstlos.

Mit vier großen Schritten war Charly beim Verdächtigen. »Bleiben S' sitzen, Bachhuber! Sie sind festgenommen. Widerstand ist zwecklos.« Er musterte kurz seinen Gefangenen und war sich beim Anblick des massigen Körpers gar nicht mehr so sicher, ob Widerstand wirklich zwecklos wäre. Trotzdem wandte er sich ab, um nach Konrad zu sehen. Gott sei Dank sprangen auch Sandra und Helmuth, so wie vermutlich kurz zuvor Bachhuber, aus einem der Fenster und waren ruck, zuck bei ihnen. Während die beiden sich um den Festgenommenen kümmerten, tätschelte Charly Konrads Wange. Ganz leicht, dann etwas fester und schließlich noch ein wenig intensiver.

»Aua, spinnst du?« Beim fünften Mal Tätscheln kehrte Konrads Bewusstsein zurück.

Sofort griff er sich an die Stirn. »Bah, ich glaub, wir sind mit die Schädel zam. Ich bin da ums Eck«, er deutete auf einen erkerartigen Anbau direkt hinter sich, »und dann war er auch schon da. Wie eine Dampfwalze.«

»Erinner dich an die Beschreibung«, sagte Charly mit einem schiefen Lächeln. »Mit denen soll man sich halt ned anlegen. Aber trotzdem«, er klopfte Konrad auf die Schulter, »prima Festnahme!« Das meinte er ernst, denn wenn man den schmächtigen Kollegen betrachtete, hätte es niemanden gewundert, wenn der Flüchtende einfach über ihn hinweggelaufen wäre, ohne ihn wahrzunehmen. Vermutlich war Konrads sturer Beamtendickkopf seine einzige reelle Chance gewesen.

Charly und Helmuth transportierten Bachhuber zur Dienststelle. Sandra fuhr Konrad, der immer noch wacklig auf den Beinen war, ins Klinikum.

»Ich hab ihn ned umgebracht!« Zum x-ten Mal beteuerte Bachhuber seine Unschuld. Aus dem Ebenbild des rasenden Keilers war mittlerweile so etwas Ähnliches wie ein ausgefranster, nasser Kartoffelsack geworden. »Ich geb zu, ich wollt ihm eine Abreibung verpassen, weil er schuld ist, dass' mich entlassen ham. Aber …« Er wischte sich mit der zitternden Hand übers Gesicht, dessen Farbe inzwischen von wütendem Rot zu deprimiertem Grau gewechselt hatte.

Charly sparte sich den Hinweis, dass Bachhuber an seiner Entlassung nur selbst Schuld hatte, und beschränkte sich auf den Tathergang. »Also sind Sie vom *Weißbierstadel* direkt zur Wohnung vom Strohmeier gegangen. Mit einer Mordswut im Bauch«, hielt er ihm vor. »Mit der Tür ham Sie sich ned lang aufghalten. Die ham S' einfach eingetreten. Das Profil Ihrer Schuhe stimmt mit dem Abdruck an der Tür überein.«

»Ich hab schon geklingelt«, widersprach Bachhuber vehement. »Aber er hat ned aufgmacht, obwohl ich ja ghört hab, dass jemand in der Wohnung war.«

»Was ham S' ghört?«

»Stimmen. Ich hab's zwar ned verstanden. Aber es hat sich wer unterhalten.«

»Und weil er ned aufgmacht hat, waren S' noch wütender und ham die Tür eingetreten. Und dann? Dann war er da am Tisch gesessen. Der Kerl, der Schuld war an Ihrem Unglück. Also sind Sie hin zu ihm und ham ihn umgebracht. Wie ham S' des gmacht?«

»Nein«, schrie Bachhuber aufgebracht, »gar ned. Ich hab ihn ned umgebracht.« Er sackte jedoch sofort wieder zusammen und wurde leiser. »Er war am Tisch gesessen, des stimmt. Eigentlich mehr gelegen. So als wär er eingeschlafen. Und hat mich angstarrt mit einem Aug. Keine Ahnung, ob er noch glebt hat. Aber es hat ned gut ausgschaut und er hat sich ned grührt, überhaupts ned.«

»War ja eine prima Gelegenheit, oder?«, schaltete sich Helmuth ein. »Wenn er sich ned wehrt, kann man ihn einfach erwürgen. Dann hat er bekommen, was er verdient hat. Habn S' ihn mit den bloßen Händen erwürgt oder habn S' irgendwas dazu hergenommen?«

»Jetzt hörts halt auf!« Erneut richtete Erwin Bachhuber sich auf und wurde lauter. »Gar nix hab ich gmacht. Ich hab

Angst kriagt und bin rückwärts wieder naus aus der Wohnung.«

Langsam wuchsen in Charly ernste Zweifel, ob Bachhuber tatsächlich Strohmeiers Mörder war.

»Und die Stimmen?«, fragte er, um das Gespräch am Laufen zu halten. »Habn S' die immer noch ghört?«

Bachhuber zuckte mit den Schultern. »Keine Ahnung, wahrscheinlich schon. Irgendwie im Hintergrund.«

»Was war denn alles auf dem Tisch gestanden?«, fragte Helmuth, der offenbar gemerkt hatte, dass Charly dem Verdächtigen eine Pause von den Vorwürfen gönnen wollte.

Erneut zuckte Bachhuber und schürzte die Lippen. »Weiß ned, ein Topf, ein Glas – oder Scherben, Besteck ... was weiß ich. Ich hab nur den Typen angschaut, der da so dagsessen is.«

»Waren die Fenster alle zu, oder auf, oder is Ihnen da irgendwas aufgefallen?«

»Ich weiß es nicht. Ich hab nicht aufpasst auf die scheiß Fenster. Es is mir nix aufgefallen, weil ich den Kerl angestarrt hab und gleich wieder raus bin.« Bachhuber war anzusehen, dass er den Sinn der Fragen nicht verstand.

»War irgendwo ein Fußball rumgelegen?«

»Hää?«

»Warum ham S' die Glückskekse hinglegt? Wo ham S' die gekauft?«

»Kekse?« Bachhuber sah aus, als hätte Charly ihn nach den binomischen Formeln gefragt.

Die Ermittler versuchten noch einige Male, Bachhuber durch Vorhalte zu einem Geständnis zu bewegen oder in Widersprüche zu verwickeln. Der ehemalige Keiler war am Schluss nur noch ein Schatten seiner selbst, starrte vor sich hin und antwortete gar nicht mehr. Sie brachten ihn nach unten in die Zelle, um ihm am nächsten Tag dem Ermittlungsrichter vorzuführen.

»Wir müssen ihn morgen noch von der Zwingerl identifizieren lassen«, stellte Charly fest, als sie wieder im Büro waren.

»Aber er gibt doch zu, dass er in der Wohnung war«, entgegnete Helmuth, dem immer noch manchmal die eine oder andere Routinehandlung bei Ermittlungen der Kripo unnötig und überzogen vorkam.

»Trotzdem, für die Akten müssen wir uns bestätigen lassen, dass der Bachhuber derjenige ist, den die Zwingerl in ihrer Vernehmung genannt hat. Machen wir eine kurze Gegenüberstellung morgen, und die Sache ist ordentlich abgearbeitet.«

»Und, was glaubst? War er es?«, fragte Helmuth.

Charly überlegte kurz. »Tja, er hat ein Motiv, er hat's sogar so in etwa angekündigt, er war zur Tatzeit am Tatort und hatte die Gelegenheit. Also nach kriminalistischen Gesichtspunkten spricht alles gegen ihn. Was glaubst du?«

»Er is jähzornig und einfach gestrickt«, antwortete Helmuth. »Und wenn er seinen Pegel hat, is er vermutlich zu allem fähig. Ich weiß nicht, aber aus menschlicher Sicht spricht auch nicht viel für seine Unschuld.«

Charly plagte noch ein anderer Gedanke. »Aber wenn er aus Rache tötet, warum sollte er dann den Laptop, das Handy und Unterlagen mitnehmen?«

»Vielleicht damit es anders aussieht. Wie ein Raub? Oder dass es doch mit Strohmeiers Ermittlungen zusammenhängt. Drum auch die Glückskekse«, begründete Helmuth. »Oder er hat die Gelegenheit genutzt und das Zeug am Flohmarkt verkauft, oder bei Ebay.«

»Des mit Ebay, okay. Aber die Glückskekse? Traust du dem Kerl so einen durchdachten Plan zu?« Charlys Zweifel wuchsen. »Woher soll der irgendwas vom Strohmeier seine Chinesen wissen. Außerdem hat sich das nach der Aussage vom Schluck alles spontan abgespielt. Und wenn der Bachhuber ned ständig Glückskekse in der Tasche hat, dann beißt sich was.«

Es war spät geworden, und als Bachhuber sicher in seiner Zelle verwahrt war, kam die Müdigkeit zurück. Charly wollte nach Hause. Früher, wenn in einem Fall ein Tatverdächtiger verhaftet war, floss immer eine ganz bestimmte Energie durch Charlys Adern. Er hätte die Dienststelle nicht verlassen, bevor die letzte notwendige Zeile geschrieben war. Jetzt fand er, der Schriftkram könne auch sehr gut am nächsten Morgen noch erledigt werden. Er würde eben ein wenig früher aufstehen. Den Stapel mit den Berichten und Fotos für Julia konnte er getrost liegen lassen. Er würde seine Tochter heute nicht mehr sehen.

Als er gerade gehen wollte, liefen ihm die beiden Kollegen des Kriminaldauerdienstes über den Weg, die ihre Nachtschicht begannen. Dabei war auch der junge Kommissar, der als Erster in Strohmeiers Wohnung war.

»Servus«, grüßte Charly, und im Vorbeigehen fiel ihm eine Frage ein: »Du Sepp, die reden in unserem Fall alle von Stimmen, die sie in der Wohnung gehört haben wollen. Fällt dir dazu irgendwas ein?«

Sepp dachte kurz nach. »Wird wohl das Radio gewesen sein«, antwortete er dann.

»War das an?«

»Ja, das hab ich irgendwann ausgeschaltet. War *Bayern 1*, ein ewiges Gelaber und so uralte Gruftimusik.«

»Aha, das hast aber nirgends vermerkt in deinem Bericht.«

»Kann ja in dem Fall ned so wichtig sein, ob da so ein Gedudel läuft, oder?«

Charly brachte nur ein müdes »Mhm« zustande, hakte die Sache ab und schlurfte weiter zum Parkplatz. Als er den Motor anließ, ertönte *Bayern 1* aus dem Radio. Ein tausendmal gehörter Oldie. Probeweise schaltete er nacheinander auf zwei angesagte Sender um. Aber entweder lief Musik, die nur Krach machte, oder ein Moderator sprach mit irgendeinem Promi, den Charly nicht kannte, über einen Film, von dem Charly noch nichts gehört hatte, in einer Jugendsprache, die Charly nicht so richtig verstand. Er kehrte zurück zu *Bayern 1* und summte den Oldie mit.

Wie um diese Zeit üblich war Petra bis zu den Ohren in eine Decke gehüllt. Auf dem Bildschirm flimmerte ein dunkelgrauer skandinavischer Krimi.

Sie schlug die Augen auf und begrüßte Charly, ohne ihre Position zu verändern.

»Und, hast den Fall geklärt?«, fragte sie verschlafen.

»Na ja, wir haben jemanden verhaftet. Den mit der Beschreibung von der Zwingerl«, antwortete er müde.

»Das hört sich aber nicht überzeugt an.«

Charly hob die Schultern. »Ich weiß auch nicht.« Er hatte keine Energie, Petra seine Zweifel ausführlich zu erläutern. Das war aber auch nicht nötig, denn schon ihre Feststellung hatte sie mit halb geschlossenen Augen mitgeteilt, und gleich darauf war sie wieder eingeschlafen.

Er schenkte sich ein Feierabendweißbier ein und schaltete aufs Dritte, wo Bob Ross mit einer Weißelbürste eine romantische Flusslandschaft auf die Leinwand zauberte. Ideal, um auf andere Gedanken zu kommen.

Neun Freitag

Helmuth bereitete in drei großen Töpfen die Weißwürste zu. Diese Aufgabe wollte er keinem anderen überlassen. Denn es hatte sich schon oft gezeigt, dass Menschen, die imstande waren, ein perfektes Fünf-Gänge-Menü zu kreieren, kein Gefühl für die Zubereitung von Weißwürsten hatten. Da gab es Hausfrauen, die drehten die Kochplatten auf Anschlag und setzten auch noch den Deckel auf den Topf. Das wollte Helmuth nicht riskieren.

Margot hatte in Helmuths Auftrag die Würste, jeweils vier aus jeder Metzgerei, mit lebensmittelechten Kabelbindern versehen, die eine kleine Nummer trugen. Und nur sie hatte die Liste, mit der die Würste den Metzgereien zugeordnet werden konnten. Denn Margot als überzeugte Vegetarierin nahm an dem Test nicht teil.

Im großen Besprechungsraum standen Teller, Besteck, Servietten, Senf und Brezen bereit. Erwartungsvoll blickten die Tester, die alle pünktlich erschienen waren, zu Helmuth, der fachkundig per Fingerdruck den Garzustand der Würste prüfte. Alle am Verfahren Beteiligten hatten sich eingefunden: die Kollegen vom K1 und vom Erkennungsdienst, Freiwillige der anderen Kommissariate, Angehörige der Verwaltung, Herr Polizeipräsident Rubin, Frau Staatsanwältin Gambrini-Steinmetz und sogar Bruce aus der Einsatzzentrale war herübergekommen.

»Gibt's Putenwiener auch?«, rief Sonja über das Tischgebrabbel hinweg. Und wie es aussah, verursachte sie damit Helmuth körperliche Schmerzen.

»Wenn man sich's aussuchen kann, hätt ich gern Drei im

Weckla«, schloss sich Dienststellenleiter Zwerglein mit einem breiten Grinsen an.

Bevor Helmuth antworten konnte, schaltete sich Präsident Rubin ein. »Herrschaften, wir sind ja nicht zum Spaß hier. Es geht um die Weißwürste und wir haben einen Ermittlungsauftrag.« Es war aber keine Zurechtweisung, sondern lediglich eine Klarstellung in entsprechend väterlichem Ton. »Drum gibt's ja auch kein Weißbier«, fügte er leise knurrend hinzu.

Helmuth entschied schweigend, dass die Würste fertig waren, und begann auszuteilen. Bereits zuvor hatten die Tester die Beurteilungsbögen erhalten. Von jeder Wurst waren Länge, Durchmesser und Krümmungsgrad zu erfassen. Darüber hinaus die Dicke der Haut von extrem fest bis zart und deren Farbe von Elfenbein bis Hellweiß. Zusätzlich mussten der Petersilienanteil, der Fettbatzerl-Koeffizient und geschmackliche Besonderheiten, insbesondere dominierende Gewürze, notiert werden. All diese Werte hatte der Lebensmittelchemiker des Landeskriminalamtes bei den Weißen aus Strohmeiers Topf festgestellt.

Als die erste Ration verteilt war, begann erst das Messen und Schätzen und dann das Essen. Man konnte alle Varianten des Weißwurstverzehrs beobachten. Es gab die Halbierer und die Sezierer, die mit einem gekonnten Schnitt die Haut auftrennten und das Innere komplett freilegten. Dagegen schnitten die Scheiberlschneider ganze Radeln ab und häuteten diese erst danach auf der Gabel. Im Gegensatz dazu zogen die Allesfresser gar nichts ab. Sie schnitten ebenfalls Stücke ab, genossen die Bissen aber mit der Haut. Ähnlich handhabte es Bruce, der die Wurst in der Hand hielt und einfach abbiss. Eine eher exotische Methode praktizierte Konrad, der seine Weiße vorne abschnitt und dann das Brät mit dem Messerrücken herauspresste und -strich. Frau Gambrini-Steinmetz hingegen beherrschte den klassischen Kreuzschnitt, indem sie die Wurst nach und nach rautenförmig einschnitt und die Bissen elegant mit der Gabel herausdrehte. Zu guter Letzt glänzten die Zuzler mit Traditionsbewusstsein. Zu ihnen gehörten Charly und Helmuth. Charlys Opa hatte seine Weißwürste grundsätzlich gezuzelt und seinem Enkel eingeschärft, dass sich Weiße mit Messer und Gabel nicht vertragen.

Nach etwa einer Dreiviertelstunde war der anspruchsvolle Ermittlungsauftrag erledigt. Helmuth erhielt 72 Bewertungsbögen, die nun ausgewertet und mit den Strohmeierschen Werten verglichen werden mussten. Dazu zog er sich zusammen mit Margot zurück.

Charly wollte versuchen, irgendwie seine Jeans vom Senf zu reinigen, bevor Frau Zwingerl zur Gegenüberstellung kommen würde. Es gelang ihm mehr oder weniger, und als er die Zeugin unten an der Wache abholte, hatte er nur noch einen großen, feuchten Fleck am Oberschenkel.

Sandra hatte unterdessen Bachhuber aus seiner Zelle geholt und fünf Kollegen organisiert, die sich mit dem Verdächtigen in eine Reihe stellen und sich eine Nummer vor den Bauch halten würden.

»So, Frau Zwingerl! Ich zieh jetzt gleich den Vorhang zurück. Dann sehen Sie durch die große Scheibe sechs Männer«, erklärte Charly. »Und Sie sagen mir einfach, ob derjenige dabei ist, der Sie fast umgerannt hätte. Keine Angst, die Scheibe ist ein venezianischer Spiegel. Solange es hier drin dunkel ist, können uns die vom anderen Raum aus nicht sehen. Alles klar?«

Frau Zwingerl umklammerte den Henkel ihrer Handtasche mit beiden Händen und nickte verhalten. Mit einem Ruck zog Charly den Vorhang auf. Die Zeugin musterte kurz die sechs Männer, die ihr gegenüberstanden, und sagte dann: »Na ja, die Vier halt.«

»Sind Sie sicher?«

»Muss ja.«

Wie schon so viele zuvor ging auch Frau Zwingerl anscheinend davon aus, dass der Täter ja wohl dabei sein musste, wenn die Polizei schon sechs Männer zur Auswahl präsentiert. Viele Zeugen betrachteten solche Gegenüberstellungen oder Lichtbildvorlagen als persönliches Quiz, wobei sie die Aufgabe hatten, auf jeden Fall einen der Kandidaten auszuwählen. Und das war in diesem Fall gar nicht so schwer. Nummer sechs trug eine Uniformhose zu seinem zivilen Pulli. Die Eins war zwar in etwa so groß wie Bachhuber, aber viel zu dünn. Fünf war annähernd so kompakt gebaut wie der Verdächtige, aber eineinhalb Köpfe kleiner. Genau wie Bachhuber trug die Nummer zwei einen Vollbart, aber der war gepflegt. Position drei schließlich war genau so groß und so breit wie Bachhuber und trug auch einen üppigen Vollbart, legte aber sehr viel Wert auf die Haartracht. Er war exakt gescheitelt und gekämmt. Wie immer war es in der kurzen Zeit nahezu unmöglich gewesen, für einen Tatverdächtigen, der die Nacht in der Zelle verbracht hatte, einigermaßen ähnliche Vergleichspersonen unter den Kollegen zu finden. Vor allem, wenn der mögliche Täter so extravagant, oder vielmehr abgerissen aussah wie Bachhuber.

Darum war Frau Zwingerls Wahl die richtige gewesen, Bachhuber hatte die Nummer vier in der Hand.

Charly überlegte, ob der eigentlich vorgeschriebene zweite Durchgang mit durchgewechselten Positionen und

Nummern überhaupt Sinn machen würde, als Konrad das Zimmer betrat.

»Jessas, is da dunkel«, stellte er überrascht fest und – klick – schaltete das Licht an.

Die fünf Vergleichskollegen, die nicht wie Bachhuber aussahen, starrten die plötzlich sichtbar gewordene Frau Zwingerl mit großen Augen an. Der Verdächtige selbst glotzte zunächst weiterhin teilnahmslos auf das Fenster in der Mauer. Dann verzog sich sein Mund zu einem schiefen Lächeln.

In dem Moment, als die Zeugin ein erschrecktes, spitzes »Aah« ausstieß, vollendete Charly einen großen Ausfallschritt, erreichte den Lichtschalter und es wurde wieder dunkel im Zimmer. Der zweite Durchgang hatte sich nach Charlys Dafürhalten auch erledigt.

Die Aussage von Frau Zwingerl wurde noch schriftlich fixiert, bevor Charly sie wieder nach unten zum Ausgang brachte. Er bedankte sich noch einmal, versicherte ihr, dass ihr von Bachhuber keine Gefahr drohe, und wollte sich dann verabschieden, als Frau Zwingerl den Kopf und den Zeigefinger hob.

»Hörn S' es?«, fragte sie verzückt und lauschte. »Am Anfang is immer ganz leise. Es is so wunderbar, des Läuten vom Münster.«

Charly konzentrierte sich. Tatsächlich konnte man trotz der Dieselmotoren vom nahen Busbahnhof und über den Straßenlärm hinweg eine zarte Glocke hören.

»So geht's an, das is die Stürmerin, die Kleinste«, erklärte Frau Zwingerl liebevoll. »Jetz ... gleich ...Achtung.«

Eine tiefere Glocke setzte ein.

»Die Walburga.« Die Zwingerl sprach von der Glocke, als hätte sie eine alte Bekannte getroffen. Sie standen auf dem

Gehweg vor der Friedenskaserne und lauschten versonnen dem Mittagsläuten.

»Jetzt kommt gleich die Bäuerin dazu, und dann der Antlass«, schwärmte Zwingerl. »Wissen S', wenn's vom Münster läutet, dann bleib ich immer stehn, egal, wo ich gerade bin. Die Zeit zum Zuhören nehm ich mir.«

Wie angekündigt fielen nacheinander zwei dunklere Töne in das ohnehin schon beeindruckende Konzert ein.

»Wissen Sie, dass einige der Glocken schon über 500 Jahre alt sind?«, fragte sie Charly, ohne eine Antwort zu erwarten. »Wenn man sich das vorstellt. Und klingen immer noch so schön.« Wieder hob sie den Kopf und lauschte konzentriert.

Ein weiterer tiefer Ton mischte sich in das Geläut. »Der Petrus Canisius nicht«, referierte Zwingerl dazu, »der ist erst nach dem Krieg gegossen worden. Genauso wie die Angelus – jetzt dann gleich.«

Tatsächlich hörte Charly die einsetzenden tiefen Schläge. Er war schon oft zur Mittagszeit in der Nähe des Münsters unterwegs gewesen. Und auch das voluminöse Läuten hatte er schon wahrgenommen. Aber noch nie so bewusst jede einzelne Glocke.

»Jetzt noch die größte«, kündigte Zwingerl an, »dann haben wir alle sieben beinand. Und die hat nicht mal einen Namen.«

Gemeinsam hörten sie dem nun vollständigen Glockenorchester zu.

»Ja, jetzt fällt's mir wieder ein«, platzte Frau Zwingerl heraus. »Ich hab auch am Dienstag zugehört, als ich aus der Arztpraxis rausgekommen bin. Da hätt mich nämlich fast so ein Jugendlicher mit seinem Moped umgefahren, weil ich auf der Straße gestanden bin. Es muss also Mittag gewesen sein, wie ich gesagt habe.« Sie war scheinbar zufrieden mit ihrer Erinnerungsleistung.

Charly stutzte. »Sie haben die Glocken gehört, als Sie aus der Praxis gekommen sind?«

»Ja, sag ich doch.«

»Danach sind Sie weitergegangen«, hakte Charly nach, »und dann hat Sie der Verdächtige fast umgerannt und ist in das Haus vom Strohmeier hinein?«

»Genau!«

Charly kratzte sich nachdenklich am Ohr. »Danke, Frau Zwingerl. Ich glaub, das war eine wichtige Aussage. Vielleicht kommt noch mal jemand zu Ihnen und macht eine kurze Vernehmung. Aber nicht jetzt.«

»Jetzt hab ich auch keine Zeit mehr«, fiel ihm Frau Zwingerl resolut ins Wort. »Es is höchste Eisenbahn, heut gibt's Sauerbraten. Die warten bestimmt schon alle auf mich.«

»Aber ich glaub, ab zwölf ist die Kantine für die Berufstätigen reserviert«, meinte Charly und bereute die Bemerkung sofort.

Frau Zwingerl drehte sich nur um, kommentierte mit einem lapidaren »Pah!« und stapfte Richtung Kantine davon.

Als er auf dem Rückweg zur Dienststelle die Treppe in den zweiten Stock hinaufstieg, spürte er ein leichtes Ziehen hinten im Oberschenkel. Seit dem Ausfallschritt im Gegenüberstellungskammerl zwickte es ein wenig. Charly ärgerte sich, denn immer öfter verursachten ihm in letzter Zeit derartige Bewegungen Schmerzen. Mal blockierte das Kreuz, mal stach es im Gelenk und mal meldete sich ein überdehnter Muskel.

Doch viel mehr als sein Oberschenkel verursachte ihm die Erkenntnis Unbehagen, die er gleich seinen Kollegen mitteilen würde.

Dienststellenleiter Zwerglein, Präsident Rubin und Frau Gambrini-Steinmetz standen im Flur und unterhielten sich. Sandra kam gerade von den Zellen zurück. Helmuth war nicht zu sehen, er war noch mit der Auswertung des Wursttests beschäftigt.

Charly stellte sich zur Gesprächsrunde und winkte auch Sandra heran.

»Ich glaub, den Bachhuber können wir laufen lassen«, begann er. Kriminaloberrat Zwerglein zog die Augenbrauen hoch, die Staatsanwältin sah ihn fragend an und Präsident Rubin ließ ein überraschtes »Ach« vernehmen.

»War er's ned?«, fragte der Dienststellenleiter mit inzwischen leuchtenden Augen. Das war es, was Charly auf den Magen schlug. Was er jetzt zu verkünden hatte, war Wasser auf Zwergleins Mühlen und würde seine Triaden-Theorie sofort wieder aufleben lassen. Charly mochte es nicht, wenn der Chef anderer Meinung war und auch noch vermeintlich Recht bekam.

»Ich bin mir ziemlich sicher, dass er es nicht war«, musste er trotzdem einräumen. »Der Maxl hat mit seinem Fußball das Fenster eingeschossen und ist kurz drauf hingerannt, um in die Wohnung zu schauen«, erklärte Charly. »Dabei hat er die ganze Zeit die lauten Glocken gehört, sagt er.«

Die Zuhörer nickten verhalten, ihre Blicke wurden aber nicht verständiger.

»Die Frau Zwingerl is mittags aus der Arztpraxis raus und hat dann auch die Glocken gehört. Und sie nimmt sich die Zeit, hat sie mir grad erzählt, bleibt stehen und hört dem Gebimmel zu. Danach braucht sie mindestens noch acht bis zehn Minuten, bis sie zur Wohnung vom Strohmeier kommt. Und da rennt sie der Bachhuber fast um und verschwindet dann erst im Haus.«

»Aha«, kommentierte Rubin nachdenklich.

»Der Strohmeier liegt aber schon mit dem Oberkörper auf dem Tisch, als der Maxl ins Zimmer schaut, Glasl kaputt und alles. Wir haben dem Jungen ja ein Foto vom Tatort gezeigt. Also is wirklich so, dass der Bachhuber die Tür eintritt und die Situation genau so vorfindet. Das behauptet er ja auch.«

»Mhm«, grummelte die Staatsanwältin und drehte versonnen eine Strähne um den Zeigefinger.

»Zugegeben, ein ganz geringer Restzweifel bleibt«, gestand Charly, »aber ich bin mir trotzdem fast hundertprozentig sicher, dass der Bachhuber tatsächlich die Wahrheit sagt.«

Frau Gambrini-Steinmetzt ließ ihre Locke elastisch federnd frei. »Na gut, dann lassen Sie ihn raus«, entschied sie. »Wir verpassen ihm eine Meldeauflage, alle zwei Tage. Und ermitteln weiter.«

Kommissariatsleiter Barsch war inzwischen zur Gruppe gestoßen. »Wir fangen also wieder bei null an?«, warf er resigniert ein. Auch Sandra ließ die Schultern sinken. Offenbar hatte die junge Kollegin gehofft, sie könnten den Fall noch vor ihrer Hochzeit abschließen.

»Nein, nicht bei null«, widersprach Charly. »Wir haben doch schon einiges an Ermittlungsarbeit erledigt. Da müss ma halt jetzt weitermachen.« Er hatte es schon öfter erlebt, dass sich in einem Fall eine Spur herauskristallisiert und sich alle auf diese Spur konzentrieren. Dabei konnte es natürlich vorkommen, dass im Eifer des Gefechtes Routinearbeiten liegen blieben, weil einfach alles für die eine aktuelle Theorie sprach. Bis mit einem leisen Plopp die Seifenblase platzte. Dann mussten Enttäuschung und Ärger professionell zur Seite geschoben und die alten Fäden an den losen Enden wieder aufgenommen und weitergesponnen werden.

»Und ich sag noch: die Triaden!«, meldete sich Zwerglein. »Ich muss telefonieren: OK-Dienststelle, Profiler, Presse und so weiter.« Sein Sakko schwang elegant nach, als er sich schwungvoll umdrehte und verschwand.

Aus Margots Zimmer trat Helmuth auf den Gang und wedelte freudestrahlend mit einem Blatt, während er auf die Gruppe zukam. »Charly, ich hab ein Ergebnis.«

Präsident Rubin klopfte ihm im Vorbeigehen auf die Schulter. »Gute Arbeit, Herr Reithl! Ihr Weißwursttest wird grad wichtiger als je zuvor.«

Ein wenig niedergeschlagen saßen Charly, Sandra und Helmuth später im Büro. Die Entlassung Bachhubers und die schriftlichen Arbeiten zu diesem Schritt hatten Zeit gekostet. Jetzt war die Luft raus.

»Freitagnachmittag um vier! Schlechte Zeit, um noch mal anzufangen«, stellte Helmuth fest.

Charly selbst fühlte sich auch müde. »Soll ma einfach alles auf Montag verschieben?«, schlug er vor.

Helmuths Brummen war weder eindeutige Zustimmung noch Ablehnung. »Andererseits ...«, der Kollege massierte sein Ohrläppchen, während er überlegte, »wenn ich jetzt schon heimgeh, muss ich unser Esszimmer weißeln.«

Er hob die Schultern und sah Charly Hilfe suchend an. Charly nickte bedächtig und verständig. Sandra dagegen kniff die Augen zusammen und ihr verwirrter Blick pendelte zwischen den Kollegen hin und her. Man sah ihr an, dass ihre grauen Zellen auf Hochtouren arbeiteten. Schließlich griff sie zu ihrem Handy, überlegte noch mal kurz und tippte dann auf den kleinen Bildschirm.

Als sich der Angerufene meldete, hielt sie sich nicht lange mit Begrüßungsfloskeln auf. »Du, kann es sein, dass deine kurzfristigen, wichtigen Arbeiten in der Uni, wegen denen du nicht heimkommen kannst, nur sein müssen, damit du nicht weißeln musst?«

Sie lauschte. Offenbar versuchte es Bärli mit einer Erklärung.

»Aha, Eigeninitiative!« Sandra hörte sich irgendwie gefährlich an. »Das heißt, du bist sowieso allein. Und was genau meinst du mit relativ zeitnah?« Wieder Stille, und vermutlich erneut der untaugliche Versuch einer Rechtfertigung. Sandra richtete sich auf. »Hör zu, Spezi! Ich fahr jetzt von hier aus zum Baumarkt und hol die Farbe. In einer Dreiviertelstunde bin ich daheim. Und da möcht ich dich sehen, mit einem Zeitungshut auf dem Kopf. Verstanden? Bis gleich.«

Bevor sie nach dem Auflegen etwas sagen konnte, verabschiedete sie Charly grinsend. »Na dann, schönes Wochenende.«

»Servus«, war alles, was sie von Sandra noch hörten. Dann war sie weg.

»Und was machen jetzt wir zwei?«, fragte Charly.

Helmuth gestand, dass er noch nie diese Zeitungsmalerhüte falten konnte.

»Es steht immer noch der Besuch beim Lebensgefährten vom Strohmeier seiner Ex an«, schlug Charly vor. Das war eine der Routinearbeiten, die zurückgestellt worden waren, weil sich alle auf Bachhuber konzentriert hatten. »Den müssen wir noch mal zu dem Streit befragen. Was da genau los war. Außerdem haben wir ja schon eine erste Antwort aus der Schweiz erhalten, für diesen DJ.«

Obwohl den ganzen Tag die Frühsommersonne gestrahlt hatte, hielt heute keine Sonnenbrille die Berliner Föhnwelle. Aber Tiedke trug wieder eine weiße Jeans. Charly konnte verschiedene kleinere Flecken und dunkle Stellen über den Hosentaschen erkennen. Er fühlte sich in seiner Meinung bestätigt, dass weiße Beinkleider für Männer völlig unsinnig waren, es sei denn, es gab eine traditionelle oder berufliche Notwendigkeit.

Er und Helmuth waren von Rosalinde Strohmeier auf die Terrasse geführt worden, wo Tiedke lässig am Tisch saß, auf dem zwei Rotweingläser standen.

Charly erinnerte sich, dass Strohmeier damals am Ende der Bauphase die Kollegen im Schichtdienst damit genervt hatte, dass er alle Baustoffhändler nach Porphyrplatten abgeklappert und alle Gartenmärkte nach bestimmten Zypressen durchsucht hatte, die er unbedingt haben wollte.

Von der porphyrgepflasterten Terrasse aus blickten sie nun in einen kleinen, gepflegten Garten, zu dessen Rasenfläche vier hohe, schlanke Zypressen den Eingang bildeten.

»Nun, Herr Tiedke«, begann Charly, nachdem sie sich gesetzt hatten, »wir hätten noch ein paar Fragen zu dem Streit am letzten Freitag. Was ist denn da genau abgelaufen?«

Tiedke winkte gelangweilt ab. »Ach, Schnee von gestern, ’ne Kleinigkeit, da denk ich ja schon gar nicht mehr dran.«

»Dann versuchen Sie bitte, sich zu erinnern. Um was ging es? War es nur ein verbaler Streit? Oder kam es zu Handgreiflichkeiten?«

Der Gefragte fixierte Charly eine Zeit lang. »Er hat provoziert«, antwortete er dann. »Er hat mir und die Rosi beleidigt. Und da kam es dann auch zu einer Schubserei. Aber wie ick schon sagte: Der Jüngere und Klügere jibt nach.« Dabei begann er überheblich zu grinsen. Rosalinde nickte zur Bestätigung.

Gern hätte Charly ihm vorgehalten, dass er am Schluss der Schubserei auf dem Hosenboden gesessen war. Aber das hätte Kim unnötig ins Spiel gebracht.

»Und damit war die Sache für Sie vorbei?«, fragte er stattdessen. »Also wenn ich mich provoziert und beleidigt gefühlt hätte, dann hätt ich da vielleicht noch keine Ruhe gegeben.«

»Pah, was soll's«, kommentierte Tiedke cool, »geschenkt.«

In dieser Hinsicht war dem Berliner nichts zu beweisen. Auch der Vorhalt, er hätte angekündigt, Strohmeier fertigzumachen, hätte nicht zu irgendeinem verwertbaren Beweis geführt. Natürlich wäre Charly nicht umhingekommen, Kims Aussage anzuführen, sofern sich nur darauf alle Verdachtsmomente gegen Tiedke gestützt hätten. Aber Gott sei Dank hatte Sandra bereits auf dem kurzen Dienstweg in der Schweiz Tiedkes Alibi überprüfen lassen. Die Schweizer Kollegen hatten sehr schnell und umfassend geantwortet.

»Uns wurde aus Zürich bereits bestätigt, dass der DJ Böörlin Gast auf der ...«, Charly kramte einen Notizzettel hervor und las ab, »der Swiss Hip-Hop-Jam und dem Streetart-Graffiti-Festival war.« Tiedke vollführte dazu eine großmütige Handbewegung.

»Allerdings«, fuhr Charly fort, »sagt ein Mitarbeiter des Veranstalters aus, dass dieser DJ die Graffitisession am Montagabend so gegen zehn Uhr verlassen habe. Einer der Lichttechniker gibt an, DJ Böörlin wäre zusammen mit einer Blondine von dem Event verschwunden. Der Nachtportier im *Savoy* konnte sich erinnern, dass Herr Tiedke kurz vor zwölf in weiblicher Begleitung aufgetaucht sei. Und dann wurde Böörlin am Dienstagnachmittag um 14 Uhr bei der Preisvergabe für die Graffitis wieder gesehen.«

Es entstand eine Pause, in der Charly und Helmuth den Berliner aufmerksam musterten. Während Rosalinde Strohmeier ihren Dirk überrascht und ungläubig fixierte, brachte er den Mund nicht mehr zu. Schließlich fuhr er sich einmal durch die Föhnwelle, presste die Lippen zusammen und schluckte.

»Ja, äh, die Dame war vom Veranstalter. Sie wollte ein Portrait von sich. Dat mach ick ab und zu. Also nich so klassisch, sondern so wie Andy Warhol.« Er versuchte ein zuversichtliches Lächeln Richtung Rosi. Es geriet aber schief und wurde nicht erwidert. Auch die Ermittler warteten kommentarlos auf weitere Erklärungen.

»Ick hatte im Zimmer eine Leinwand. Da hab ich sie eben gesprayt. Hat ne Stunde oder anderthalb gedauert. Dann warse wieder weg.« Er beugte sich zu Rosi, nahm ihre Hand und versicherte mit Dackelblick: »Da war nix weiter, ehrlich.«

Frau Strohmeiers Gesichtsausdruck ließ Charly jedoch daran zweifeln, dass sie ihm so ohne Weiteres glaubte. Genauso wie er selbst nicht überzeugt war.

»Wissen S' den Namen von dem Fräulein?«, fragte er.

Tiedke schüttelte den Kopf. »Nee, so genau haben wir uns gar nich vorgestellt.«

»Okay, ungeachtet dessen haben Sie also von ungefähr 1 Uhr nachts am Montag bis 14 Uhr am Dienstag kein Alibi?«

»Also bitte, ick war in Zürich! Wat soll dat denn?«

»Na ja«, Charly drehte den Notizzettel um, »mit dem Auto sind's zum Beispiel vier Stunden Fahrt von Ingolstadt nach Zürich. Nachts wahrscheinlich weniger. Wenn Sie also um neun oder halb zehn in Ingolstadt losfahren, also zur Weißwurschtzeit, dann können Sie um zwei in Zürich sein.« Er sah Tiedke herausfordernd an. »Wie sind Sie denn auf dieses Festival gekommen?«

Die Gesichtszüge des DJs hellten sich ein wenig auf. »Mit der Bahn«, antwortete er, »ich bin mit dem Zug hin- und zurückgefahren.« Er wirkte erleichtert, die These mit dem Auto entkräftet zu haben. Die Selbstsicherheit kehrte langsam zurück und nachdem der Berliner mehrmals betont hatte, man könne ihm hier nichts in die Schuhe schieben, verabschiedeten sich Charly und Helmuth. Rosalinde Strohmeier hatte die ganze Zeit über nichts gesagt, und auch jetzt blieb sie regungslos sitzen und starrte in das Weinglas vor sich. Ohnehin hatte sich Tiedke sofort angeboten, die Kriminaler nach draußen zu begleiten. An der Haustür hielt er Charly zurück.

»Hörnse, Herr Kommissar«, begann er, nachdem er sich sicherheitshalber umgesehen hatte, »die Blondine war wirklich vom Veranstalter, vom Catering. Und ihr Name, lachense jetzt nicht, war Heidi. Mehr weeß ick nich von sie. Dat Mädchen war die ganze Nacht bei mir gewesen, bis zum Frühstück. Dat könnse überprüfen, wennse se finden.«

»Aha, Ihr Alibi ist also eine Heidi aus der Schweiz, von der Sie nicht mehr wissen«, fasste Charly zusammen und verkniff sich sämtliche Verweise auf literarische Vorlagen. Mit einem unverhüllt süffisanten Lächeln fügte er hinzu: »Wir werden das überprüfen.«

Zurück im Büro schrieb Charly die Aufgaben für Montag an die Wandtafel. Er notierte die Überschrift *Schweiz*, und darunter: *Heidi* und *Mietwagenfirmen Zürich*. Sandra hatte inzwischen einen guten Kontakt zur Stadtpolizei Zürich aufgebaut. Sie konnte bestimmt erreichen, dass die Kollegen beim Veranstalter des Festivals die gesuchte Heidi vom Catering ermittelten und befragten, ohne dass dafür ein förmliches Rechtshilfeersuchen nötig werden würde, das wochenlang über irgendwelche Schreibtische wanderte. Außerdem hatten die Eidgenossen sicherlich ihre Ansprechpartner bei den Fahrzeugverleihern, um auf die Schnelle zu überprüfen, ob Tiedke sich an besagtem Montag oder Dienstag ein Auto ausgeliehen hatte.

»Schade, dass die Sandra nächste Woche Urlaub hat«, bemerkte Helmuth. »Aber wenn sie uns ihre Ansprechpartner nennt, dann kann sich ja jemand anderes drum kümmern.«

Das hatte Charly völlig vergessen. Sandra wollte übernächstes Wochenende heiraten und hatte für die letzten Vorbereitungen ein paar Tage freigenommen. »Dann wirst du wohl am Montag Sandras Kontakte pflegen«, entschied er nach kurzer Überlegung.

Helmuth akzeptierte die Anordnung mit einem kurzen Knurren, bevor sie gemeinsam Tiedkes Befragung schriftlich aufarbeiteten.

Mit einem Blick auf die Uhr fragte Charly im Anschluss: »Und? Weißelgefahr schon vorbei?«

Helmuth verzog das Gesicht und sah selbst auf die Uhr. Es war halb sechs. »Weiß ned, glaube nicht. Die Yvonne kann da schon sehr stur sein. Und des steht jetzt schon länger an.«

»Zu tun haben wir genug«, stellte Charly klar. »Wenn du noch nicht heimwillst, können wir auch noch diesen Bertl suchen, den Mitarbeiter vom Strohmeier.«

»Genau!« Helmuth war sofort begeistert von dem Vorschlag. »Viktualienmarkt oder *Donau-Stüberl* war des, gell?«

Charly las im Aktenvermerk zur Befragung des Fremdenführers Strobl nach und bejahte dann. »Wenn's um Kneipen geht, dann kannst du dir das merken«, frotzelte er. Als er die Akte wieder schloss und gerade aufbrechen wollte, kam Bernd Fischer ins Büro. Der Spurensicherer wedelte mit einigen Blättern.

»Jungs, das Ergebnis der Untersuchungen bei der Rechtsmedizin.« Er legte Charly den Papierstapel auf den Schreibtisch, verschränkte dann die Arme und sagte nichts mehr.

»Ja und?«, fragte Charly in die Stille. »Du hast es doch bestimmt schon durchgelesen. Was steht drin?«

Fischer hatte nur darauf gewartet, gefragt zu werden. »Die Würscht waren in Ordnung«, antwortete er. »Der Senf war's!« Er ließ eine rhetorische Pause folgen. »Wenn ich des Geschreibsel recht versteh, war da jede Menge Pentobarbital drin.«

»Pento... was?«

»Pento-bar-bi-tal«, wiederholte Fischer. »Sagt euch nix, oder?« Er verzog Mund und Augenbrauen. Dann schmunzelte er. »Okay, mir auch ned. Aber ich hab's gegoogelt. Ist ein Stoff, der früher als Schlafmittel benutzt wurde. Er konnte allerdings abhängig machen und ist sehr riskant. Überdosierung führt nämlich zu Herz- und Atemstillstand. Also man schläft quasi ein und erstickt dann. Bekanntestes Opfer war Marylin Monroe.«

Charly und Helmuth hörten gespannt zu.

»Wegen der Nebenwirkungen wird es auch schon lange nicht mehr als Medikament verwendet. Ab und zu setzt man es in Amerika bei Hinrichtungen ein. Bei uns haben es nur noch Veterinäre zum Einschläfern von Tieren. Und in der Schweiz verwenden es einige dieser Sterbehilfeorganisationen, als Natrium-Pentobarbital.«

»In der Schweiz?«, wiederholte Charly ungläubig.

»Ja, warum?«

»Weil wir so was wie einen Tatverdächtigen haben, der sich in der Schweiz aufgehalten hat. Is des da frei verkäuflich?«

Fischer hob die Schultern. »Keine Ahnung. Glaub ich nicht.«

Charly stand auf und ging zur Wandtafel. Während er unter *Mietwagen in Zürich* noch *Pentobarbital* schrieb, fragte er: »Und des Zeug war im Senf?«

Fischer bestätigte mit einem Kopfnicken. »In sehr hoher Dosis. Und es war natürlich auch in seinem Körper. Sie können aber nicht sagen, ob die Menge im Körper zum Tod geführt hätte oder ob er nur betäubt war oder so ähnlich. Todesursächlich war jedenfalls die Strangulation.«

Helmuth schüttelte fassungslos den Kopf. »In dem guten Händlmaier. Schon allein des is ja ein Verbrechen.«

»Schmeckt man das nicht? Hat das Zeug keinen Eigengeschmack?«, fragte Charly.

Fischer hob die Schultern. »Eigentlich soll's leicht bitter schmecken. Aber wie schon die alten Gallier sagten: Mit Händlmaier-Senf und einem kühlen Weißbier würd ich sogar einen Hinkelstein essen.« Er grinste ob seines abgewandelten Zitates aus einem *Asterix*-Comic.

»Okay, Bernd, danke«, verabschiedete Charly den Kollegen vom Erkennungsdienst. »Ich muss mir des dann erst mal durchlesen. Da tun sich ja haufenweise Fragen auf.« Er nickte Helmuth zu. »Aber jetzt suchen wir zuerst diesen Bertl.«

Das herrliche Wetter hatte an diesem Freitagabend jede Menge Menschen an die Tische am Viktualienmarkt getrieben. Man genoss eine Feierabendhalbe, ein Schaschlik vor dem Abendprogramm oder einfach nur so die Stimmung. Small Talk, Stadttratsch und politische Grundsatzdiskussionen vermischten sich zu einer wogenden Geräuschkulisse, untermalt von Geschirrgeklapper und Gläserklingen. Aus den Buden ringsum waberten aromatische Rauch- und Dunstwolken vom Braten, Grillen, Frittieren und Garen. Es fiel Helmuth und Charly schwer, sich nicht der einladenden Atmosphäre zu ergeben, sich kein kühles Weißbier zu holen und keine der internationalen Köstlichkeiten aus dem breit gefächerten Angebot zu genießen.

An einem der ersten Tische trafen sie auf Kriminaloberrat Zwerglein. In trauter Zweisamkeit teilte er sich mit der Vorzimmerdame des Präsidenten eine Portion fränkische Bratwürste mit Kraut, dazu genossen sie einen Schoppen Wein. Der Dienststellenleiter lobte den Fleiß der Ermittler, wünschte ihnen viel Glück und ließ sie wissen, dass er später im nahe gelegenen Stadttheater zu erreichen sei. Nur für den Fall, dass er gebraucht würde.

Darüber hinaus traf Helmuth Bekannte an jeder Ecke. Die Ermittler mussten immer wieder Einladungen ausschlagen. Viele hatten Strohmeier gekannt. Charly und Helmuth wurden ständig zum Stand der Ermittlungen befragt. Einige wussten auch von dem gesuchten Bertl, der ab und zu mit Strohmeier hier gewesen sei. Aber er war eben nur als Bertl bekannt. Niemand konnte einen Familiennamen oder eine Adresse nennen.

Als sie schließlich den Viktualienmarkt verließen, registrierte Charly an einem der hinteren Tische unter den Bäumen ein asiatisch aussehendes Pärchen. Die beiden aßen von einem gemeinsamen Teller Radi mit Schnittlauchbrot und wirkten sehr verliebt. Charly brauchte einen kurzen Moment, bis er erkannte, was ihn an dem Bild störte. Es war die große Nase des Mannes, die ihm für ein chinesisches Gesicht relativ unüblich vorkam.

Touristen, auch asiatische, gehörten mittlerweile zum gewohnten Stadtbild in Ingolstadt. Darum schenkten Charly und Helmuth dem Pärchen keine weitere Beachtung. Sie gingen unter dem Rathaus durch und hielten auf eine der Gassen zu, die gegenüber vom Rathausplatz abzweigten.

Das *Donau-Stüberl* war eine Kneipe, die vor Jahren den Sprung zu After-Work-Sessions und Lounge-Style verpasst hatte. Ein abgewetzter Tresen mit vier Barhockern davor, Bistrotische und zwei abgetrennte Sitzgruppen mit durchgesessenen Bänken schafften es nicht, einen gemütlichen Eindruck zu erwecken. Ein Kickerkasten, zwei Geldspielautomaten und die Leuchtreklame einer Brauerei, die es schon nicht mehr gab, vervollständigten die Retro-Optik.

Es herrschte noch nicht viel Betrieb um diese Zeit. Ein Automatenspieler und die zwei schweigsamen Typen an der Theke horchten auf, als die Polizisten sich beim Wirt nach Bertl erkundigten.

Ja, den Bertl würde er schon kennen, teilte der Betreiber mit. Der sei öfter hier. Aber mehr als den Namen Bertl wisse er auch nicht. Es gebe keine Schwierigkeiten, Bertl würde seine Zeche immer bezahlen, wenn auch mal erst am nächsten oder übernächsten Tag. Darum war es auch nicht notwendig, mehr von ihm zu wissen. Bertl sei allerdings die letzten zwei oder drei Tage nicht hier gewesen. Das kam öfter vor. »Geschäftlich unterwegs«, nannte Bertl das dann. Und damit war das Informationsbedürfnis des Wirts und der Kneipenbrüder gedeckt.

Charly hinterließ eine Visitenkarte mit der Bitte, man möge Bertl ausrichten, sich zu melden, sobald er wieder im *Donau-Stüberl* auftaucht.

»So, fast halb acht«, stellte Charly zurück im Büro fest, »jetzt wirst wohl nimmer weißeln müssen, wenn wir heimgehen.«

Helmuth stimmte erleichtert zu und war bereits abmarschbereit, als einer der Computerspezialisten eintrat.

»Ah, hab ich doch richtig gehört. Ihr seids noch da.«

»Wir schon, aber was machst denn du noch da?«, fragte Charly. »Um die Zeit!«

Der Kollege hob die Schultern. »Ich hab um drei den Bus verpasst. Dann hab ich mir gedacht, ich mach gleich noch ein bisserl weiter mit deinen Containern voll Laptops und Handys.«

Charly war sprachlos. Er wusste, dass der PC-Fachmann eine Frau und jede Menge Kinder hatte. Und weil er nachmittags um drei den Bus versäumt, bleibt er bis halb acht im Dienst. Auch Helmuth fiel nichts Besseres ein als: »Spinnst du?«

Nach einer kurzen Pause begann der Spezialist zu grinsen. »Und ich hab's!«, teilte er triumphierend mit. »Den Laptop und auch das Handy. Hab beides identifiziert.«

»Echt? Super!«

»Ich hab mir ein extra Script geschrieben und einen Kabelverteiler gebaut. Damit konnt ich immer zehn Laptops auf einmal überprüfen. Und zwar hab ich ...«

»Bitte ned«, fiel ihm Charly ins Wort. Schon oft hatte er nach den fachkundigen Erklärungen des Kollegen einen Sachverhalt noch viel weniger verstanden als am Anfang. »Du hast also den Laptop und das Handy vom Strohmeier.«

»Ja, wie gsagt, war ein Haufen Arbeit und Zeit, Charly. Mei Frau is sauer, meine Kinder sind traurig. Des kostet dich was.«

Charly überlegte kurz. Dann öffnete er seine Schreibtischschublade und holte daraus ein Briefkuvert hervor. »Schau her, da hab ich was für dich.«

Der Beschenkte nahm das Kuvert. »Oh, danke! Das kann ich brauchen. Wir wollten uns sowieso von einem Bestatter für den Fall X beraten lassen. Da passt der Gutschein grad.«

»Bitte, gern geschehen! Und jetzt zum Laptop. Hilft uns des irgendwie weiter?«

»Ich muss es natürlich erst noch so richtig auswerten. Das dauert noch ein bisserl. Dieser Strohmeier war vermutlich so einer von den Typen mit Verfolgungswahn, die immer alles sofort wieder löschen und die Festplatte zweimal am Tag formatieren. Viel wird da vielleicht gar nicht gehen.«

Helmuth kommentierte nur mit einem enttäuschten »Oh«. Und auch Charly hatte sich mehr versprochen. Bei ihm äußerte sich die Enttäuschung in einem »Zefix!«

»Auf dem Laptop sind auf den ersten Blick quasi nur Vorlagen für seine Detektivvisitenkarten gespeichert. Und seine letzten Besuche im Internet waren ein paar Pornoseiten und Immobilienangebote in Spanien und Portugal.«

»Aha!«

»Wie gsagt, ich lass noch ein paar Auswerteprogramme drüberlaufen. Aber heut nicht mehr. Beim Handy is übrigens genauso. Kein Telefonbuch, nix gespeichert, das Journal immer wieder gelöscht. Nur die letzte Nummer drin, die er am Montagabend angerufen hat.« Der Kollege legte Charly einen Zettel auf den Schreibtisch. »Ich hab's schon überprüft. Ist ein Tierarzt ausm Westviertel.«

»Ein Tierarzt?« Gleichermaßen verblüfft sahen sich Charly und Helmuth an, bevor sie ihre Blicke auf die Tafel richteten, wo unter der Überschrift *Schweiz* der Begriff *Pentobarbital* stand.

»Wird von Tierärzten zum Einschläfern verwendet«, rezitierte Helmuth leise den Bericht des Spurensicherers.

»Zefix, zefix«, ärgerte sich Charly, »da hast mal eine Spur, dann werden gleich wieder mehr draus.«

Petra war gerade erst eingenickt, als Charly um neun nach Hause kam. Sie war gleich wieder wach.

»Hallo, Schorschi«, begrüßte sie ihn und richtete sich auf. »Heut kommst aber spät. Was war denn?«

Ihr Blick verriet ihm, dass sie sich mit ein paar Schlagworten nicht zufriedengeben würde. Ob er wollte oder nicht, er musste einen Bericht abliefern. Dabei knurrte sein Magen und er hatte Durst.

»Wollen wir irgendwo hingehn zum Brotzeitmachen?«, schlug er am Ende seines Reports vor. Er hatte während der Tageszusammenfassung den Kühlschrank inspiziert. Was er dort sah, deckte sich aber nicht mit den Gelüsten, die seit den Ermittlungen am Viktualienmarkt in seinem Kopf herumgeisterten. Doch Petra hatte keine Lust. Es war ihr zu spät, sie war müde, trug schon ihre saloppen Klamotten und hatte bereits zu Abend gegessen. Es blieb also bei Butterbrot, Tomaten, Gurke und Käse. Gott sei Dank stand wenigstens ein Weißbier im Kühlschrank. Das machte die Sache erträglich.

Julia war mit ein paar Freundinnen ins Kino gegangen. Wobei Petra das Wort Freundinnen derart komisch betonte, dass selbst Charly stutzig wurde. Seine Frau sagte aber nichts weiter dazu, und er fragte nicht nach. Während er sein Butterbrot mit Salz und Pfeffer verfeinerte, dachte er darüber nach, dass sich, seitdem ihm Julia ihren Berufswunsch eröffnet hatte, keine Gelegenheit mehr ergeben hatte, mit ihr darüber zu sprechen. Und dabei blieb es auch heute. Denn lange bevor Julia nach Hause kam, war Charly schon erschöpft ins Bett gefallen.

Zehn Samstag

Am Samstagmorgen trafen Charly und Helmuth gleichzeitig auf der Dienststelle ein, wie sie es tags zuvor vereinbart hatten. Es gab einiges zu tun. Außerdem hatte Helmuth immer noch keine Lust, zu Hause den Pinsel zu schwingen. Er nutzte die notwendigen Ermittlungen gern als Ausrede.

Die Auswertung des Weißwursttests hatte mit einer Übereinstimmung von 92 Prozent zu einer Metzgerei nordöstlich der Altstadt geführt. Es handelte sich um einen alteingesessenen Betrieb, ein wenig abseits der Hauptstraßen, der bei den Ingolstädtern für die Qualität seiner Fleisch- und Wurstwaren bekannt war. Dort wollten die Ermittler mit ihren Nachforschungen beginnen.

Sie hatten Glück, ausnahmsweise direkt vor dem Laden einen Parkplatz zu bekommen. Im Geschäft herrschte der übliche Samstagvormittagsbetrieb. Trotzdem gelang es Charly, die Chefin auf sich aufmerksam zu machen. Sie führte die Polizisten um die Verkaufstheke herum und nach hinten in einen kleinen, karg eingerichteten Brotzeitraum.

»Ich war am Donnerstag schon mal da«, begann Helmuth, nachdem die Metzgermeistergattin darauf hingewiesen hatte, dass der Laden voller Leute sei und sie gerade am Samstag alle Hände voll zu tun habe, »und hab euer Personal gefragt, ob jemand in den letzten Tagen den Strohmeier Hans bedient hat. Es konnt niemand was dazu sagen. Inzwischen wissen wir aber ziemlich sicher«, Charly unterdrückte an dieser Stelle ein unpassendes Grinsen, »dass die Weißen, die der Strohmeier kurz vor seinem Tod gekauft hat, von euch stammen.«

Als ob sie damit irgendwie näher an das Verbrechen heranrückte, erschrak die Metzgerin und hielt sich die Hand vor den Mund.

»Is denn heut jemand da, der am Donnerstag bei der Befragung ned da war?«, fragte Charly.

Die Chefin drehte sich um und lugte in den Laden. »Mei, oh mei, des wechselt ständig«, antwortete sie, immer noch mit Bestürzung in der Stimme. »Natürlich san am Samstag mehr da. Da is Hochbetrieb. Jetz passen S' auf ...« Während sie sich das Kinn rieb, inspizierte sie ihr Personal. »Die Gabi hilft nur am Samstag. Und die Frau Kosicz war am Donnerstag auch ned da. Und natürlich unser Lehrling Gundula. Die hat donnerstags immer Berufsschule.«

»Könnt ma die drei mal sprechen?«

Mit einem weiteren »Oh mei, oh mei, oh mei«, machte sich die Geschäftsinhaberin in Richtung Laden davon. Kurz darauf erschienen nacheinander Gabi, Frau Kosicz und Gundula. Wie die Chefin bereits erwähnt hatte, arbeitete Gabi immer nur samstags in der Metzgerei. Sie erklärte daher in breitem Sächsisch, dass sie dazu »gor nüscht« sagen könne. Frau Kosicz war zwar letzten Dienstag im Geschäft, konnte sich aber nicht erinnern, einem Hans Strohmeier Weißwürste verkauft zu haben. Der Name sagte ihr auch nichts.

Genauso wenig, wie er Gundula etwas sagte. Die Auszubildende erschien als Letzte zur Befragung. So stell ich mir eine Metzgereifachverkäuferin vor, dachte Charly. Gundula war von stämmiger Statur, hatte ein freundliches, rundes Gesicht mit roten Bäckchen. Die dunkelblonden Haare waren streng zu einem Pferdeschwanz nach hinten gezurrt. Die zurückgeschobenen Ärmel ihres Pullovers gaben kräftige Unterarme frei. Die junge Frau wischte sich die Hände an der blauweißen Schürze ab und hob die Schultern, als Charly sie nach Hans Strohmeier fragte.

»Der war vermutlich öfter da«, konkretisierte Charly seine Nachfrage. »Hat dann vielleicht Weiße oder an Leberkäs für a Brotzeit gekauft. Ungefähr so alt wie ich.«

Mit unsicherem Blick taxierte die Auszubildende Charly.

»War doch auch im *Donaukurier* gestanden«, versuchte er es weiter. »Der Privatdetektiv ...«

»Ach, der Jack!« Ein Lächeln der Erkenntnis machte sich auf Gundulas Gesicht breit. »Sagen S' des doch gleich. Wie? Strohmeier? Noch nie gehört.« Gleich darauf verschwand das Lächeln und sie wurde traurig. »Wahnsinn, oder?«, sinnierte sie. »Stimmt, der war am Dienstag noch da. Gleich in der Früh, so um halb neun vielleicht.«

»Was hat er gsagt? Habts mitnand geredet?«, fragte Helmuth.

»Mei, 's Übliche. Er hat immer irgendeinen Spruch loslassen.« Ihre Wangen begannen zu glühen, als sie sich an vergangenen Dienstag erinnerte. »Dass ich ihm die Weißen auch nach Hause liefern könnt, hat er gsagt. Dann mach ma ein Champagnerfrühstück und dann schaun ma weiter, was passiert, hat er gsagt.« Nach einer kurzen Pause fügte sie an: »Er, der alte Depp.«

Charly räusperte sich. »Und was hat er eingekauft?«

»Vier Weiße und ein großes Glas Händlmaier, wie meistens.«

»Aha! Hat er immer ein großes Glas Senf gekauft?«

»Ja, komisch gell. Obwohl er allein gelebt hat.« Sie wischte sich über die Augen. »Ich hab mal zu ihm gsagt, Jack, hab ich gsagt, der Senf bringt dich noch um.«

»Und er hat den Senf selber vorne aus dem Regal genommen, oder?«

Gundula nickte.

»Brezen hat er keine gekauft?«

»Nein, Brezen hat er schon, hat er gsagt.«

Obwohl die Chefin bereits zum zweiten Mal einen Blick in das Brotzeitstüberl warf, um anzudeuten, dass Gundula vorne im Laden gebraucht würde, fertigte Charly noch ein Vernehmungsprotokoll an, um Gundula einen Termin bei der Kripo zu ersparen.

Noch während Charly sich danach verabschiedete, schob Helmuth Gundula einige Münzen zu. »Zwei Leberkässemmeln, bitte. Ohne alles.«

Draußen im Dienstwagen reichte er Charly eine der Semmeln. »Man kann nicht aus dieser Metzgerei rausgehen, ohne eine Leberkässemmel«, erklärte Helmuth. »Wenigstens ich kann's nicht.«

Eine Zeit lang genossen sie schweigend. Bis Charly sich nach dem letzten Bissen die Brösel von Hemd und Hose klopfte. »Weitere Todesfälle durch Senf hat's in letzter Zeit nicht gegeben«, stellte er fest. »Wenn wir also davon ausgehen, dass die Senfcharge wie üblich die optimale Qualität hat, wann, wie und wo ist dann des Pentadingsda in den Senf gekommen?«

»Und vor allem: durch wen?«, ergänzte Helmuth. »Um halb neun kauft er Weiße und um zwölf is er tot. Und was dazwischen war, wissen wir nicht.«

»Die Putzfrau, also die Zauner, sagt, sie is um halb zehn wieder raus aus der Wohnung«, erinnerte sich Charly. »Zu der Zeit war er noch nicht daheim.«

Sie kamen überein, dass es eigentlich unerheblich sei, wie schnell oder intensiv das Pentobarbital gewirkt hatte, da todesursächlich ja das Würgen war. Es würde allenfalls die fehlende Gegenwehr erklären, wenn Strohmeier durch den vergifteten Senf in eine Art Dämmerzustand versetzt worden wäre.

Schließlich schloss Charly die Spekulationen mit einem »Zefix!« ab, und Helmuth bestätigte mit der Feststellung: »Scheißfall!«

Gut gestärkt machten sie sich auf den Weg ins Westviertel, zur Adresse des Tierarztes, dessen Nummer Strohmeier am Montagabend zuletzt angerufen hatte.

Von der Straße aus beeindruckte zunächst eine mächtige Garage mit einer granitgepflasterten Zufahrt. Dahinter lag eine Rasenfläche mit Blumenbeeten und einem geschwungenen Weg, der zur Haustür einer Villa im Stil der 80er-Jahre führte. Über dem breiten Eingang mit riesigen Glaselementen dominierte eine gewaltige Fledermausgaube mit vier Fenstern die Ansicht. Seitlich konnte man unter dem weit nach unten gezogenen Dach eine Terrasse und einen halb überdachten Swimmingpool erkennen. An der Freilufthälfte des Pools genoss in einem gelben Liegestuhl eine Frau im schwarzen Bikini die Sonne.

»Hallo, Entschuldigung, Frau Martin?«, rief Charly vom Gartentor aus. Er hätte rein optisch dem Haus zwar ohne Weiteres ein Dienstmädchen zugetraut, aber das würde wahrscheinlich nicht samstags um elf am Pool liegen. Und wie die Tochter des Hauses wirkte die Frau auf die Entfernung auch nicht.

Die Sonnenanbeterin stützte sich auf die Ellbogen und sah zu den Ermittlern herüber. Nachdem sie über den Rand ihrer Sonnenbrille hinweg die beiden Männer eindringlich gemustert hatte, bedeutete sie ihnen durch einen lässigen Wink hereinzukommen. Während Charly und Helmuth den Garten durchquerten, stand die Frau auf und schlüpfte in einen Bademantel.

»Grüß Gott, Valentin, von der Kripo«, stellte Charly sich vor, nachdem sie den Pool erreicht hatten. »Das ist mein Kollege Reithl.« Aus der Nähe wurde deutlich, dass es sich definitiv nicht um eine Tochter von Dr. Martin handelte. Wenngleich sich unter dem seidenen Bademantel eine schmale Taille und lagegerechte Rundungen abzeichneten. Wieder musterte die Frau die beiden Beamten über den Rand ihrer Sonnenbrille hinweg. Sie nickte zum Gruß.

»Wir wollten eigentlich mit Herrn Dr. Martin sprechen«, eröffnete Charly.

Sie ging zu einem kleinen Tischchen neben dem Liegestuhl und griff nach einem Glas, in dem Eiswürfel in einer messingfarbenen Flüssigkeit schwammen. »Mein Mann ist nicht da. Er ist in seiner Praxis, glaub ich.«

»Na, eventuell können Sie uns auch weiterhelfen. Sie haben vielleicht davon gehört oder gelesen, dass ein gewisser Hans Strohmeier vor einigen Tagen getötet wurde. Wir ermitteln in der Sache und haben festgestellt, dass Ihre Telefonnummer die letzte war, die Strohmeier angerufen hat.« Charly beobachtete Frau Martin, konnte aber hinter den großen getönten Brillengläsern keine Regung ausmachen. »Jetzt müssen wir natürlich Ihren Mann nach diesem Telefonat fragen.«

Die Eiswürfel klimperten, als sie das Glas an die Lippen hob, um zu nippen. »Da brauchen Sie meinen Mann nicht«, erklärte sie und nahm die Sonnenbrille ab. »Wenn Sie den Anruf von Montagabend meinen, da hat Hans mich angerufen.«

»Ach, Sie kannten Hans Strohmeier näher?«

Sie nickte nur.

»Darf ich fragen, um was es in diesem Telefongespräch ging?«

»Jack verspürte scheinbar das dringende Bedürfnis, mir mitzuteilen, dass er eine Überraschung für mich hätte und dass sich unser Leben ändern würde.«

»Aha, äh ...?« Charly wusste im Augenblick nicht, wie er die Frage, die ihm durch den Kopf ging, formulieren sollte.

Helmuth stellte daher an seiner Stelle fest: »Das hört sich sehr vertraut an.« Diplomatisch fragte er: »War denn Strohmeier ein guter Bekannter von Ihnen und Ihrem Mann?«

Frau Martin setzte sich auf den Liegestuhl und nippte erneut an dem eisgekühlten Drink. »Mein Mann kennt Jack überhaupt nicht«, gestand sie ohne ein Anzeichen von Verlegenheit. »Und bevor Sie fragen: Ja, Jack und ich hatten ein ... na ja, so eine Art Verhältnis.«

Charly musterte Frau Martin erneut. Sie mochte Anfang oder Mitte 50 sein, war dezent geschminkt, durchaus attraktiv, flott und gut gebaut. Strohmeier hatte schon gewusst, was Spaß macht.

»Wissen Sie, was die Überraschung war, die er für Sie hatte?«, fragte er.

»Nein, ich hab ihn nicht danach gefragt.« Einen Moment fixierte sie Charly, dann fuhr sie fort, ohne dass er sie auffordern musste. »Jack hat in unserer Beziehung vielleicht immer mehr gesehen als ich. Für mich war er eine Abwechslung, wild und ein bisserl grob. Mal was anderes eben.« Sie erhob sich und kam auf Charly zu, blieb kurz vor ihm stehen und sah ihm tief in die Augen. »Wenn Sie so wollen, hab ich ihn nur als Spielzeug benutzt. Es ging nur um den Sex.«

Ein trockenes »Aha« war alles, was Charly im Moment einfiel.

»Und wie ist dieses Telefonat ausgegangen?«, mischte sich Helmuth ein.

Sie wendete sich Helmuth zu und antwortete nach dem nächsten Schluck, während dem sie Helmuth von oben bis unten gemustert hatte: »Ich habe ihm – denke ich – unmissverständlich klargemacht, dass mich das nicht interessiert.« Sie ließ sich wieder auf den Liegestuhl nieder und breitete die Arme aus. »Sehen Sie sich um! Ich lebe im Paradies, kann tun und lassen was ich will und hab trotzdem mein gutes Auskommen. Und da will der mein Leben ändern. Also bitte.«

Und ab und zu ein Sexspielzeug, dachte Charly. »Und Ihr Mann?«, fragte er. »Wusste der von dieser Verbindung?«

»Kann sein, dass er was geahnt hat«, stellte sie lakonisch klar und setzte ihre Sonnenbrille wieder auf. »Aber wissen Sie, wenn's nicht um irgendwelche Viecher geht, interessiert ihn eigentlich ziemlich wenig. Seine Aufmerksamkeit gilt nur Lebewesen mit Fell und Pelz.« Sie ließ die Hände links und rechts vom Busen bis zur Taille gleiten. »Und ich hab weder das eine noch das andere.«

»Mit Verlaub, Frau Martin, der Tod von Hans Strohmeier scheint Ihnen nicht recht nahezugehen.« Charly hätte beim Verlust eines Bekannten, auch wenn er nur Spielzeug war, ein wenig mehr Emotionen erwartet.

»Ich muss mich entschuldigen«, räumte sie ein. »Aber Sie haben recht. Ich empfinde keine besondere Trauer. Unsere Beziehung war ohnehin am Ende.«

»Wann haben Sie ihn denn zuletzt gesehen?«

Ohne lange nachdenken zu müssen, antwortete sie: »Am Freitagabend war er kurz da, aber höchstens eine Viertelstunde.«

»Können Sie uns beschreiben, wie er bei diesem Treffen war. Ist Ihnen was aufgefallen? Haben Sie da mit ihm Schluss gemacht?«

Belustigt funkelte sie Charly an: »Sie meinen so wie Teenager? Nein, es war alles normal. Er dachte, wir hätten Zeit, hatten wir aber nicht.«

Während Charly nachdenklich nickte, fragte Helmuth: »Ist er immer zu Ihnen gekommen, oder Sie auch mal zu ihm? Ham Sie vielleicht einen Schlüssel zu seiner Wohnung?«

»Er hat mir mal einen Schlüssel gegeben. Aber ich hab ihn nie benutzt. Ich bin doch kein Callgirl, das Hausbesuche macht.«

Charly hatte sich wieder gefangen. »Ham Sie den Schlüssel noch? Könnten Sie mal nachschaun?«

Ohne zu zögern, stand sie auf und verschwand durch die Terrassentür ins Haus.

»Und?«, fragte Helmuth, »hast Lust? Quasi a gmahde Wiesn!«

»Zefix! Hau bloß ab. Die macht dich fix und fertig. Des is ein Vamp.«

Kurz darauf kehrte Frau Martin an den Pool zurück und überreichte einen einzelnen Schlüssel. Sie war mit der Sicherstellung einverstanden, da sie ihn noch nie benutzt hatte und auch künftig nicht mehr brauchen würde.

»Ihren Mann finden wir in der Praxis? Wir müssen natürlich auch ihn zu der Angelegenheit befragen. Es wird sich vielleicht nicht vermeiden lassen, Ihre Beziehung zu Strohmeier dabei zu erwähnen.«

»Bitte, nur zu.« Sie setzte sich wieder auf den Liegestuhl, nahm noch einen Schluck und stellte das Glas zurück auf den Tisch.

»Nur der Vollständigkeit halber, Frau Martin«, meldete sich Helmuth, »wo waren Sie am Dienstagvormittag?«

»Wahrscheinlich wie jeden Morgen im Fitnessraum im Keller.« Sie legte sich zurück und öffnete den seidenen Bademantel, der zur Seite glitt und einen flachen Bauch, ein üppiges Dekolleté, schmale Hüften und cappuccinobraune Haut freigab. »Und wenn am Dienstag die Sonne geschienen hat, dann war ich danach hier am Pool.« Sie legte einen Arm hinter den Kopf und begann, sich auf dem Liegestuhl zu rekeln. »Oder glauben Sie, dieser Körper und die Hautfarbe kommen von allein.«

»Äh, ja ... nein, danke, auf Wiederschaun.« Ohne sich umzusehen, erreichten sie den Dienstwagen und fühlten sich wie Odysseus, der gerade noch den Sirenen entkommen war. Entsprechend der Maxime, dass bei Mordermittlungen alle Gedanken erlaubt waren, spekulierten sie kurz, ob Strohmeier sich aus Liebeskummer das Leben genommen haben könnte, verwarfen den Gedanken aber, da er sich kaum selbst strangulieren und danach das Tatwerkzeug verschwinden lassen konnte.

In der Praxis von Dr. Stefan Martin warteten zwei Patienten: ein Kaninchen, zu dem eine Mutter nebst besorgter Tochter gehörten, und ein hässlicher, sabbernder Hund, der genauso bullig und gefährlich wirkte wie sein Bodybuilder-Herrchen.

Nachdem das Kaninchen verarztet war, hatte der Doktor kurz Zeit für die Polizisten. Der Tierarzt war ein großer, schlanker Mann. Er war Mitte 50 und dementsprechend lichteten sich seine braunen Locken bereits und zeigten deutliche graue Strähnen. Er trug eine Brille mit dünner Goldfassung, ein weißes Hemd und eine weiße Hose.

Während er noch das Krankenblatt des Langohrs ausfüllte, erklärte er, von dem Mord im *Donaukurier* gelesen zu haben. Er kannte aber diesen Privatdetektiv nicht. Wie denn die Kripo in dem Zusammenhang auf ihn käme, wollte er wissen.

»Ihre private Telefonnummer war die letzte, die das Opfer von seinem Handy aus angerufen hat«, eröffnete ihm Charly.

Dr. Martin sah kurz von der Karteikarte auf und legte die Stirn in Falten. Gleich darauf nickte er kurz und wandte sich wieder dem Kaninchenblatt zu.

»Wie gesagt, ich kenne oder kannte diesen Mann nicht, und habe folglich auch nicht mit ihm telefoniert. Vielleicht fragen Sie da lieber meine Frau. Eventuell kann Ihnen die mehr dazu sagen«, meinte er.

»Das haben wir schon getan«, gestand Charly.

»Aha, und?«

»Sie hat mit Strohmeier telefoniert, das hat sie uns gesagt.«

»Na also, was wollen Sie dann noch von mir?«, fragte der Veterinär beiläufig.

»Herr Dr. Martin, Ihre Frau hat uns eröffnet, dass sie eine Liaison mit Hans Strohmeier unterhalten hat.« Charly wunderte sich selbst ein wenig über seine hochtrabende Formulierung und auch über seine Direktheit. »Und da wird's natürlich dann für uns interessant«, fuhr er allerdings genauso direkt fort. »Denn es wäre nicht der erste Fall, in dem sich ein gehörnter Ehemann eines Nebenbuhlers entledigt.«

Helmuth sah Charly verblüfft an. Offenbar überraschte auch ihn Charlys Ausdrucksweise.

Dr. Martin steckte das Krankenblatt in eine Schublade, dann lehnte er sich zurück und drehte den Kugelschreiber zwischen den Fingern. Dabei lächelte er.

»Herr Kommissar, das war nicht die erste Affäre meiner Frau und es wird mit Sicherheit auch nicht die letzte bleiben.« Er deutete mit dem Stift in Charlys Richtung. »Ich kenn die Namen der Liebhaber meiner Frau nicht. Aber wenn ich jeden ermordet hätte, dann wär Ingolstadt heut noch keine Großstadt.«

Diese Angabe war zwar vermutlich reichlich übertrieben, führte aber das Ausmaß von Frau Martins Liebeleien deutlich vor Augen. Und das war der Zweck des Vergleichs. Da sowohl Charly als auch Helmuth den Tierarzt recht ungläubig anstarrten, begann er zu erklären: »Meine Frau hat sich im Laufe der Zeit zu einem Menschen entwickelt, den ich so nicht geheiratet hätte.« Er sprach, als würde er über die Domestizierung der Wildhunde referieren. »Es mag natürlich sein, dass auch ich mich verändert habe. Auf jeden Fall laufen unsere Interessen und Bedürfnisse seit Langem in völlig konträre Richtungen.« Er warf den Stift vor sich auf den Schreibtisch und spreizte die Fingerspitzen gegeneinander. »Wir leben zusammen in einem Haus, schlafen aber in getrennten Zimmern. Es läuft nichts mehr. Und ich bin froh darüber, wenn sie sich das, was sie braucht, woanders holt. Dann hab ich meine Ruhe.«

»Ja aber ...«, wandte Charly ein, ohne genau zu wissen, was er eigentlich fragen wollte.

»Eine Scheidung kommt nicht in Betracht. Das käme mich wesentlich teurer, als ihr ein Leben in meinem Haus zu ermöglichen.«

Bah, dachte Charly, als er sich die Lebenssituation des Doktors vor Augen führte. So würde er nicht existieren können.

Helmuth riss ihn aus diesen Gedanken, als er Dr. Martin fragte, ob er Pentobarbital in der Praxis vorrätig hätte.

»Ja, zum Einschläfern. Und noch drei oder vier ähnliche Mittel für diesen Zweck.« Der Tierarzt rieb sich die Nase. »Ah«, sagte er dann, »ist das quasi die Mordwaffe?« Er stand auf und ging zu einer Tür aus Metall, die in die Wand eingelassen war. »Schaun S' her«, forderte er die Ermittler auf, »es ist alles ordnungsgemäß. Da fehlt nichts.« Er sperrte die Schranktür auf und nahm ein Buch heraus, das er Charly und Helmuth zeigte.

Er schlug eine Seite auf, die mehrere Spalten mit handschriftlichen Eintragungen enthielt.

»Da steht, wie viel ich bezogen habe. Und hier trag ich ein, wenn ich etwas davon verwende. Es müssen also noch ...« Er fuhr mit dem Finger langsam über die Verbrauchsspalte und summierte offenbar im Kopf. »... noch zwölf Ampullen da sein. Zuletzt fünfundzwanzig bestellt, drei waren noch da, sechzehn hab ich während des letzten halben Jahres verbraucht.« Er legte das Buch zurück und nahm stattdessen eine Pappschachtel aus dem eingebauten Kühlfach. Darin befanden sich tatsächlich zwölf Glasröhrchen mit dem Aufdruck Pentobarbital.

»Gut, dann bleibt uns nur noch die routinemäßige Frage nach Ihrem Alibi am Dienstagvormittag«, stellte Charly fest.

Der Doc ging zurück an seinen Schreibtisch und drückte einen Knopf der Sprechanlage. »Conny, wo war ich denn am Dienstag laut unserem Terminkalender?«

Gleich darauf ging die Tür auf und eine vielleicht vierzigjährige Frau kam ins Behandlungszimmer. Sie war ebenfalls weiß gewandet und trug ihre rotbraunen Haare in einem frechen Pony. In den Händen hielt sie einen Terminkalender, mit dem sie auf Dr. Martin zuging. Sie stellte sich näher zu ihrem Chef, als es sich für ein Angestelltenverhältnis eigentlich geziemt hätte, aber dann legte ihr der Tierarzt auch noch den Arm ganz selbstverständlich um die Hüfte.

Na dann geht's ja, dachte Charly erleichtert und stellte fest, dass er unter diesen Umständen mit Dr. Martins Lebenssituation leichter umgehen konnte.

Der Arzt und seine Hilfe prüften gemeinsam den Kalender und teilten dann mit, dass Dr. Martin den ganzen Dienstag unterwegs gewesen sei, zunächst in der Halle des Zucheringer Kleintiervereins, dann bei einem Hundezüchter in Manching und kurz vor Mittag in einem Reitstall im Westen der Stadt.

Mit dieser Information verabschiedeten sich die Ermittler aus der Praxis, und der sabbernde Hund konnte endlich behandelt werden.

»Die Conny macht's erträglich, das Unrecht dieser Welt, oder?«, bemerkte Helmuth während der Rückfahrt.

»Seh ich auch so!«, stimmte Charly zu, »Aber trotzdem wär's natürlich ein erstklassiges Motiv für ihn.«

Helmuth nickte. »Und des mit seinem Giftbuch is auch kein stichhaltiger Beweis. Da trägt er einfach ein, er hätt irgendeinen Bello eingeschläfert, den es gar nicht gibt oder der von allein gestorben ist, und schon hat er eine Ampulle über. Ist gar nicht nachprüfbar.«

»Nachprüfbar wär's schon«, berichtigte Charly, »aber mit sehr viel Aufwand. Das behalten wir erst mal im Hinterkopf.«

»Okay, und sein Alibi ist auch keins. Weil, zwischen den drei Terminen kann er locker in die Innenstadt fahren und den Strohmeier besuchen.«

»Mhm.« Im Stop-and-go der Einkaufsvagabunden auf der Neuburger Straße hing jeder einige Zeit seinen Gedanken nach.

Bis Helmuth seufzte. »Aber er schaut halt einfach ned aus wie ein Mörder«, gab er zu bedenken.

»Das sind die Schlimmsten.«

Bis sie auf der Dienststelle die Erkenntnisse des Vormittags aufgearbeitet und in Aktenvermerke, Vernehmungsprotokolle, Vorgangsdaten, statistische Erhebungen und Einträge ins Ermittlungsanalyseprogramm STUPID umgewandelt hatten, verging noch mal eine Stunde. Um zwei war alles erledigt. Und dennoch blieben beide noch im Büro. Helmuth, weil er befürchtete, es könnte noch zu früh am Samstagnachmittag sein, um Yvonnes Weißelauftrag zu entgehen, und Charly, weil ihn irgendwas beschäftigte. Er wusste nur nicht was. Ziellos blätterte er in den Akten, die inzwischen vier Ordner füllten. Er überflog erneut Vernehmungen, durchstöberte Protokolle der Anwohnerbefragung, ließ sich die seitenweisen Erkenntnisse aus dem Polizeicomputer durch die Finger gleiten und betrachtete sich nochmals die Bildtafel, die der Erkennungsdienst vom Tatort gefertigt hatte.

Plötzlich fiel ihm auf einem der Fotos etwas auf. Er sah genauer hin. Das sah doch aus, als ob ...

Bernd Fischer, der Spurensicherer, stand zu Hause gerade am Grill, als ihn Charlys Anruf erreichte. Er wunderte sich ein wenig, dass Charly am Samstagnachmittag auf der Dienststelle rumfuhrwerkte. Andererseits war es eigentlich gar nicht so absonderlich, wenn man an einem aktuellen Fall hing. Dann gingen die Uhren anders.

Mehr wunderte sich Fischer über Charlys Frage. Aber es wird schon seinen Sinn haben, dachte er, der Charly lange genug kannte, um zu wissen, dass der nicht einfach so irgendeinen unvernünftigen Blödsinn machte oder fragte.

»Nein, Charly«, antwortete er, »da kannst du eigentlich nichts kaputt machen. Den Senf hab ich sauber von den Scherben abgekratzt und gesondert asserviert. Die Scherben sind auf Fingerabdrücke und DNA untersucht. Leider noch kein Ergebnis da. Du kannst gerne rumbasteln, wenn du willst.«

Nach dem Okay von Fischer holte sich Charly aus dem Asservatenschrank der Spurensicherer den Plastikbeutel mit den Scherben des Senfglases, die in Strohmeiers Wohnung sichergestellt worden waren. Er setzte sich an seinen Schreibtisch und kippte den Inhalt der Tüte auf die Schreibunterlage. Dann begannen Helmuth und er wie bei einem dreidimensionalen Puzzle die Scherben zusammenzusetzen.

Nach kurzer Zeit konnte Charly das Ergebnis der Untersuchung feststellen: »Das is ein *kleines* Glas Händlmaier. Zefix!«

»Die Gundula sagt aber, er hat ein großes Glas aus der Metzgerei mitgenommen«, ergänzte Helmuth den Gedankengang. »Er hat immer ein großes Glas gekauft.«

»Also hat der Täter ned dieses Pentazeug in den Senf vom Strohmeier gemischt, sondern einfach die Gläser ausgetauscht. Das heißt, dass er die Gewohnheiten vom Strohmeier gut gekannt hat.« Charly packte die Scherben einzeln wieder in die Tüte.

»So gut wohl auch nicht«, widersprach Helmuth, »sonst hätt er ein großes Glas genommen, wenn der Strohmeier immer ein großes gekauft hat.«

»Stimmt.« Charly betrachtete nachdenklich den Beutel voller Scherben. »Vielleicht wegen der Dosierung. Wenn ich das Zeug in weniger Senf misch, dann wirkt's besser und die Chancen sind größer, dass er mehr davon erwischt.«

»Möglich«, stimmte Helmuth zu.

»Aber warum hat er es dann hergenommen«, überlegte Charly weiter. »Er hat doch gewusst, dass er eigentlich ein großes Glas gekauft hat.«

Helmuth dachte praktisch: »Weil kein anderer Senf da war. Und wenn die Weißen fertig waren und des Weißbier eingschenkt is, dann muss der Senf her, egal ob groß oder klein.« Er kratzte sich am Kopf und begann zu lächeln. »Außerdem, Charly«, legte er nach, »du weißt doch, wie des in unserem Alter is: Er wird schon kurz überlegt haben, der Strohmeier. Dann is ihm die Gundula eingfallen, und dann hat er nicht mehr so recht gewusst, ob er das kleine Glas Senf jetzt selber gekauft hat oder nicht.«

»Mhm«, erwiderte Charly, der nicht so ohne Weiteres zugeben wollte, dass es ihm in letzter Zeit tatsächlich manchmal so erging. Schlimm genug. »Dann hat der Täter einen Schlüssel zur Wohnung«, stellte er stattdessen fest, »wo er kurz vorher das Glas austauscht.«

»Oder der Strohmeier hat ihn in die Wohnung gelassen«, widersprach Helmuth. »Außerdem wissen wir ja nicht, ob der Strohmeier von der Metzgerei direkt heimgefahren ist. Er kann ja auch noch irgendwo gewesen sein.«

»Zefix! So viele Möglichkeiten.«

Sie beendeten die Spekulationen und entschlossen sich, nun doch nach Hause zu gehen. Charly fuhr gerade seinen PC herunter, als sein Telefon klingelte.

»Kripo Ingolstadt, Valentin.«

»Servus, Herr Kommissar. Böhnert, Bertl. Ich hab gehört, Sie suchen nach mir.«

»Ah, ja, Sie sind der Bertl, der mit dem Hans Strohmeier zusammengearbeitet hat.«

»Zusammengearbeitet ist zu viel gesagt. Is schon lange her.«

»Sie wissen, dass der Strohmeier tot ist?«

»Ich hab's ghört. Umgebracht, sagt man. Mit so einem Mittel aus der Schweiz.«

»Woher wissen S' denn das?«

»Es wird halt so erzählt. Fragen S' mich ned.«

»Na ja, wie auch immer. Sie waren öfter mit ihm beinand?«

»Ab und zu.«

»Passt! Wir ermitteln in dem Fall und wollen alles vom Strohmeier wissen. Nicht nur von seiner Arbeit, auch Freizeit und Privatleben. Was er halt so getrieben hat.«

Der Anrufer lachte. »Oha, getrieben? Sie meinen die Putzfrau! Da kann ich euch natürlich schon einiges erzählen. Da werdet ihr die Ohren anlegen.«

»Okay, wann können wir uns denn treffen?«

»Jetzt geht's nicht, und heut eigentlich gar nicht mehr. Ich muss gleich weg.«

»Wie kann ich Sie denn erreichen? Böhnert war Ihr Name, oder?«

»Is im Moment schlecht, ich zieh grad um. Ich meld mich am Montag bei euch. Bis dann.«

Damit legte er auf, ohne dass Charly noch mal nachfragen konnte.

»Des war dieser Bertl«, beantwortete Charly Helmuths fragenden Blick. »Der kommt am Montag. Aber wissen tu ich jetzt immer noch nix von dem. Ich glaub, *Böhnert* hat er gsagt.«

Helmuth versuchte sein Glück am Computer und erhielt tatsächlich die Auskunft, dass ein gewisser Edelbert Böhnert früher in Ingolstadt gemeldet war, vor ungefähr zwei Jahren aber nach unbekannt verzogen ist. In den polizeilichen Dateien war Böhnert wegen kleinerer Diebstahls- und Betrugsdelikte verzeichnet. Keine weiteren Erkenntnisse.

»Ich hab gsagt, uns interessiert, was der Strohmeier privat so getrieben hat. Und er hat gsagt, da werden wir die Ohren anlegen.«

Charly fand sein Zuhause leer vor. Petra war mit ihrer Schwester beim Shoppen im Westpark, Julia absolvierte wohl gerade Reitstunden oder verrichtete Stallarbeit, und Ludwig feuerte an diesem Nachmittag auf der Südtribüne im Stadion den FC 04 an. Charly nutzte die Ruhe, pflanzte sich in einen Liegestuhl im Garten und freute sich darauf, in der Frühlingssonne eine halbe Stunde vor sich hin zu dösen. Nach zwei Stunden weckte ihn Petra. Sie war von der Einkaufstour zurück und ganz glücklich über die Schnäppchen, die sie ergattert hatte. Unter anderem präsentierte sie Charly gleich hier im Garten eine weiße Jeans, die sie für ihn gekauft hatte. »Für heut Abend«, strahlte sie.

Benommen sah Charly auf die Uhr. Es war später, als er gedacht hatte. Schnell noch duschen, dann würde bereits die »Weiße Nacht« der AH-Mannschaft beginnen. Er wusste immer noch nicht, wie die Jungs auf dieses Thema gekommen waren. Bisher hatten alle Sommerfeste der Alten Herren unter einem nachvollziehbaren Motto gestanden. Es hatte eine bayerische Nacht gegeben, eine karibische, eine spanische, eine griechische und eine kubanische, einen Country- und Westernabend, eine Nacht des Sports und eine der Piraten. Die meisten der AHler und ihrer Partnerinnen trugen passende, fantasievolle Gewänder und jedes Mal waren Pavillons, Biertische und die große Bar dem Thema entsprechend dekoriert. Das führte so weit, dass eine Lkw-Ladung Sand auf die Wiese neben dem Sportplatz gekippt worden war, um darauf eine Holzbaracke zu errichten, in der der Rechtsaußen als kubanischer Strandläufer frische Garnelen und Krabben grillte. Besonders authentische Teamkollegen bezahlten bei dieser Gelegenheit ihren Jahresbeitrag gern in der jeweiligen Landeswährung, und der Kassier musste in nächster Zeit die Kurse verfolgen, um kubanische Pesos und spanische Pesetas günstig zu wechseln.

»Alles weiß«, hatte der AH-Leiter geantwortet, als Charly ihn nach dem Hintergrund für das diesjährige Motto gefragt hatte. Mehr wusste auch er nicht. Vor allem war Charly skeptisch, was das Essen betraf. Denn bisher hatten auch immer die Speisen zum jeweiligen Motto gepasst, ob Schweinebraten, Paella, Steaks oder Gyros. Doch bei Weiß hatte Charly als Erstes das Bild von Grießbrei und Haferschleim vor Augen. Auch wenn er es sich nicht vorstellen wollte und inständig hoffte, dies wäre nicht die heutige Speisenfolge, so fehlte ihm für mehr Weiß einfach die kulinarische Fantasie. Und Weißwürste würden sie am Abend ja wohl doch nicht auftischen.

Nach dem Duschen schlüpfte er in die neue weiße Jeans. Obwohl sie vom Schnitt her perfekt passte, fühlte Charly sich sofort unwohl. Daran änderten auch das bequeme weiße Hemd und die weißen Segeltuchschuhe nichts. Petra trug Bluse, Rock und Schuhe ebenfalls komplett in Weiß und hatte damit anscheinend kein Problem.

Kurz bevor sie sich auf den Weg machten, kam Julia nach Hause. Die Zeit reichte eben noch für zwei, drei Sätze. Ein Gespräch über Julias Berufswunsch wollte Charly zwischen Tür und Angel nicht beginnen. Die Tochter verschwand schließlich in der Dusche, während Charly und Petra Geschirr, Besteck und Gläser in einen Korb packten und das Haus verließen.

Aus der Ferne wirkte die Wiese neben dem Sportplatz wie eine der schwülstigen Hochzeitsszenen auf einer südenglischen Klippe in einem Sonntagabend-Spielfilm. Es war wirklich alles weiß. In der Abendsonne leuchteten drei Pavillons, auf den Biertischen lagen weiße Tischdecken, auf den Bänken weiße Auflagen. Die große, ansonsten dunkelgrüne Bar war mit weißem Karton ummantelt. Und alle Anwesenden waren von oben bis unten in Weiß gekleidet. Charly legte bei dem Anblick den Arm um seine Frau und drückte sie. Hätte sie ihm nicht im letzten Moment die Hose mitgebracht, wäre er jetzt der Einzige in farbigen Beinkleidern.

Ein erster Rundgang beruhigte Charly im Hinblick auf die kulinarische Ausgestaltung des Abends. Von der bisherigen Tradition abweichend hatten sich die Mannschaftskollegen bei der Auswahl der Speisen nicht an das Thema des Abends gehalten. Der Torwart war verantwortlich für die Paella in der großen Pfanne. In zwei kleineren Pfannen daneben wendeten die Innenverteidiger Steaks und Zwiebeln. Der Rechtsaußen kümmerte sich wieder um Scampi, Krabben und Garnelen. Die Frau des AH-Leiters dirigierte mit beiden Armen die mitgebrachten Salate in die endgültigen Parkpositionen, wie ein Fluglotse die Jets auf dem Vorfeld. Hinter der Bar war das offensive Mittelfeld für den Bierausschank zuständig, und das defensive für alkoholfreie Flaschenware. Die Sturmspitze mixte bunte Begrüßungscocktails. Nebenbei stellte er schon Bacardi, Cola, Eis und Zitronen für später bereit.

Als Charly nach der Begrüßungsrede des AH-Leiters schwungvoll den – seiner Meinung nach mädchenhaften – Strohhalm aus seinem Cocktail zog, schleuderten einige Tropfen der grünen Flüssigkeit auf Petras Bluse. Er selbst hatte Glück beim ersten Bissen in sein Steak, als eine ölige, fettige Zwiebel haarscharf an der Hose vorbei zu Boden fiel. Sein Dusel verließ ihn erst zum Abschluss der Mahlzeit, als er sich ein Mozzarellakügelchen in den Mund steckte, wobei ein Tropfen Olivenöl-Balsamico-Mischung in einem eleganten Bogen den Weg auf seinen Oberschenkel fand. Und darum mochte Charly keine weißen Jeans. Auf seiner dunkelblauen Hose wäre das zu verkraften gewesen und nach entsprechenden Gegenmaßnahmen nicht sonderlich aufgefallen. Aber die weiße Jeans war gnadenlos. Sie verurteilte ihren Träger dazu, auf der Bank sitzen zu bleiben und seine Beine unter dem Tisch zu verstecken.

Erst später, als es dunkel wurde, traute Charly sich an die Bar, wo im Pulk der Mitspieler der Fokus nicht nach unten auf die Hosen gerichtet war. Nur bei der einen oder anderen Spielerfrau registrierte Charly einen kurzen, meist mitleidigen Blick.

Die Gespräche drehten sich um die Highlights zurückliegender AH-Spiele, das Dorfgeschehen im Allgemeinen und die jüngsten Exzesse einiger *local Heroes* im Besonderen sowie Verletzungen, Krankheiten, Bundesligavereine und die Zukunft des Fußballsports.

»Mensch«, der AH-Leiter schlug dem Mittelstürmer auf die Schulter, »ich war an einem dran. Des wär ein Sturmpartner für dich gwesen. Aber jetz hat er einen andern Job und is weggezogen. Irgendwo nach Niederbayern. Schade.«

Sofort fiel Charly der Hinweis auf den Dreispänner in Gaimersheim ein, den der Stadtführer in Strohmeiers Auftrag observiert hatte. Sein geflüstertes »Zefix!« ging in der Mischung aus lauter werdenden Gesprächen und musikalischer Beschallung unter. Wieder so eine Spur, die er vergessen und vernachlässigt hatte, nachdem Bachhuber als

Hauptverdächtiger weggebrochen war. Charly nahm sich vor, am Montag als Erstes eine umfassende Bestandsaufnahme in seinem Fall durchzuführen, damit nicht noch weitere Hinweise untergingen, nur weil sich alle auf eine Spur konzentriert hatten. »Ein Opfer des Jagdfiebers«, murmelte Charly. Und meines Alters, fügte er missmutig in Gedanken hinzu.

»Hä?«, fragte der AH-Leiter einfühlsam, nachdem er offenbar Charlys Gemurmel wahrgenommen hatte.

»War der aus Gaimersheim?«, fragte Charly.

»Nein, warum?«

»Ach, nur so.«

Der Rest des Abends verlief ohne dienstliche Gedanken. Charly nutzte das Fest, um abzuschalten, was ihm bei einigen Runden Bacardi-Cola zusammen mit der kompletten Defensivabteilung gut gelang. Gegen drei Uhr morgens war die weiße Nacht für ihn vorbei.

Elf Sonntag

Der Sonntag begann zäh. Nach dem ersten Augenöffnen gönnte sich Charly eine weitere Stunde im Halbschlaf. Auch ohne sich großartig zu bewegen, fühlte er das bleierne Gewicht seines Kopfes, das Pochen in den Schläfen und sein Gehirn, das nur widerwillig jeder noch so kleinen Verlagerung folgte. Ich bin zu alt für diesen Scheiß, stellte er resignierend fest und beschloss, ab sofort den Lauf der Dinge zu akzeptieren und sich der harten Wirklichkeit zu stellen: Nie wieder Alkohol! Nie wieder zu viel Alkohol, konkretisierte er schnell.

»Guten Morgen, Schorschi! Kaffee is fertig«, zwitscherte Petra gut gelaunt und riss das Fenster auf. Sein unwilliges Brummen ließ sie nicht gelten. »Na komm, jetzt machen wir ein gemütliches Frühstück und dann genießen wir einen ruhigen Sonntag.«

Nachdem er sich unter die Dusche gezwungen hatte, ging es tatsächlich ein wenig besser. Der Kopf fühlte sich zwar immer noch an, als wär es nicht seiner, aber die Bewegungen verursachten nur noch dumpfe Schmerzen, nicht mehr das Gefühl, jemand würde heiße Nadeln in sein Gehirn treiben. Sogar der Appetit kehrte zurück, während er über seiner Kaffeetasse brütete. Vielleicht konnte es ja doch ein ganz schöner Sonntag werden, mit einem kleinen Spaziergang, einem hohen Anteil an Couch oder Gartenliege und einem Schuss Fernsehen. Und dann könnte er endlich mit Julia über ihre Polizeibewerbung reden. Das war längst überfällig. Aber bisher hatte es einfach nicht geklappt, und jetzt war Julia sowieso schon wieder bei den Pferden.

Petra hatte beim Bäcker schon frische Semmeln geholt, einen Wurstteller hübsch angerichtet und Spiegeleier zubereitet. Diese Grundlage, zusammen mit den Faktoren Zeit und Ruhe, würde dafür sorgen, dass der Kater langsam verschwinden und das Leben wieder lebenswert werden würde.

Beim ersten Bissen in die zweite Hälfte der Bierschinkensemmel klingelte das Telefon. Hin und wieder riefen Petras Mutter oder ihre Schwester am Sonntagmorgen an, um Termine zu vereinbaren. Also nahm Petra ganz selbstverständlich den Anruf entgegen. Kurz darauf übergab sie Charly den Hörer.

»Valentin«, meldete er sich nach einem kräftigen Schluck Kaffee.

»Moin, moin, Charly! Bruce, EZ! Du Charly, an der Donaubühne hamse eine Leiche aus dem Wasser gezogen.«

»Ach, Mann«, ärgerte sich Charly, da er sofort seinen gemütlichen Sonntag gefährdet sah, »soll doch mal ein anderer hinfahren.«

»Da sind schon andere dort. Aber der Fischer Bernd hat gesagt, ich soll dich auch anrufen.«

»Echt? Und warum? Will der Bernd mich ärgern?«

»Weil der Tote angeblich ein gewisser Edelbert Böhnert ist.«

Der milde Frühlingstag trieb Morgenspazierer, Hundehalter und Jogger auf die Schotterwege im Klenzepark. Nach den wilden Schmelz- und Regenwassereskapaden des vergangenen Winters wälzte sich die Donau nun ganz gemütlich Richtung Osten. Ein sanfter Föhnwind kräuselte das Wasser und ließ das Sonnenlicht darauf funkeln. Einem antiken Amphitheater nachempfunden lag die Donaubühne am Südufer des Flusses im Herzen der Stadt. Mitten im Park wölbten sich die in die Uferböschung eingelassenen Zuschauerränge im Halbkreis um eine kleine Betonplattform. Würden Schauspieler mit überschminkten Gesichtern und wallenden Gewändern die neuesten Dramen von Homer darbieten, so würden ihnen der gemächliche, graugrüne Donaustrom, die malerische Kulisse des Neuen Schlosses und der profane Klotz des Stadttheaters als Bühnenbild dienen. Allerdings hätten die Akteure auch die meiste Zeit nasse Sandalen bekommen. Denn ursprünglich war die kreisrunde Bühne dank eines kleinen Kanals komplett von den Donaufluten umspült und daher meist überflutet. Erst als dieser Kanal beseitigt worden war, konnte man die Bühne regelmäßig nutzen. Und auch wenn sie von da an nicht mehr *in*, sondern nur noch *an* der Donau und an einer kleinen Bucht lag, so wurde sie immer gern in die zahlreichen kulturellen und bierseligen Events am Donaustrand eingebunden.

Anstelle altertümlicher Schauspieler agierten nun die Kollegen vom KDD, Bernd Fischer und ein Notarztteam auf der Donaubühne. Charly betrachtete die Situation zunächst oben vom Fußgängersteg aus, der direkt neben dem Schauplatz über den Fluss führte.

Am Rand der Bühne, zum Wasser hin, lag mit ausgestreckten Armen die Leiche auf dem Rücken. Um den leblosen Körper hatte sich eine Wasserlache gebildet. Der Notarzt und sein Team packten soeben ihre Utensilien wieder in die Notfallkoffer. Bernd Fischer stand neben dem Kopf der Leiche und fotografierte. Zwei Kollegen des Dauerdienstes waren ein wenig abseits damit beschäftigt, den Inhalt einer Geldbörse aufzulisten. Zahlreiche Spaziergänger hatten auf den steinernen Zuschauerrängen Platz genommen, um in aller Ausführlichkeit dieses außergewöhnliche Schauspiel zu beobachten, das ihnen am Sonntagvormittag geboten wurde. Nur widerwillig ließen sie sich von den uniformierten

Beamten verscheuchen. Manche setzten sich gleich darauf in der obersten Reihe wieder hin, wie die Tauben in der Fußgängerzone, die bei lästigen Störungen nur kurz aufflatterten, um dann sofort wieder zu den Bröseln unter den Bistrotischen zurückzukehren. Als endlich alle Schaulustigen vertrieben waren, zogen die Kollegen oberhalb der Sitzreihen ein Absperrband im Halbkreis um den Bereich, sodass die interessierte Bevölkerung aus einiger Entfernung vom Schotterweg aus das Geschehen auf der Bühne verfolgen musste. Auch links und rechts von Charly wurden auf dem Fußgängersteg die Leute immer mehr, die nicht darauf verzichten wollten, ihren Kindern anlässlich des sonntäglichen Spaziergangs eine leibhaftige Leiche zu zeigen.

Als die Kommentare der Beobachter immer dümmer wurden, ging Charly nach unten zur Bühne.

»Irgendwie hast du den doch gesucht«, begann Fischer nach der Begrüßung und deutete auf die Leiche. »Laut Perso im Geldbeutel is das der Edelbert Böhnert.«

Zusammen gingen sie nach vorne zur Leiche. Fischer bückte sich und drehte den Kopf des Toten zur Seite. Er deutete auf den Hinterkopf, wo sich eine gewaltige Platzwunde inmitten einer großflächigen Schwellung befand.

»Meiner Meinung nach definitiv vor dem Tod zugefügt«, kommentierte der Spurensicherer. »Schlag auf den Hinterkopf und dann in die Donau geworfen oder gefallen. Natürlich ohne Gewähr. Das wird die Obduktion zeigen. Und ausziehen für die Leichenschau werden wir den wohl hier auf der Bühne auch nicht.«

In Charlys Magengegend machte sich ein flaues Gefühl breit. Eine Obduktion am Sonntag war nicht das, was er sich unter einem ruhigen, erholsamen Wochenende vorstellte. Bevor er aber einen Einwand vorbringen konnte, bot sich Fischer an: »Wennst nix dagegen hast, fahr ich rauf zur Obduktion.«

Ein wenig verdattert sah Charly den Erkennungsdienstler an: »Von mir aus.« Nach wohlüberlegter Risikoabwägung und aus Kollegialität fügte er noch an: »Ich könnt aber schon auch fahrn.«

Fischer winkte ab. »So ein entfernter Onkel von der Gerti mit seiner Frau und seine zwei Schratzen is zu Besuch bei uns. Das ganze Wochenende.«

Charly nickte verständnisvoll. »Identifiziert ist er nur durch den Personalausweis, oder?«

Fischer zog ihn hinüber zu den zwei Kollegen vom KDD. »Ich wüsst nicht, wer ihn sonst noch identifizieren sollt. Kein gemeldeter Wohnsitz, nix über Angehörige oder Kontaktpersonen bekannt.« Während er sprach, hatte ihm der KDDler den Ausweis aus der Geldbörse übergeben. Das Bild darauf zeigte eindeutig den Toten, einen Mann in Charlys Alter mit hagerem, kantigem Gesicht, zurückweichendem Haaransatz, einem Oberlippenbart und einer schmalen Hakennase. Das Markanteste war ein Muttermal auf der rechten Wange, das mit etwas Fantasie die Form eines Käfers hatte. Genau dieses Muttermal fand sich auch im Gesicht der Leiche.

»Geld hat er keins dabei«, berichtete der Kollege vom Dauerdienst und streckte Charly die offene Geldbörse entgegen, »nur jede Menge Notizzettel mit Telefonnummern.«

»Alles Kontaktpersonen, die uns was über ihn sagen können«, sagte jemand hinter Charly. Er drehte sich um und war überrascht, Sandra zu sehen.

»Servus, hat der Bruce dich auch angerufen?«

Sandra ließ ihren Pferdeschwanz hin und her fliegen. »Ingolstadt ist ein Dorf, Charly. Ich hab selber in der EZ nachgefragt, was da los ist, nachdem die Meldung vom Toten im Klenzepark rumgegangen ist.«

Charly überkam das dumpfe Gefühl, dass auch Helmuth nicht lange auf sich warten lassen würde. Er sah ihn schließlich oben auf dem Fußgängersteg, wo er sich durch die Schaulustigen kämpfte.

Als sie kurz darauf vereint auf der Donaubühne standen, umriss Charly noch mal für alle die Lage. »Also, des is der Böhnert Bertl, eindeutig identifiziert anhand Ausweis. Aufgefunden heut früh gegen acht von einem Spaziergänger, im Wasser, genau da neben der Bühne, Gesicht nach unten. Er hat eine Wunde am Hinterkopf, könnt ein Schlag sein oder von einem Sturz stammen. Das wird hoffentlich die Obduktion klären, genau wie den Todeszeitpunkt. Der Fischer Bernd fährt rauf.«

Auch Sandra und Helmuth wirkten erleichtert, dass Fischer sich für diese Routineaufgaben angeboten hatte. Beide nickten ihm freundlich zu.

»Im Geldbeutel ist außer ein paar Münzen kein Geld«, fuhr Charly fort. »Aber den Geldbeutel haben die Jungs vom KDD in seiner Hosentasche hinten rechts gefunden. Ich geh also vorerst mal nicht von einem Raub aus. In der Geldbörse hat er jede Menge Notizzettel, aber alles klatschnass. Das werden wir erst mal trocknen, bevor wir damit weiterarbeiten. Die einzige bekannte Kontaktadresse ist das *Donau-Stüberl*. Helmuth, da könnten wir zwei gleich noch mal vorbeischauen.«

Helmuth nickte beflissen.

»Wir wissen nicht, wo er ins Wasser gefallen ist oder geworfen wurde, nicht wann und nicht von wem.«

»Und nicht warum«, ergänzte Sandra.

»Er hat kein Handy bei sich und von der Tatwaffe fehlt auch jede Spur.«

»Da brauchen wir morgen die Taucher von der Bepo«, schlussfolgerte Sandra. »Ich kümmer mich gleich heut noch drum, dass das läuft.«

Widerwillig machten die Schaulustigen oben auf dem Schotterweg Platz, als sich der dunkelviolette Mercedes des Bestattungsunternehmens näherte und auf Höhe der Donaubühne anhielt. Es waren wieder das Männchen und der Bulle.

Relativ schnell und ohne viel Aufhebens hievten sie den Leichnam in einen Zinksarg und verstauten diesen im Fond des Wagens.

»Also Rechtsmedizin München zur Obduktion?«, versicherte sich das Männchen, als es die Heckklappe zuschlug. Und an Charly gewandt fragte es: »Wolln S' mitfahrn?« Es waren weder Hohn noch Spott in der Frage zu erkennen, vermutlich war sie einfach nur ernst gemeint.

Nachdem sich der Bestattungs-Mercedes wieder entfernt hatte, übergab Charly den nassen Geldbeutel in einer Druckverschlusstüte an Sandra. »Sei so gut und fahr auf die Dienststelle. Sofort raus aus der Tüte und zum Trocknen auslegen.«

»Geht klar!«

»Und wir zwei fragen mal im *Donau-Stüberl* nach«, wandte er sich an Helmuth.

»Ja, auf geht's!«

Sie hatten sich entschlossen, die kurze Strecke von der Donaubühne bis zum *Stüberl* zu Fuß zu gehen. Zunächst kämpften sie auf dem Fußgängersteg gegen den Strom der Schaulustigen, die sich nun nach dem Ende der Show Richtung Park weiterschoben. Durch den Theaterparkplatz gelangten sie zum Stadttheater, an dessen Sichtbetonfront ein großes, unmotiviert durchhängendes Banner von dem künstlerischen Event des gestrigen Abends kündete. Sie überquerten den weitläufigen Theaterplatz und kamen vorbei am Viktualienmarkt, wo viele nach der sonntäglichen Vormittagshalben gleich zum Mittagessen unter den großen roten Schirmen sitzen geblieben waren. Unter dem trostlosen Zweckbau des neuen Rathauses durch, quer über den Rathausplatz und gegenüber in die Seitenstraße, erreichten sie fünfzig Meter weiter hinten den unscheinbaren Eingang zum *Donau-Stüberl.*

Das Frühschoppengeschäft hatte sich der Wirt nicht entgehen lassen, und die Überbleibsel dieses Geschäfts hingen nun mehr oder weniger gelangweilt am Tresen und an den Stehtischen herum.

Die Kunde, dass an der Donau ein Toter gefunden worden war, hatte das Lokal bereits erreicht. Dass es sich um den Bertl handelte, traf die Anwesenden allerdings tief. Der Kneipenbesitzer stellte das Glas, das er bis eben mit Inbrunst trocken gerieben hatte, ab und stützte sich mit beiden Armen auf die Spüle vor sich. Der Bertl sei gestern hier gewesen, teilte er auf Nachfrage mit. Er sei irgendwann nachmittags aufgetaucht. Als der Wirt ihm Charlys Karte überreicht hatte, habe er noch ein wenig hin und her überlegt und dann von der Kneipe aus bei der Kripo angerufen. Danach habe Bertl noch zwei oder drei Halbe getrunken, dabei die meiste Zeit vor sich hin sinniert und ab und an in seinen Bart gemurmelt. Schließlich sei es zu ein paar bösen Worten gekommen, weil Bertl aus dem Telefonbuch unter der Theke einfach einen Fetzen herausgerissen habe. Wenn das alle so machen würden, habe der Wirt geschimpft. Aber Bertl habe fast gar nicht reagiert. Er habe den Fetzen eingesteckt, sein Bier bezahlt und gegen neun Uhr das *Donau-Stüberl* allein verlassen.

»Keine Ahnung, wo er hinwollte«, schloss der Wirt seine Mitteilung. »Er hat nie gesagt, was er vorhat.«

»Ham S' des Telefonbuch noch da?«, fragte Helmuth.

Der Wirt zog etwas unter dem Tresen hervor, was durchaus mal ein Telefonbuch gewesen sein konnte. Offenbar war Bertl nicht der Einzige, der Telefonnummern gesucht und mitgenommen hatte.

»Äh, welche Seite oder welchen Teil er rausgerissen hat, können S' wohl nicht sagen, oder?«, fragte Helmuth wenig hoffnungsvoll.

Wie erwartet schüttelte der Wirt den Kopf und hob kurz die Schultern.

»Des Buch nehmen wir vorsichtshalber mit«, entschied Charly, und bevor der Wirt protestieren konnte, fuhr er fort: »Beschreiben S' uns doch bitte den Bertl noch ein bisserl genauer. Wie war er denn so? Hat's in letzter Zeit mal irgendwie Zoff gegeben? Hat er sich mit irgendwem nicht vertragen?«

Der Wirt kratzte sich am Kinn, während er nachdachte. Dann griff er nach einem weiteren Glas und begann, es gedankenverloren abzutrocknen. »Nein, von einem Streit weiß ich nichts. Im Gegenteil, der Bertl hat oft – wie heißt des bei euch – deeskaliert. Er wollt keinen Streit, mit niemandem. Und er hat sich auch mit jedem gut verstanden und unterhalten.« Er betrachtete das Glas, war mit dem Ergebnis zufrieden und stellte es nach oben ins Regal. »Na gut, der Bertl war schon anders. Wissen S', normalerweise wollen meine Gäste an der Bar was von sich erzählen. Die quatschen und quatschen, ob du ihnen zuhörst oder nicht. Hauptsache, sie werden ihren Quark los. Der Bertl war aber so ein Typ, mit dem hast du dich eine Zeit lang unterhalten, und dann ist dir hernach aufgefallen, dass er jetzt jede Menge von dir weiß, von sich selber aber fast gar nichts erzählt hat. Kennen S' des?«

Charly und Helmuth nickten, jeder kannte mindestens einen dieser Typen.

Aufgrund dieser Eigenschaft konnte der Gläsertrockner auch nicht mehr von Bertl berichten. Man wusste nichts von Freunden, von Familie oder von »Geschäftspartnern«. Darum verabschiedeten sich die Ermittler und machten sich auf den Weg zur Dienststelle.

»Und? Habts jetzt am Freitag noch gweißelt?«, wandte Helmuth sich beiläufig an Sandra, als sie im Büro eintrafen.

»Und wie! Is alles fix und fertig. War quasi die reinste Farbenschlacht«, gab Sandra zurück. Doch irgendwie kam es Charly vor, als wäre sie ein wenig unglücklich bei der Erinnerung. Der gezwungen lockere Tonfall passte nicht zu dem freudigen Inhalt der Aussage. »Mir ham beide ausgschaut wie nach so einem indischen Farbenfest.«

Sie trug blaue Einweghandschuhe und war immer noch damit beschäftigt, die durchnässten Papierschnipsel aus Böhnerts Geldbeutel fein säuberlich zum Trocknen auszulegen.

»Aber mir san dann gleich nachher in die Badewanne. War alles gut.« Auch ein gezwungenes Lächeln konnte nichts an dem Eindruck ändern, dass etwas nicht passte.

Weder Helmuth noch Charly fanden jedoch im Augenblick die richtigen Worte, um Sandras Seelenleben weiter zu erforschen. Man konnte das Kopfkino erahnen, das bei beiden ablief. Zum Glück konzentrierte sich Sandra bereits wieder aufs Auslegen der nassen Asservate. Darunter befanden sich unzählige Schmierzettel, Zahlenfolgen mit und ohne Namenskürzel, Visitenkarten von Autohändlern, Secondhandläden, Finanzmaklern, Veranstaltungsdiensten und ähnlichen Berufsgruppen, aus der Zeitung gerissene Inserate und Werbeanzeigen sowie drei Fetzen, die augenscheinlich aus Telefonbüchern stammten. Einen davon konnte Helmuth anhand der Seitenzahl und der alphabetischen Namensaufzählung zweifelsfrei dem Telefonbuch aus dem *Donau-Stüberl* zuordnen. Allerdings gab es keine Hinweise darauf, ob Bertl Böhnert die Vorder- oder die Rückseite interessiert hatte. Vorne waren die Namen Ingolstädter Einwohner von Szenetov bis Szyminska aufgelistet, hinten fand man Tahemir bis Talkdorfer.

»Alles in allem würde ich sagen, ungefähr dreißig Adressen, die überprüft werden müssen«, schätzte Charly mit Blick auf das Stück Papier.

»Plus die zwei anderen Telefonbuchfetzen«, ergänzte Helmuth.

»Und von den anderen Notizzetteln müssen wir die Inhaber der Telefonnummern feststellen, und die Visitenkarten müssen wir durchtelefonieren, und ... und ... und«, vervollständigte Sandra. Sie stand auf und warf sich ihre Jeansjacke über die Schultern. »Jede Menge Arbeit. Jetzt lass ma zuerst mal alles trocknen, und morgen schaun wir weiter.«

Charly hatte den Eindruck, dass Sandra irgendwie müde, abgespannt aussah. So kannte er die Kollegin gar nicht. Normalerweise beflügelten sie Stress und Druck.

»Bei den Tauchern hab ich übrigens den Bereitschaftsdienst erreicht«, teilte Sandra noch mit. »Die hätten morgen sowieso eine Übung und kommen dann halt vormittags stattdessen zu uns.« Schon war sie an der Tür. »Also dann, bis morgen früh.«

»Was?« Charly und Helmuth sahen sich fragend an. »Du hast doch die Woche jetzt frei. Du heiratest am Samstag.«

Bereits draußen vom Gang kam die Antwort: »Ich komm morgen. Hochzeit fällt vielleicht aus.«

Beide brachten den Mund nicht mehr zu, bis Charly mit einem »Zefix! Was soll jetzt der Mist?« die Situation abschließend kommentierte. Sandra war weg und es fehlten weitere Informationen. Also mussten sie bis morgen früh warten.

»Ah, bist ja doch schon daheim!«, begrüßte ihn Petra. »Das ist gut, dann klappt's ja noch.« Scheinbar gab es irgendeinen Plan für den Sonntagabend. Charly befürchtete bereits, wieder mal etwas vergessen zu haben. Aber diesmal war er nicht schuldig. Es handelte sich um einen spontanen Termin. »Die Betty und der Karl haben gfragt, ob wir mit ihnen ins Kino gehen. Ich würd gern.« Damit war es eigentlich entschieden, denn wenn seine Frau es gern tun würde, dann wollte Charly ihr die Freude nicht nehmen. Ihm blieb gerade genug Zeit sich kurz zu duschen.

»Wo san die Kinder?«, fragte er, während er sich wieder anzog.

»Der Ludwig ist im Bauwagn und die Julia ist zu ihre Pferdl geradelt.«

»Ham die was zum Essen?« Charly gab den besorgten Vater in der leisen Hoffnung, Petra würde fragen, ob er vielleicht Hunger hätte.

»Die im Bauwagn grillen bestimmt wieder, und für d'Julia ist noch Lasagne da. Die muss sie sich nur warm machen.«

»Aha!«

Während sie am Hoftor auf Karl und Betty warteten, kam Julia nach Hause.

»Schatz, ich geh mit deinem Papa ins Kino. Mach dir die Lasagne warm. Wart nicht auf uns. Kann spät werden, bis wir heimkommen.«

Sie schafften es gerade noch rechtzeitig zum Beginn des Films. Der Streifen handelte von Liebe und Vertrauen, großen Gefühlen, kühnen Entscheidungen und außergewöhnlichen Schicksalen. Dazu flimmerten über die Leinwand beeindruckende Landschaftsaufnahmen im fantastischen Licht eines afrikanischen Sonnenuntergangs und herzzerreißende Liebesszenen in elektrisierenden Großaufnahmen. Der Regisseur bediente sich durchweg leiser Töne und harmonischer Klangfolgen. Dass ein derartiges cineastisches Epos nicht in neunzig Minuten Platz findet, versteht sich von selbst. Der Film hatte gehörige Überlänge.

Nach dreißig Minuten begann Charlys Magen zu knurren. Dennoch weigerte er sich beharrlich, sich mit Popcorn vollzustopfen. Nach fünfundvierzig Minuten fiel Charly anlässlich einer Ja-ich-will-Szene auf einer Felsklippe vor einem gigantischen Wasserfall Sandras Hochzeit ein. Er wollte Petra von Sandras mysteriöser Ankündigung erzählen, erntete jedoch nur ein »Psst!«. Dazu wischte sich seine Frau über die Augen.

Nach etwa einer Stunde hörte er Karl drei Plätze neben sich leise schnarchen. Und eine Viertelstunde später nickte er selbst zum ersten Mal ein.

Er erschrak, als Karl plötzlich aufstand. Verwundert stellte Charly fest, dass über die Leinwand bereits der Abspann rollte. Im Zuschauerraum schwoll ein Rascheln, Hüsteln und Murmeln an, und das Licht wurde langsam heller.

»Ein ganz wunderbarer Film«, lobte Karl, »aber jetzt hab ich irgendwie Hunger.«

Charly hob nur den Daumen.

Kurz vor zehn fanden sie in einem spanischen Lokal in der Fußgängerzone einen Tisch. Und kurz nach zehn teilte ihnen der Ober mit, dass die Küche leider schon geschlossen habe und sie nur noch kalte Tapas bekommen könnten. Charly und Karl bekämpften ihren Kohldampf mit Oliven, Honigmelonen, Ibéricoschinken, Ziegenkäse und Tortilla-Chips. Betty und Petra waren begeistert. Karl und Charly veredelten die spanische Küche mit dem einen oder anderen Weißbier.

Zwölf Montag

Charly und Helmuth saßen schon an ihren Schreibtischen, als Sandra erschien. Sie hatte erkennbar miese Laune. Außer einem gebrummten »Guten Morgen« fand keine weitere Kommunikation statt, denn die beiden Männer wussten nicht, wie sie das heikle Thema Hochzeit schonend anreißen sollten, und Sandra wollte offenbar nicht reden.

»Trocken!«, war ihre einzige Mitteilung, als sie die ausgelegten Notizzettel inspizierte. Sie sammelte die Papierschnipsel ein, ordnete sie nach einem nur ihr bekannten System und setzte sich an ihren PC, um eine Liste mit Namen und Telefonnummern zu erstellen.

Als die Stille drohte, peinlich zu werden, fasste sich Charly ein Herz. »Was war jetzt des gestern mit deiner Hochzeit? Was is los?«

Zuerst sah Sandra Charly nur über den Rand ihres Monitors hinweg an und wirkte dabei, als wäre sie unschlüssig, ob sie die Kollegen in die Tiefen ihres Seelenlebens einweihen sollte. Ihr Blick traf Helmuth, und irgendetwas in ihr entschied, dass sie nicht umhinkommen würde, eine so gewichtige Entscheidung offiziell zu begründen. Sie lehnte sich zurück und lies die Papierfetzen neben die Tastatur fallen. Mit verschränkten Armen berichtete sie: »Am Samstag haben die Jungs für meinen Bärli einen Junggesellenabschied organisiert.« Charly war erleichtert, dass Sandra immer noch von *ihrem Bärli* sprach. So schlimm konnte es dann ja gar nicht sein. »Und am Schluss von diesem Junggesellenabschied«, fuhr Sandra fort, »am Schluss sans in einem Striplokal gelandet.« Es folgte eine kurze rhetorische Pause, in der Charly und Helmuth auf die Offenbarung des noch ausstehenden Skandals und Sandra auf die gerechte Empörung warteten. Als nichts davon eintraf, legte Sandra nach: »Dieses Striplokal is dafür bekannt, dass dort auch mehr geht als nur zuschauen. Und die waren über zwei Stunden da drin.«

»Aha«, kommentierte Helmuth, und falls er empört war, konnte man es aus seinem Kommentar nicht heraushören. Charly sah Sandra nur ungläubig an. Er kannte ja Sandras Einstellung zu Liebe und vor allem zur Treue. Die Kollegin aus dem Bayerischen Wald war ein offenes, lebenslustiges Mädel. Aber sie hatte sich in der Vergangenheit immer wieder echauffiert, wenn sich bei Ermittlungen herausgestellt hatte, dass Ehefrauen betrogen, Ehemänner hintergangen, vor Jahrzehnten geleistete Treueschwüre gebrochen und allgemein gültige Auffassungen von Moral und Anstand nicht eingehalten wurden.

»Ja und? War denn dann irgendwas in dem Klub?«, fragte er.

»Des weiß ich noch nicht«, antwortete Sandra. »Aber schon allein, dass die zwei Stunden da drin san! Des spricht doch Bände, oder?«

»Und deswegen sagst du jetz die Hochzeit ab?«

»Ich kann doch niemanden heiraten, der mich so hintergeht.« Sandra war den Tränen nah. Doch bevor sich ihre Emotionen Bahn brechen konnten, nahm sie die Notizzettel wieder auf und konzentrierte sich auf ihre Liste.

»Äh, ich muss zum Gericht.« Helmuth war offensichtlich froh, die Situation für sich beenden zu können. Die Gerichtsverhandlung, zu der er geladen war, stellte das kleinere Übel dar. Obwohl es die gleiche Verhandlung war, wegen der Charly schon letzte Woche die Akten gewälzt hatte, und bei der die Zeugen neben Herrn Rechtsanwalt

Bierschneider eine berüchtigte Konfliktverteidigerin aus München erwartete.

Die Hälfte des Vormittags verbrachten Charly und Sandra damit, die Notizzettel aus Böhnerts Geldbörse aufzuarbeiten. Zunächst mussten die Inhaber von zahlreichen hingekritzelten Telefonnummern festgestellt werden, bevor dann die Befragungen der entsprechenden Personen beginnen konnten.

Kurz vor zehn machte sich Sandra auf den Weg, um unten an der Donau die Tauchergruppe der Bereitschaftspolizei zu treffen und die Kollegen in die Einzelheiten des Falles einzuweisen. Stattdessen erschien Kriminaloberrat Zwerglein in Charlys Büro.

»Na, Charly, wie laufen die Ermittlungen bei unserem chinesischen Auftragsmord?«

Der Befragte seufzte und rollte mit den Augen. Der Dienststellenleiter war einfach von seiner Triaden-Theorie nicht abzubringen. Charly zeigte auf die Magnettafel.

»Wir haben ein paar Verdächtige in dem Fall. Aber nichts Konkretes deutet auf Chinesen hin«, stellte er klar.

Doch Zwerglein widersprach sofort: »Außer, dass das Opfer selbst geäußert hat, er hätt Angst vor den Chinesen.«

»Das ist noch durch nichts belegt. Und wir wissen überhaupt nicht, *wie* er das gemeint hat und *welche* Chinesen er gemeint hat.« Charly suchte in den Unterlagen und hielt schließlich ein Schriftstück hoch. »Außerdem haben wir das Lebensmittelgutachten vom LKA bekommen. Die Bestandteile der Glückskekse weisen eindeutig drauf hin, dass sie in Europa produziert wurden, wahrscheinlich sogar in Westeuropa.«

Zwerglein winkte ab: »Pah, globalisierte Welt, internationaler Handel. Das muss gar nix bedeut.«

Charly ließ die Schultern sinken, woraufhin der Chef einlenkte: »Gut, wenn wir die Chinesen mal beiseite lass, was haben wir denn dann noch?«

Charly deutete erneut auf die Magnettafel. »Wir haben Pentobarbital im Senf und in der Leiche. Das Zeug ist in der Schweiz erhältlich und wird bei uns von Tierärzten benutzt. Und wie's der Teufel will, war der neue Lebensgefährte vom Strohmeier seiner Ex, mit dem der Strohmeier nachweislich Streit hatte, zur relevanten Zeit in der Schweiz. Und der Ehemann vom Strohmeier seiner Geliebten ist Tierarzt. Dann hab ich noch einen ausgemusterten Verdächtigen, der den Strohmeier am liebsten umgebracht hätt, aber zu spät gekommen ist. Und dann hab ich jetzt noch einen gelegentlichen Mitarbeiter vom Strohmeier, den wahrscheinlich jemand erschlagen und in die Donau geworfen hat. Von dem weiß niemand gar nix und da gibt's auch keinen Verdächtigen.« Charly holte Luft. »Mehr hab ich in dem Fall eigentlich nicht.«

Zwerglein rieb sich das Kinn und brummte ein nachdenkliches »Mhm.«

»Das stimmt so nicht ganz«, meldete sich der PC-Spezialist von der Tür aus. Charly hatte ihn gar nicht bemerkt, aber er musste zumindest während Charlys Ausführungen dort gestanden haben. Jetzt trat er an den Schreibtisch. »Ich wollt dir einen ersten Zwischenbericht geben. Es gibt nämlich so eine Art Notablage auf dem Laptop. Und was er da, vielleicht aus Versehen, gespeichert hat, der Strohmeier, das wird beim Formatieren natürlich nicht gelöscht, weil durch die Partitionierung ...«

Charly hob beide Hände, bevor der Computerfachmann wieder mal zu einer unverständlichen Erklärung ansetzte. Auch der Dienststellenleiter wirkte einen kurzen Moment erschrocken.

»Wie auch immer«, fuhr der EDVler fort, »dort liegen ein paar belanglose Schreiben: Briefe ans Finanzamt, Kündigungen von Versicherungen und so weiter. Alles schon relativ alt. Aber ein Dokument ist dabei, das könnt für euch interessant sein. Sieht aus, als hätte er das für sich selber als Gedankenstütze aufgeschrieben. Da geht's um die Überwachung eines kleinen Betriebs in Manching, ein Ingenieurbüro, das irgendwas Hochtechnisches für die Automobilindustrie entwickelt. Strohmeier hatte anscheinend den Auftrag, den Betrieb zu überprüfen, und hat dabei Industriespionage festgestellt. Also quasi einen Mitarbeiter, der Betriebsgeheimnisse verraten hat.«

Charly nahm den Ausdruck des Dokuments entgegen. »Dank dir. Das ist eine vielversprechende Spur.«

»Okay, ich mach dann weiter«, sagte der Kollege. »Ich schau mir noch die Programme genauer an, die er installiert hat. Wird aber nicht so der große Hit werden, wie ich den Strohmeier inzwischen einschätze.«

»Ja, alles klar, merci«, antwortete Charly abwesend. Er überflog bereits Strohmeiers Gedankenstütze. Auch der Chef war näher gekommen und warf einen Blick auf das Schriftstück. Der Bericht enthielt unter der Überschrift *Spionageverdacht* den Namen und die Anschrift der Firma, nannte den Entwicklungsingenieur Olaf Michelsen und listete ansonsten nur die Zeiten auf, zu denen sich dieser Michelsen im Betrieb aufgehalten hatte, wann er am Wochenende mal kurz die Firma aufgesucht und wann er Briefe und Päckchen zur Post gebracht hatte. Alles in allem eine recht belanglose Aufzählung. Wäre nicht am Ende des Schreibens unter dem Stichwort »Päckchen« eine Postanschrift in Frankreich gestanden. Von dieser Adresse aus zeigte ein dicker Pfeil nach rechts. Und dort stand »China«.

»Ha!«, stieß Zwerglein aus und deutete auf das Blatt. Dabei machte er ein Gesicht, als wolle er ein triumphales *Quod erat demonstrandum* verkünden.

Helmuth war stinksauer, als er von der Gerichtsverhandlung zurückkam. »Der Wellnessurlaub fällt ein bisserl kleiner aus.« Und nach einer kurzen Pause fügte er an: »Ein Teil meines Lottogewinns liegt nämlich jetzt beim Gericht. Als Ordnungsgeld.«

»Ordnungsgeld? Du?« Charly wollte es nicht glauben. Dass ein Polizeibeamter vor Gericht durch die Verhängung einer Geldbuße zur Ordnung gerufen werden musste, hatte er in seiner Laufbahn noch nicht erlebt. Und gerade bei Helmuth, der eigentlich stets ruhig und besonnen agierte, konnte er sich das gar nicht vorstellen. »Erzähl!«

»Ich weiß auch nicht genau, wie's passiert ist. Da sitzt der Bierschneider hinter dem grinsenden Angeklagten. Und neben ihm sitzt diese Anwältin aus München. Die treibt dich zur Weißglut mit ihren Fragen und Unterstellungen. Jeden Satz, den du sagst, dreht sie dir im Mund um und am Schluss kommst du dir selber vor wie der Angeklagte in der Sache.« Helmuth musste immer noch den Kopf schütteln. »Die stellt die ganze Vergewaltigung andersrum dar. Man müsste berücksichtigen, in welchem patriarchisch geprägten Kulturkreis der Angeklagte aufgewachsen sei. Und den Kulturschock. Und dass es der Geschädigten doch klar sein musste, dass zu dem romantischen Abend mehr dazugehörte, als sich schick zum Essen ausführen zu lassen.«

»Aha, und was hast du gesagt?«

»Ich hab dann gesagt, dass sie den Schmarrn, den sie da erzählt, doch selbst nicht glaubt. Dass sie eine Märchentante ist. Und ob sie mit jedem ins Bett steigt, der sie zum Essen einlädt.«

»Aua!« Charly zuckte zusammen. »Da lässt du natürlich dem Richter ganz wenig Spielraum.«

Helmuth winkte ab. »Vergiss es! Du wirst es ja morgen selber sehen.« Er straffte sich und wischte die unliebsame Angelegenheit mit einer beiläufigen Handbewegung zur Seite. »So, was ham ma jetzt in unserem Fall zu tun?«

Charly berichtete dem Kollegen von der neuesten Spur. Er wollte aber erst noch den Hintergrund abklopfen, bevor er die Firma besuchte. Zudem standen immer noch die Überprüfungen der Adressen und Telefonnummern aus Böhnerts Geldbeutel an.

»Und das Letzte, was der Böhnert mir am Telefon gesagt hat, war, dass wir die Ohren anlegen werden, wenn er uns von der Putzfrau und ihrer Beziehung zu Strohmeier erzählt. Also sollten wir die Zauner mal fragen, ob sie uns noch irgendwas sagen will.«

Kurz nach Mittag kam Sandra vom Tauchereinsatz zurück. Aufgrund der im Dienstplan angesetzten Übung standen glücklicherweise gleich zwei Teams der Tauchergruppe zur Verfügung, was den zeitlichen Aufwand halbierte. Noch dazu hatten die Kollegen Glück und fanden schnell auf Höhe des anderen Endes der Donaubühne einen größeren Schraubenschlüssel, wie ihn die Feuerwehr zum Aufdrehen von Hydranten benutzte. Der Schlüssel sah aus, als wäre er noch nicht lange im Wasser gelegen. Sandra übergab ihn der Spurensicherung.

Bei einer Tasse Kaffee brachten sich Charly, Sandra und Helmuth gegenseitig auf den neuesten Stand, was Spionagebericht, Ordnungsgeld und Tauchereinsatz betraf. Als es an die Verteilung der anstehenden Aufgaben ging, war für Charly relativ schnell klar, dass Sandra in ihrer augenblicklichen Verfassung nicht die Richtige wäre, um bei Elfriede Zauner deren sexuelle Beziehung zu Strohmeier abzuklären. Er beschloss, das selbst zu erledigen. Helmuth und Sandra sollten inzwischen mit Böhnerts Kontakten beginnen. Wenn er von Frau Zauner wiederkam, würden sie sich mit dem Manchinger Ingenieurbüro befassen.

An der Wohnadresse von Frau Zauner rührte sich nichts, als Charly klingelte. Ein aufmerksamer Nachbar im speckigen Feinripp, der von seinem Fenster aus das Geschehen vor dem Haus beobachtete und sich dabei bequem auf ein Kissen stützte, wollte zunächst wissen, warum Charly nach Frau Zauner suche, wer er überhaupt sei, ob er öfter bei der Zauner zu Besuch sei und ob er immer auf dem Behindertenparkplatz parken und seine Zigaretten am Boden vor der Haustür austreten würde. Nachdem Charly glaubhaft versicherte, dass er nicht rauche und noch nie den betreffenden Parkplatz genutzt habe, rückte der Wachposten die Info heraus, dass die Zauner montags immer zu so einem sozialen Dings gehe, so ein Theater für kaputte Jugendliche und diese Asylanten.

Charly erinnerte sich, über ein derartiges, wenn auch anders umschriebenes Projekt im *Donaukurier* gelesen zu haben. Unter dem Dach der Volkshochschule wurde Jugendlichen angeboten, zusammen mit ehrenamtlichen Laienschauspielern und einem fachkundigen Regisseur das eine oder andere Theaterstück einzustudieren. Vor allem Kids aus sozialen Brennpunkten sollten so von der Straße geholt werden. Aufgrund der aktuellen Entwicklung wurden in jüngster Zeit auch interessierte Asylsuchende eingeladen, sich über die Bühnenarbeit in Kultur und Alltag zu integrieren. Alle Achtung, wenn Frau Zauner sich dort engagierte.

Die Probe war anscheinend gerade zu Ende, als Charly an der VHS in der Hallstraße eintraf. Eine Gruppe Jugendlicher verließ albern kichernd das Gebäude. Überspitzt und mit theatralischen Gesten warfen sie sich gegenseitig Textpassagen zu.

»Flugzeug landen in einer Stunde, Missi.« Knicks.

»Oh, ich kann es kaum erwarten, ihn wiederzusehen.« Handrücken an die Stirn. »Mir wird ganz schwindlig vor Freude.«

»Er wieder bringen zwei Freunde mit, er geschrieben, Missi.« Kichern hinter vorgehaltener Hand.

»Genug mit dem Geschwätz. Bring den Tee.«

»Bitte sör, sehr – *nein, Quatsch* – bitte sehr, Sir!« Alle lachten, und die Meute verschwand gackernd Richtung Fußgängerzone. Charly war aufgefallen, dass niemand aus der Gruppe in ein Handy glotzte, während sie ihre Texte aufsagten.

Gleich nach der Jugendclique folgte ein junger Schwarzafrikaner, der offenbar ebenfalls noch an seinem Text feilte. »Es kommen zu viele Ausländer in mein Land!«, rezitierte er mehrmals hintereinander in unterschiedlich bedrohlichen Betonungen. »Wir müssen handeln, Mbabela, mein Freund.«

Schließlich erschien Frau Zauner am Ausgang und trat hinaus auf den Platz. Sie hatte den Blick in ein Textbuch versenkt und nahm ihre Umwelt nicht wahr.

Lady Africa stand auf dem Titelblatt.

»Grüß Gott, Frau Zauner«, sprach Charly sie unmittelbar am Fahrradständer an. »Darf ich Sie kurz stören?«

Die Angesprochene erschrak und schlug sich das Textbuch vor die Brust. »Ach, der Herr ...«

»Valentin, Kripo. Frau Zauner, ich hätt noch ein paar Fragen. Erstens, können Sie mir vielleicht erklären, warum auf dem Tisch beim Strohmeier ein kleines Glas Senf steht, obwohl er zuvor in der Metzgerei ein großes gekauft hat?«

Charly konnte den Blick nicht deuten, mit dem sie ihn ansah. War es Verwunderung? War da eine Schrecksekunde? Oder war sie von der Frage amüsiert?

Sie strich über die Seite in ihrem Heft und klappte es dann zu. »Wie ich Ihnen schon gesagt habe«, begann sie mit einem Achselzucken, »Senf und Weiße und Brezen gehen mich nix an. Da hat sich der Hans selber drum gekümmert. Ich kann's Ihnen also leider auch nicht erklären.«

»Ham Sie beim Putzen oder Aufräumen mal ein Glas Senf gesehen, ein großes oder ein kleines?«

Sie schüttelte nur nachdenklich den Kopf. »Weiß nicht. Hab nicht drauf geachtet.«

»Na gut, schade. Ich hätt da aber noch eine weitere Frage.«

Von hinten kam mit schnellen, hüpfenden Schritten ein kleiner, älterer Herr mit Spitzbart auf sie zu. Unter seinem Arm klemmten mehrere zerfledderte Schnellhefter. Neben Frau Zauner blieb er stehen und legte ihr sachte die Hand auf die Schulter. »War wieder eine sehr gute Probe«, lobte er. Und an Charly gewandt fuhr er fort: »Ein großes Talent, unsere Frau Zauner. Mit ihr steht und fällt das ganze Stück.« Seine Hand begann, ihre Schulter zu tätscheln. »Noch mal herzlichen Dank, dass Sie sich trotz Ihrer schwierigen persönlichen Situation die Zeit fürs Theater nehmen und das Stück nicht platzen lassen. Für die Buben und Mädchen ist das wichtig.«

»Ist doch selbstverständlich. Ich würde mich durch nichts auf der Welt davon abhalten lassen, zur Probe zu kommen.«

»Ja, ja, ich hab schon gemerkt, dass das Theater Ihre Leidenschaft ist. Weiter so, reißen Sie die anderen mit. Bis zum nächsten Mal. Auf Wiedersehen.« Er rückte die Schnellhefter zurecht und hüpfte weiter.

»Unser Regisseur, der Herr Meier-Wink«, erklärte Frau Zauner. »Bitte, Sie wollten noch was fragen.« Sie sah Charly erwartungsvoll an.

»Ja, äh, Entschuldigung, ich muss Sie das jetzt fragen. Wir haben Hinweise, oder nennen wir es eine Mitteilung, dass es zwischen Ihnen und Hans Strohmeier eine Beziehung gab, na ja, sexueller Natur.«

»Also, wer ..., das ist doch ..., das geht doch ...«

Charly hob abwehrend die Hände. »Frau Zauner, niemand wirft Ihnen was vor oder verurteilt Sie. Wir sind ja alle erwachsen. Aber bei so einem Mordfall müssen wir halt alle Umstände aufklären. Also ...?«

Für ein, zwei Sekunden funkelte sie Charly an. »Es gab mal so eine ... Beziehung«, antwortete sie dann schnippisch. »Aber das ist lange her und längst vergessen.«

»Es lief aktuell nichts zwischen Ihnen?«

Sie bedachte ihn mit einem abfälligen »Tsss!« und bestätigte genervt: »Nein, es lief nichts zwischen uns. Sonst noch Fragen?«

»Ja, der Bertl Böhnert ist tot.« Ohne es begründen zu können, hatte Charly sich für die Schockvariante entschieden. »Das war der freie Mitarbeiter vom Hans Strohmeier. Sie ham uns gsagt, Sie kennen den?«

»Um Gottes willen!« Sie schlug sich die Hand vor den Mund. »Tot? Wieso tot?« Aber ohne eine Antwort abzuwarten, fuhr sie fort: »Nein, so richtig kennen ... oder gekannt hab ich den nicht. Ich hab halt gewusst, dass der ab und zu für den Hans was erledigt. Aber ich hätt ihn gar nicht erkannt, wenn ich ihn auf der Straße getroffen hätt.« Nun legte sie die Hand an die Brust, als müsse sie ihr Herz beruhigen. »Und der is auch tot?«

»Ja, Genaueres kann ich Ihnen noch nicht sagen«, erwiderte Charly. »Aber der Vollständigkeit halber muss ich Sie fragen, wo Sie gestern Abend und die Nacht über waren.«

»Wo werd ich schon gewesen sein. Bis zehn hab ich im Wonnemar geputzt und dann war ich daheim, allein.«

Charly hatte keine weiteren Fragen und sah auch keinen Grund, Frau Zauner für eine Vernehmung auf die Dienststelle zu bestellen. Er bedankte sich für die Auskünfte und verabschiedete sich. *Lady Africa* stieg auf ihr Fahrrad und fuhr davon.

Es war zwar noch nicht Sommer, dennoch entwickelte die Sonne schon ordentlich Kraft. Sie hatte den ganzen Nachmittag in die Südseitenfenster der Friedenskaserne gestrahlt, wo neben Präsidium und Polizeiinspektion die Kripo ihren Sitz im zweiten Stock hatte. Die Luft war stickig und verbraucht, als Charly das Büro betrat. Sandra und Helmuth saßen müde an ihren Schreibtischen.

»Da kommst du dir vor wie ein Versicherungsvertreter«, maulte Sandra. »Ein Anruf nach dem anderen und immer das gleiche Sprücherl.« Sie und Helmuth hatten begonnen, die Liste der Kontakte abzutelefonieren, die Böhnert in der Geldbörse bei sich hatte.

»Und rauskommen tut nix. Die einen kennen den Böhnert überhaupt nicht, sagens. Und die andern ham zwar mal was mit ihm zu tun ghabt, ham ihn aber angeblich schon eine Ewigkeit nicht mehr gesehn.«

Helmuth wedelte mit einem Aktendeckel warme Luft hin und her. »Müss ma des mit dem Ingenieurbüro wirklich heut noch machen?«

Charly sah auf die Uhr. Die Befragung von Frau Zauner hatte sich länger gezogen, als gedacht. Es war bereits später Nachmittag. Wer weiß, ob in der Manchinger Firma überhaupt noch wer da war. Außerdem hatten sie in den letzten Tagen genug Überstunden geleistet.

»Müss ma ned, können wir auch morgen machen«, antwortete er.

»Passt«, kommentierte Helmuth, »ich muss nämlich jetzt endlich mal unser Esszimmer weißeln.«

Charly vermutete, dass Sandras Schilderung vom Vortag, die gemeinsamen Reinigungsaktivitäten nach getaner Arbeit betreffend, und auch das daraus resultierende Kopfkino, in Helmuth den Entschluss hatte reifen lassen, seinen häuslichen Pflichten doch nachzukommen.

»Okay, unser Gang könnt auch mal wieder frische Farbe vertragen«, überlegte Charly. »Also dann, schönen Feierabend, bis morgen.«

Während der Nacht hatte ein ordentlicher Regenschauer die Luft reingewaschen und abgekühlt. Der Morgen war angenehm frisch.

Sein Weg zur Arbeit führte Charly an diesem Dienstag durch ein Stadtviertel, in dem auf den nassen Straßen wieder mal die gelben Säcke am Straßenrand zur Abholung bereitlagen. Er war jedoch zu sehr mit seinen Gedanken an den Fall beschäftigt, um sich über die verstreuten Plastikverpackungen zu ärgern.

Im Büro traf er auf einen ausgeschlafenen und offenkundig gut gelaunten Helmuth.

»Und, hast deine Malerarbeiten erledigt?«, interessierte sich Charly.

Helmuth winkte ab. »War nix mehr mit Malern gestern.«

Charly war froh, anscheinend nicht der Einzige zu sein, dessen Plan nicht so aufgegangen war, wie er es sich gewünscht hatte. Denn Petra hatte ihn nur gefragt, ob er ein bisserl spinnt, als er am Abend noch den Farbeimer aus dem Keller holen wollte. Damit war das komplette Thema einschließlich aller Folgemaßnahmen erledigt gewesen.

»Mir san einfach so in die Badewanne«, fügte Helmuth mit einem glückseligen Lächeln an. Und sollte er nur die Absicht gehabt haben, Charly mit seiner Äußerung aufzuziehen und zu ärgern, dann hatte er sein Ziel voll erreicht.

Kurz darauf erschien auch Sandra. Sie war bester Stimmung, als sie ihr »Guten Morgen« in die Runde trällerte. Um Helmuths und Charlys überraschte Gesichter nicht länger ertragen zu müssen, erklärte sie, sie werde nur noch ein paar Sachen erledigen und dann doch ihren Urlaub antreten. Und am Samstag würde sie sich freuen, die Kollegen bei ihrer Hochzeit zu sehen.

Sie erreichte ihr Ziel nicht, denn weder Helmuths noch Charlys Gesicht hellten sich auf. Im Gegenteil, ihre Blicke wurden noch eine Spur dümmlicher.

»Ja, wie jetzt? Hat sich die Sache aufgeklärt?«, fragte Helmuth.

»Mhm, ich hab gestern einen Spezl von meinem Bärli quasi verhört. Weil der Meine, der wollt mir ja nix sagen.«

»Na, und?«

»Also, sie waren in diesem Schuppen. Und da hat natürlich so ein scharfes Gerät vor ihnen gestrippt. Und dann hat sie sich Sahne auf den Busen gesprüht und mein' Bärli aufgefordert, er soll's abschlecken.«

»Aha!«, kommentierte Helmuth bewusst cool.

»Da hat mein Schatz zu ihr gsagt, er kann ned, er hätt eine Laktoseintoleranz.«

»Ja spinnt der«, entfuhr es Charly. »Und wenn ich danach intensiv liegen müsst ...«

Doch Sandra winkte ab. »Er hat ja gar keine. Intoleranz, mein ich. Is des nicht süß?«

»Doch, supersüß«, bestätigte Helmuth und gab Charly einen versteckten Rempler.

»Genau, prima, zefix, is des süß!«

Durch Bärlis heroisches Verhalten war offenbar das Vertrauensverhältnis wiederhergestellt, und die Hochzeit konnte wie geplant am kommenden Samstag stattfinden.

Nach den ganzen Harmonie- und Liebesbeweisen am frühen Morgen war Charly eigentlich nicht in der richtigen Stimmung für die anstehende Gerichtsverhandlung. Aber es half ja nix.

Wie von Helmuth beschrieben, grinste der Angeklagte permanent vor sich hin und strich sich ab und zu mit einer arroganten Bewegung die gegelten Haare nach hinten. Hinter ihm saßen seine Verteidiger: Dr. Bierschneider und die aufstrebende Anwältin aus München.

Nach kurzem allgemeinem Geplänkel warf die Verteidigerin die Frage auf, ob Charly als Mann denn überhaupt geeignet gewesen sei, einen derartigen Sachverhalt zu bearbeiten. Denn schließlich sei er ja aufgrund seiner hormonellen Ausrichtung wohl sehr schnell bereit, auf die Lügen der Anzeigeerstatterin hereinzufallen. Zumal die Geschädigte ja wisse, wie sie ihre Reize einzusetzen habe.

Danach wollte sie von Charly wissen, woher er die Befähigung habe, in einem solchen Fall eine Vernehmung zu führen. Ob er dazu spezielle Seminare besucht habe, ob er dies auch belegen könne, wie seine Ausbildung grundsätzlich verlaufen sei und ob er sich etwa anmaße, ein angebliches Opfer und dessen Verhalten psychologisch zu beurteilen.

Schließlich kam die Anwältin wieder auf Charlys Hormone zurück und fragte, was die Frau bei der ersten Vernehmung für Kleidung getragen habe. Wie tief der Ausschnitt gewesen sei, wie kurz der Rock und wie hoch die Absätze.

Als ihm vorgehalten wurde, er sei in der Zeugenvernehmung nicht auf das ausschweifende Sexualleben der liederlichen Person eingegangen, und die Verteidigerin argumentierte, der Dame hätte klar sein müssen, was sie in ihrem Mandanten auslöst, wenn sie sich auf ein paar Drinks einladen lässt, platzte Charly der Kragen.

Doch er war vorbereitet. Er hatte seinen Lottogewinn eingesteckt. Nachdem er der Anwältin ins Wort gefallen war, und sie eine »oreidige Winkeladvokatin« und eine »zamzupfte Wetterhex« genannt hatte, zählte er den Betrag, der ihm angemessen erschien, ab und legte ihn auf den Richtertisch. Dann legte er noch ein paar Scheine drauf und ließ eine »überspannte Kuh« folgen, zusammen mit der Aufforderung, sie solle sich in ihrem Seidenbluserl von ihrem grinsenden Mandanten einen Drink ausgeben lassen und dann mal schauen, was so passiert.

»Aber des Letzte war jetzt eigentlich keine Beleidigung«, wandte er sich an den Richter, der bis hierher das Geschehen regungslos verfolgt hatte. Der ehrenwerte Vorsitzende dachte kurz nach und schüttelte dann den Kopf.

Charly nahm einen der Scheine wieder von dem kleinen Haufen, überlegte es sich jedoch anders und legte den Schein wieder zurück. An die Anwältin gewandt zischte er: »Ziege.«

»Also, das ist ...«

Schon allein die arrogante Anwältin sprachlos zu sehen, war Charly das Geld wert.

»Ich verlange ein entschiedenes Vorgehen und ...«

Der bis dahin ruhige Richter, der Charly immer an einen der großväterlichen Friedensrichter im Wilden Westen erinnerte, schnitt ihr das Wort ab und donnerte: »Erstens können Sie hier in meinem Gerichtssaal gar nichts verlangen. Sie können hier höchstens einen Antrag stellen. Zweitens: Wenn Sie gedenken, einen derartigen Antrag zu stellen, so werde ich den ablehnen, weil ich mir von Ihnen meine Richtwerte nicht diktieren lasse.«

Mit einem Seitenblick auf Charly knurrte er: »Auch wenn sie ein wenig über die Grenzen ausgedehnt werden.«

Der Vorsitzende erhob sich ein kleines Stück aus seinem Stuhl und zog seinen Geldbeutel aus der Hosentasche. Er fischte zwei Scheine heraus und warf sie ebenfalls auf Charlys Haufen: »Scheinheiliges, hinterfotziges Anwaltspack.« Danach lehnte er sich zurück und wirkte zufrieden.

»So, jetzt hab ich Ihnen ja einen guten Grund für eine Revision geliefert. Das können Sie gern machen, dann ist das OLG zuständig und nicht mehr wir hier in der Provinz. Da können Sie dann Ihre Gerichtsshow vor den richtigen Juristen in der großen Stadt abziehen. Und bis das Ganze zu uns zurückkommt, bin ich nicht mehr da. Das hier ist nämlich eine meiner letzten Verhandlungen.«

Dr. Bierschneider brachte den Mund nicht mehr zu und die Münchener Anwältin krächzte mit hochrotem Kopf: »Frau Staatsanwältin, unternehmen Sie was! Sie müssen einschreiten!«

Frau Gambrini-Steinmetz riss ihren Blick vom Fenster los und musterte die aufgebrachte Verteidigerin. »Entschuldigung, ich hab grad kurz nicht aufgepasst«, erklärte sie. »War was? Was war denn?«

Charly wählte einen längeren Rückweg durch die Altstadt. Er musste sich beruhigen, und die immer noch frische Luft zusammen mit der stärker werdenden Sonne tat ihm gut. Er ging an Strohmeiers Wohnung vorbei. Wie immer war das Haus selbst still und verlassen, während auf dem Pflaster davor das städtische Leben Fahrt aufnahm. Fünfzig Meter weiter kehrte die rotmähnige Friseurmeisterin den Gehsteig vor dem Laden und winkte freundlich, als sie den Kommissar erkannte. Charly bog um zwei Ecken und registrierte, dass ein großer Müllcontainer aus Maxls Fußballinnenhof auf die Straße geschoben wurde. Ob Maxl tatsächlich ins Internat musste?

Er durchquerte die Fußgängerzone und ging über den Viktualienmarkt, dessen Würstl-, Sushi- und Dönerbuden sich für das bevorstehende Mittagsgeschäft rüsteten. Kurz darauf stellte er unten an der Donau fest, dass durch den nächtlichen Regenguss der Fluss ordentlich angeschwollen war. Er betrat den Fußgängersteg und blieb in der Mitte stehen, von wo aus er die Donaubühne am anderen Ufer musterte. Das grünlich braune Wasser reichte genau bis zur Oberkante der Betonplattform und ab und zu schwappte eine Welle über den Rand der Bühne. Weiter oben wurden rings um die steinernen Sitzreihen Biertischgarnituren und Pavillons für das nächste Event am Wochenende aufgebaut. Charly wusste nicht, welches Fest bevorstand. Irgendeinen Namen, der mit Donau oder Bier zu tun hatte, wird es schon haben, dachte er. Hauptsache, es konnte von Freitag bis Sonntag wieder gefeiert, getrunken, gegessen und Geld verdient werden. Nichts erinnerte mehr daran, dass in dieser Partyzone vor zwei Tagen ein Mensch ermordet worden war und seine Leiche unten auf der überschwemmten Donaubühne gelegen hatte. *The Show must go on.*

Auf dem Rückweg zur Dienststelle nahm sich Charly zwei Leberkässemmeln mit. Denn auch wenn die Glocken der verschiedenen Kirchen noch nicht ihr imposantes Zwölfuhrläuten intonierten, so hatte der wohlklingende Halbstundenschlag in ihm einen pawlowschen Reflex ausgelöst, dem er gerne nachgab.

Im Kaffeezimmer traf er auf seine Kollegen, die sich ihrerseits für die Mittagspause mit verschiedenen Salaten, Sandwiches und sahnelastigen Fischdelikatessen versorgt hatten. Nachdem Charly seine Schilderung des Vorgangs im Gerichtssaal abgeschlossen hatte, schenkte er sich Kaffee nach. Es war still geworden im Sozialraum, bis Helmuth sich lachend auf den Oberschenkel schlug und feststellte: »Respekt, Charly, du bist ja noch besser als ich.«

»Du meine Güte«, war der Kommentar von Kommissariatsleiter Barsch, und er war sichtlich erschüttert von Charlys respektlosem Umgang mit den Organen der Rechtspflege.

Gerade als Charly antworten wollte, flog die Tür auf und KOR Zwerglein stürmte herein. Dicht hinter ihm folgte Präsident Rubin.

»Charly, es is eine Beschwerde von der Anwaltskammer angekündigt«, brachte der Dienststellenleiter grußlos vor.

»Das ist ja schnell gegangen.« Für diesen Kommentar erhielt Sandra einen strafenden Blick von Barsch.

»Man fordert ein Disziplinarverfahren«, bellte der Chef, »was war denn da los?«

Noch einmal fasste Charly den Ablauf der Gerichtsverhandlung für Zwerglein und Rubin zusammen. Barschs Gesichtsausdruck verriet, dass ihn die zweite Erzählung noch mehr erschütterte als die erste. Als Charly fertig war, schüttelte Zwerglein ungläubig den Kopf.

»Des kannst doch ned mach, Charly«, stammelte er. »Du musst doch auch an uns denk.«

Mit uns meint er wohl sich, dachte Charly.

»Das kommt von ganz oben, übers Ministerium zum Herrn Präsidenten«, erklärte der Dienststellenleiter den Grund für sein Entsetzen. Denn im Ministerium würde man eventuell seinen Namen mit dem Vorfall verbinden, und damit negativ belegen. »Da könn mir dich nix mehr ...«

Präsident Rubin legte Zwerglein die Hand auf die Schulter und unterbrach ihn. »Herr Valentin, hams es denen jetzt amal gsagt, was wir davon halten, von dieser Konfliktverteidigerei.« Er nickte Charly mit einem Lächeln zu. »Machen Sie sich mal keine großen Sorgen. Ich hab schon mit der Frau Staatsanwältin telefoniert. Die wird eine eher moderate Darstellung des Vorgangs zu Protokoll geben.«

Zwerglein starrte den Präsidenten mit offenem Mund an.

»Und mit dem ehrenwerten Herrn Richter hab ich auch gesprochen«, fuhr Rubin fort. »Dem hat Ihr Auftritt relativ gut gefallen. Inoffiziell natürlich. Offiziell beruft er sich auf sein hohes Alter und eine momentane Kreislaufschwäche, die ihm die exakte Erinnerung an die Verhandlung trübt, hat er gsagt.«

»Aber wir müssen …«, insistierte der Dienststellenleiter.

»Gar nix müss ma«, unterbrach ihn Rubin. »Wir lassen uns doch von irgendwelchen externen Juristen ned vorschreiben, wann wir was zu tun haben.« An Charly gewandt fuhr er fort: »Natürlich werden wir ein Verfahren einleiten. Wir lassen uns die Aussagen von der Staatsanwaltschaft und vom Richter kommen und werden alle anderen Fakten sammeln, die zu erheben sind. Und dann werden wir das zügig abschließen. Vielleicht gibt's eine Verwarnung, und damit hat sich's.« Er beugte sich weiter nach vorn und wechselte in einen verschwörerischen Tonfall: »Unter uns, das hab ich mir schon öfter gewünscht, dass diesen Staranwälten, die glauben, sie können sich alles erlauben, mal jemand ordentlich die Meinung sagt.«

Sandra und Helmuth nickten zufrieden, und auch in Zwerglein reifte wohl langsam die Erkenntnis, dass er durch diese Sache keine Nachteile für seine Karriere zu erwarten hatte. Er schloss sich zögernd dem Nicken an. Nur Barsch konnte nicht recht glauben, was er gehört hatte, und folgte dem sich entwickelnden lockeren Gespräch mit unverhohlener Skepsis.

Als Präsident Rubin sich verabschiedet hatte und das Kaffeezimmer verließ, gab er dem EDV-Spezialisten der Kripo die Klinke in die Hand.

»Mahlzeit!«, grüßte der Kollege in die Runde. »Charly, ich hab doch gsagt, ich schau mir die Programme auf dem Strohmeier seinem Laptop noch an. Und ich hab tatsächlich noch was Relevantes gefunden.« Sofort hatte er die Aufmerksamkeit aller Anwesenden.

»Was denn?«

»Der Strohmeier hat eines dieser Programme installiert, die Textpassagen in Schriftstücken vergleichen. Also er war quasi so ein Plagiatsjäger. Und ich hab auch tatsächlich einige Doktorarbeiten gefunden, die er sich runtergeladen und abgespeichert hat. Allerdings hat er wohl nicht recht viel Erfolg gehabt. Nur bei der aktuellen, also bei der letzten, die er durch das Programm hat durchlaufen lassen, gab's einige Übereinstimmungen und Hinweise auf falsche oder fehlende Fußnoten. Allerdings schaut's so aus, als hätt die Überprüfung nach ungefähr drei Viertel abrupt aufghört.«

Der Computerfachmann steigerte die Spannung durch eine theatralische Pause.

»Und, von wem ist die? Jetzt sag schon?«, drängte Charly.

»Ich schätz, ihr habts einen neuen Verdächtigen mit einem Motiv. Die Dissertation mit dem Plagiatsverdacht stammt vom Herrn Dr. Bierschneider.«

Zusammen mit Helmuth machte sich Charly nach dem Essen auf den Weg nach Manching.

Die Sache mit Dr. Bierschneider musste er erst sacken lassen. Natürlich wäre es Charly eine Freude gewesen, den Rechtsanwalt sofort mit den neuesten Erkenntnissen zu konfrontieren. Aber nach den Geschehnissen am Vormittag war die Eskalation eines derartigen Gesprächs nicht unwahrscheinlich. Da dies jedoch der Sache an sich in keiner Weise gedient hätte, hatte sich Charly entschlossen, erst nach einer Abkühlphase, also morgen, an Dr. Bierschneider heranzutreten.

Sie fanden das Ingenieurbüro in einem modernen, funktionalen Neubau hinter dem Ärztehaus am Kreisel. Auf den Parkplätzen, die durch kleine Blechtafeln der Firma zugeordnet waren, standen jeweils aktuelle Modelle von Audi, BMW und Mercedes. Man schien mit den Großen der Branche im Geschäft zu sein.

Im Erdgeschoss des Gebäudes warb ein Yogastudio für Wanderungen zur inneren Mitte. Das Ingenieurbüro vereinnahmte das komplette obere Stockwerk. Nachdem sie das Büro durch eine Milchglastür mit Firmenlogo betreten hatten, begrüßte sie eine freundliche junge Frau hinter einem aufgeräumten Schreibtisch. Während die Ermittler kurz darauf auf einen der Geschäftsführer warteten, musterte Charly durch eine Glasfassade hinter der Sekretärin die eigentlichen Firmenräume. Im Grunde war es nur ein einziger, großer Raum. Einzelne Arbeitsplätze, an denen Mitarbeiter vor zwei oder drei Monitoren saßen, waren zu Innovationsinseln zusammengefasst und von den anderen Inseln wiederum durch Glaswände und mannshohe Zimmerpflanzen getrennt. Es herrschte eine helle, freundliche und wohltuend kühle Teppichbodenatmosphäre. Die Beschäftigten, die meisten davon jung, wirkten aufgrund ihrer Haartracht, ihrer Kleidung und der Sitzposition entweder kreativ oder hoch vergeistigt. Vor manchen Monitoren hatten sich kleine gemischte Gruppen aus Kreativität und Geist gebildet, die konzentrierten Blicke auf einen Bildschirm gerichtet. Obwohl rege diskutiert wurde, lag über allem eine angenehme, seriöse Ruhe.

Wie aus dem Nichts kam ein junger Mann mit einem gewinnenden Lächeln auf sie zu. Er trug ein sportliches Sakko zur Jeans und eine modische Kurzhaarfrisur. Mit einem kräftigen Händedruck stelle er sich als Geschäftsführer vor und bat gleich darauf die Kriminaler, ihm in sein Büro zu folgen. Dann zögerte er kurz und wandte sich an die Empfangsdame: »Susi, meine Liebe, der Termin in Modena verschiebt sich um einen Tag. Da musst du mir bitte den Flug umbuchen. Und das Hotel in Denver diesmal ohne Frühstück. Da ist genau gegenüber ein Starbucks, ich geh lieber da hin. Okay? Danke dir.« Susi notierte sich alles und nickte gelassen.

»So, bitte, meine Herren.« Er führte sie durch die Glasfassade und gleich danach an einer umfangreich begrünten Sitzgruppe mit Küchenzeile vorbei. Außer den Toiletten war das Büro des Geschäftsführers wohl der einzige abgetrennte Raum. Nachdem sie Platz genommen hatten, drückte der junge Chef auf einen Knopf, und die Glastür, durch die man eben noch das Großraumbüro gesehen hatte, wurde milchig. »Wie kann ich Ihnen denn helfen?«

Charly legte kurz die relevanten Fakten des Falles dar. Der Geschäftsführer nickte, er hatte davon gelesen. Danach berichtete Charly von der Auswertung des Laptops und von den Hinweisen bezüglich der aufgedeckten Betriebsspionage.

»Ach, der war das«, stellte der Yuppie überrascht fest. »Da hab ich bis jetzt noch gar nicht drüber nachgedacht. In der Zeitung steht's ja auch immer bloß so verklausuliert drin. Name von der Redaktion geändert und so.« Er lehnte sich zurück. »So, so, der Strohmeier. Ja, da wird der Michelsen natürlich verdächtig, das ist klar.«

Charly nahm den Faden auf. »Haben Sie mitbekommen, was zwischen dem Strohmeier und dem Herrn Michelsen abgelaufen ist? Oder wie?«

Doch der junge Mann schüttelte den Kopf. »Nein, wir haben damals den Strohmeier beauftragt, unsere Firma zu prüfen.«

Helmuth hob die Hand. »Wenn ich fragen darf: Warum den Strohmeier? Für so eine Aufgabe? War der da der Richtige?«

Der Geschäftsführer zeigte ein flüchtiges Lächeln. »Wenn man heute von Betriebsspionage spricht, denkt jeder sofort an E-Mail und Internet, an Verschlüsselung und Codierung. Vor lauter Hightech vergisst man aber gern die althergebrachte Art: kopieren, fotografieren, ausdrucken, ins Kuvert stecken und wegschicken oder sich mit jemandem treffen. Dafür, oder vielmehr dagegen, haben wir den Strohmeier engagiert. Wir fahren da gern zweigleisig. Für die hochtechnische Seite haben wir jemand anderen.«

»Sie sagen *wir*?« Charly blickte bewusst fragend.

»Wir leiten die Firma zu dritt. Meine Partner sitzen in unseren Standorten in Barcelona und Genf.«

»Aha, und der Bauerndetektiv hat tatsächlich was entdeckt.«

Wieder zeigte der junge Mann ein sympathisches Lächeln. »Nun ja, so würd ich ihn nicht bezeichnen. Aber ja, er ist irgendwann drauf gekommen, dass der Michelsen Unterlagen verschickt, und hat uns das mitgeteilt. Wir haben dem Michelsen daraufhin natürlich nahegelegt, uns zu verlassen. Das lief alles kurz und schmerzlos. Ich wüsste nicht einmal, dass die zwei überhaupt direkt miteinander zu tun hatten. Also bei uns hier nicht.«

»An was hat der Herr Michelsen denn gearbeitet?«, wollte Charly wissen. »Also was hat er verraten, mein ich?«

»Sehn Sie, Herr Kommissar, die Tatsache, dass er es verraten hat, zeigt ja, dass es ein Geheimnis sein soll. Ich würde es zum einen ungern in einer offiziellen Aussage darlegen. Zum anderen – nix für ungut – würden Sie es wahrscheinlich gar nicht verstehen.«

Charly und Helmuth wussten nicht, ob sie beleidigt sein sollten, und blickten ein wenig irritiert. Bevor sie sich entscheiden konnten, fuhr der Geschäftsführer beschwichtigend fort: »Um Gottes willen, verstehn S' mich bitte nicht falsch. Es ist aber einfach nur ein sehr komplexes Thema.« Er verschränkte die Finger und legte die Unterarme auf den Schreibtisch. »Im Großen und Ganzen arbeiten wir am autonomen Fahren. Das ist das Fernziel. Es gibt bis dahin einige Zwischenstufen, von Assistenzsystemen über Teilautomation bis hin zum vollautomatischen Fahren. Und dabei gibt es wiederum einzelne Ansatzpunkte wie Fahrerüberwachung, Bremssysteme, Spurassistenz, Navigation und so weiter.« Er legte eine kurze Pause ein und vergewisserte sich, dass seine Zuhörer bis jetzt noch folgen konnten. »Wir arbeiten an verschiedenen Projekten zu dieser Thematik und sind in einzelnen Teilbereichen schon sehr weit. In bestimmten Segmenten entwickeln wir uns gerade zum Marktführer. Sie werden verstehen, dass die Ergebnisse unserer Arbeit für die Automobilindustrie auf der ganzen Welt interessant sind. Aber leider ist noch nichts davon im Moment serienreif.«

Charly und Helmuth nickten wie aufmerksame Studenten.

»Michelsen war einer der leitenden Ingenieure, die mehrere Arbeitsbereiche betreuten. In seinen Aufgabenbereich fielen zum Beispiel Eye-Tracking, ACC und Datenmanagement.«

Nun nickten die Kriminaler voll automatisiert.

»Also grob umrissen. Er hatte aber auch Zugang zu anderen Projekten. Das war ein Fehler, wie sich herausstellte. Ist aber unumgänglich. Wie gesagt, das ganze Thema ist sehr komplex.«

»Wissen Sie denn, wie lange er was an wen verraten hat?«, fragte Charly.

»Nein, und ich will es auch gar nicht wissen.« Der junge Mann räusperte sich. »Wir legen hier sehr viel Wert auf Loyalität und eine mehr oder weniger familiäre Atmosphäre. Ich war sehr enttäuscht von Michelsen und wollte nicht mehr als nötig mit ihm reden. Ich hatte keine Lust auf die ganze Entschuldigungs- und Rechtfertigungsscheiße.« Das Wort passte nicht in den geschäftsmäßigen Kontext und schon gar nicht zu dem sympathischen jungen Mann. Man merkte dem Geschäftsführer an, dass ihm der Vorfall wirklich an die Nieren ging. »Und was würde es bringen, wenn ich wüsste, an wen er die Daten weitergegeben hat? Ich bin mir sehr sicher, dass es kein deutsches Unternehmen ist. Und die anderen? Die sind für mich nicht greifbar.«

»Ham S' denn keine Anzeige erstattet? Geheimnisverrat ist ja immerhin ein Vergehen.«

»Dann hätten wir unsere ganze Arbeit an die Öffentlichkeit bringen müssen, damit wir darlegen können, was er eigentlich verraten hat. Diese Publicity können wir momentan überhaupt noch nicht gebrauchen.«

Charly konnte die Einstellung nachvollziehen, auch wenn es ihm gegen den Strich ging, dass wieder mal ein Drecksack einfach so davonkam. »Wissen Sie, wo der Michelsen jetzt arbeitet oder wohnt?«

Der junge Mann schüttelte den Kopf. »Nein, keine Ahnung.« Und mit einem Seufzer fügte er hinzu: »Ich will es auch gar nicht wissen.«

Im weiteren Gespräch erfuhren die Ermittler, dass der Verrat durch Michelsen der einzige war, der von Strohmeier oder von der hoch technischen Seite her aufgedeckt worden war. Strohmeier hatte gar keinen Bericht schreiben müssen, da ja weder strafrechtlich noch arbeitsrechtlich ein Verfahren folgte. Michelsen würde sich hüten, irgendetwas einzuklagen. Strohmeier hatte sein Honorar von immerhin

5000 Euro erhalten und Michelsen war rausgeflogen. Damit war die Sache für die Firma erledigt.

»Noch eine dumme Frage«, kündigte Helmuth an, »wenn alles so geheim ist, wie funktioniert dann das in so einem Großraumbüro?« Er beschrieb mit dem Arm einen Bogen, der den ganzen Raum vor dem Chefbüro umfasste.

Jetzt konnte der Geschäftsführer schon wieder lächeln. »Sie können sich gern hinstellen und in einen der Monitore hineinschauen. Sie werden gar nichts verstehen. Ich übrigens auch nicht. Es erschließt sich nämlich alles immer nur, wenn man das Ganze im Hinterkopf hat und zusätzlich an tausend andere Dinge denkt. Alles wirklich sehr komplex.«

Durch das klimatisierte Büro, das erfüllt war von einem angenehm dumpfen Gebrummel aus Diskussionen, Telefonaten und Small Talk, führte der Firmeninhaber Charly und Helmuth zurück zur Sekretärin. Als er sich verabschiedete, fiel Charly noch eine Frage ein.

»Nur noch kurz: Sie sagten Genf? Dort haben Sie einen Standort? Gibt es öfter Geschäftsreisen in die Schweiz?«

Der junge Geschäftsführer schüttelte Charly bereits die Hand. »Trotz der ganzen IT-Vernetzung ist das persönliche Gespräch und das Treffen in der Gruppe unumgänglich. Wir kommen regelmäßig zusammen, mal hier, mal da. Auch unsere Mitarbeiter halten natürlich immer wieder Meetings ab.«

»Hatte Michelsen auch mit der Schweiz, also mit dem Standort Genf zu tun?«

»Natürlich, in Genf befinden sich unsere Fahrsimulatoren und unser Lichtlabor. Michelsen war sehr oft in der Schweiz.«

»Ich nehme aber an, dass er nicht mehr in die Schweiz geschickt wurde, nachdem Strohmeier seinen Verrat entdeckt hatte.«

Der Geschäftsführer fuhr sich durch die kurzen Haare. »Um genau zu sein: Er war gerade in Genf, als Strohmeier uns unterrichtete. Michelsen kam am nächsten Tag zurück, dann haben wir ihn rausgeworfen.«

»Aber er hat nichts davon erfahren, so lange er sich in der Schweiz aufhielt?« Charly hoffte insgeheim, irgendwie den Tatverdacht gegen Michelsen zu entkräften, um nicht noch einen dringend Verdächtigen in dem Fall aufzubauen.

»Von mir nicht«, antwortete der Firmenchef. »Aber ich weiß natürlich nicht, was von Strohmeier selbst ausgegangen ist, oder wer aus dem Team vielleicht eine Bemerkung fallen gelassen hat.«

Zefix, dachte Charly. Da war er, der mögliche weitere Verdächtige.

Während Helmuth bei der Rückfahrt auf der Manchinger Straße die Fahrstreifen wechselte wie in einem der ersten TV-Videospiele, telefonierte Charly mit Sandra. Er hatte mit der Sekretärin des Technologieunternehmens vereinbart, dass sie die Zeiten, zu denen Michelsen geschäftlich in der Schweiz war, heraussuchen und eine formlose Aufstellung an die Dienststelle faxen würde. Sandra sollte nach vorne zu Margot ins Geschäftszimmer gehen und das Fax abholen, bevor es irgendwo untergeht. Außerdem bat Charly seine Kollegin zu versuchen, eine aktuelle Adresse von Michelsen zu ermitteln, denn die Daten des Einwohnermeldeamtes gaben nichts her.

Fünfzehn Minuten später trafen sie im Büro ein. Sandra hatte bereits herausgefunden, dass Michelsen von Frau und Kindern getrennt in der Nähe von Aschaffenburg wohnte und bei einem mittelständischen Automobilzulieferer beschäftigt war.

Frau Gambrini-Steinmetz hatte wegen eines anderen Falles die KPI besucht. Als sie in Charlys Büro vorbeischaute, nutzte man die Gelegenheit für eine kurze Besprechung. Die Staatsanwältin, KOR Zwerglein, Barsch und die anderen Kollegen hatten sich Sitzgelegenheiten rund um Charlys Schreibtisch gesucht.

Charly saß vor der Wandtafel, auf der er das Geflecht der Verdächtigen skizziert hatte. In der Mitte stand *Strohmeier*. Von ihm aus führten Pfeile zu den verschiedenen Beteiligten. Der Pfeil zwischen *Strohmeier* und *Bachhuber* war durchgestrichen. Auf dem Strich stand *Zwölfuhrläuten*. Ein weiterer Pfeil verband *Strohmeier* mit *Tiedke*. Und zusammen mit den jeweiligen Verbindungen zu Strohmeiers Exfrau ergab sich ein schiefes Dreieck. Ein zweites Dreieck formten die Pfeile zwischen *Strohmeier*, der Tierarztgattin und *Dr. Stefan Martin*. Erst heute Morgen hatte Charly den Namen *Olaf Michelsen* hinzugefügt und ihn durch einen weiteren Pfeil mit *Strohmeier* verbunden.

Charly griff sich einen Stift und schrieb *Dr. Bierschneider* an den Rand der Tafel. Noch ein Pfeil. »Normalerweise kann man in einem Ermittlungsverfahren die Verdächtigen der Reihe nach ausscheiden«, stellte er nüchtern fest. »Wir sind momentan anscheinend noch in der Phase, in der die Verdächtigen mehr werden.«

Die Staatsanwältin hob beschwichtigend die Hände. »Nur die Ruhe. Der Reihe nach: Was haben wir denn im Einzelnen zu diesem Tiedke?«

Charly fasste zusammen: »Als Motiv könnte man bei ihm Hass oder Rache annehmen. Es kam kurz vor Strohmeiers Tod zu einem Streit, und Strohmeier hat ihn dabei ganz schön auflaufen lassen. Tiedke war in der Schweiz, könnte sich also über irgendwelche Kanäle Pentobarbital besorgt haben. Angeblich war er die ganze Nacht mit einer Heidi im Hotel. Die Kollegen in der Schweiz arbeiten noch daran. An dem Wochenende waren viele Aushilfskräfte beschäftigt, darunter mehrere Heidis, die jetzt wieder irgendwo anders zu finden sind. Einen Mietwagen hat er sich nicht gebucht, wenigstens nicht unter seinem Namen. Eine Verbindung zu Böhnert ist überhaupt nicht erkennbar.«

»Dünn«, kommentierte Gambrini-Steinmetz, »also eher auszuschließen. Käm jetzt noch auf diese Heidi an.«

Charly tippte auf *Dr. Stefan Martin*. »Der nächste Kandidat. Bei ihm wäre Eifersucht ein mögliches Motiv. Strohmeier hat es mit seiner Frau ... ein Verhältnis. Als Tierarzt hat er das Tatwerkzeug zur Verfügung. Und an dem Vormittag könnte er sich auch die Gelegenheit verschafft haben. Aber irgendwie hab ich den Eindruck, er war ganz froh, dass sich jemand um seinen Vamp kümmert, dann musste er das nicht tun. Verbindung zu Böhnert? Keine Ahnung.«

Barsch breitete die Arme aus. »Auch nicht besser als der Berliner.«

»Was ist denn mit Dr. Bierschneider?«, fragte Frau Gambrini-Steinmetz.

»Die Info haben wir grad erst bekommen. Eventuell hat Strohmeier nachgewiesen, dass es sich bei der Doktorarbeit von Bierschneider um ein Plagiat handelt. Was genau dahintersteckt, wissen wir noch nicht. Wir wollen jetzt dann gleich Bierschneider einen Besuch in seiner Kanzlei abstatten.«

»Soll ich mitkommen? Von wegen juristischer Spitzfindigkeiten und so.«

»Ich glaub, wir reden erst mal auf unserem Niveau mit ihm. Dann sehn wir weiter.«

»Okay, wenn irgendwas ist, ich bin drüben in meinem Büro. Vielleicht ergibt sich ja ...«

KOR Zwerglein hielt es nicht mehr auf seinem Stuhl. »Ja sagt amal, Leut! Seht ihr denn des ned?« Er ging nach vorn und deutete auf *Michelsen*. »Alles andere ist doch Pipifax. Wir haben hier an Hinweis auf Industriespionage. Da geht's um Millionen. Und wer auf der Welt betreibt am meisten Betriebsspionage?«

»Dänemark?« Die Kollegen machten sich einen Spaß draus.

»Österreich?«

»Der Vatikan?«

»Deppen!« Zwerglein konnte nicht darüber lachen. »Der Strohmeier hat doch sogar festgestellt, dass die Päckla nach China verschickt werden. Angst vor die Chinesen! Und Glückskekse!« Er ließ die Worte wirken und sah der Reihe nach in die Gesichter seiner Zuhörer.

»Aber warum sollten die den Strohmeier wegräumen?«, fragte Charly. »Das hat doch keinen Sinn. Und warum den Böhnert?«

»Ein Zeichen für alle anderen.« Der Chef schien nicht davon erfreut, dass er hier alles erklären musste. »Oder der Strohmeier hat noch mehr entdeckt, was er nicht wissen durfte. Und der Böhnert? War sein Mitarbeiter und auch verwickelt. Was weiß ich?«

»Na gut, ich fahr ja morgen mitm Helmuth nach Aschaffenburg zur Befragung vom Michelsen. Dann wissen wir vielleicht mehr in der Sache.« Charly beendete das Sit-in, indem er aufstand. »Aber jetzt besuchen wir erst mal den Dr. Bierschneider.«

Vierzehn Dienstagnachmittag

Die Kanzlei befand sich in einem aufwendig renovierten Altstadthaus in der Nähe der Hohen Schule. Auf einem spiegelblanken Messingschild am Eingang standen die Namen weiterer Fachanwälte für Steuer-, Familien- und Arbeitsrecht, die Charly aber nicht kannte. Die Sozietät hieß jedoch Dr. Bierschneider & Partner.

Wieder wurden sie von einer Empfangsdame begrüßt. Anders als die freundliche junge Frau in dem innovativen Unternehmen der progressiven Jungdynamiker wirkte die Mitarbeiterin der Kanzlei ein wenig abgestanden. Nach einigen Momenten demonstrativer Nichtbeachtung wandte sie sich den Besuchern zu. Sie verstand es perfekt, die Eindringlinge trotz eines kalten Lächelns spüren zu lassen, dass sie heute eigentlich keine Lust mehr verspürte, sich eines neuen Sachverhalts anzunehmen, und dass sie außerdem erahnte, dass es sich bei den beiden Herren um keine Klienten handelte.

Charly und Helmuth wiesen sich als Kripobeamte aus und fragten nach Dr. Bierschneider. Während die Sekretärin sich wieder abwendete und dabei ansetzte zu einem »Der Herr Doktor ist heute nicht mehr …«, erschien der Rechtsanwalt aus den Tiefen der Kanzlei.

»Ah, schau an, der Herr Valentin und der Helmuth.« Sollte ihn dieser Besuch überraschen, so konnte er es gut verbergen. »Ich darf wohl davon ausgehen, dass ihr zu mir wollt. Bitte schön.« Eine einladende Handbewegung wies nach hinten auf eine offene Tür am Ende des Ganges.

Charly hatte sich das Büro des Anwalts pompöser vorgestellt. Es war geräumig, aber fast bescheiden eingerichtet.

Das leise Summen einer Klimaanlage klang in dem alten Gemäuer fast unpassend. Wenigstens der alte, massive Schreibtisch erfüllte annähernd Charlys Erwartungen. Dahinter nahm der Rechtsanwalt Platz.

»Ich kann mir denken, warum ihr zu mir kommt.« Bierschneider hatte sich entspannt zurückgelehnt. Er stützte die Ellbogen auf die Armlehnen und verschränkte die Finger. Als Charly zu einer Erläuterung ansetzte, hob er eine Hand.

»Bevor jetzt hier irgendwas gesagt wird, was vielleicht zu einer Verschärfung der Situation führt, gewollt oder nicht, möchte ich zuerst was klarstellen. Ich habe mit der Meldung an die Anwaltskammer nichts zu tun. Ich hätte das auch nicht gemacht. Ehrlich gesagt war ich mit der Prozessführung der Kollegin selbst nicht einverstanden. Und auch wenn eure – nennen wir es Bewertungen – grenzwertig waren, so kann ich es doch nachvollziehen, dass ihr euch provoziert gefühlt habt. Wie gesagt, mir ging es selbst zu weit.«

Charly war erstaunt angesichts dieser Aussage, und daher vorübergehend sprachlos. Nichtsdestotrotz musste er sich insgeheim eingestehen, dass Bierschneider in zurückliegenden Prozessen zwar einerseits die eine oder andere provokante Frage gestellt und so manche hirnrissige These aufgestellt hatte, andererseits aber noch nie so ein Kasperltheater abgezogen hatte wie die Münchenerin.

»Außerdem muss ich natürlich einräumen«, der Anwalt vollführte eine schwungvolle Handbewegung, »dass ich nicht glücklich darüber bin, wenn ein Starverteidiger aus München in unser Ingolstädter Revier kommt und glaubt, alles tanzt nach seiner Pfeife.« Er schlug die Finger der Rechten in die Handfläche der Linken, wie ein Mafiaboss, der sich über eine Provokation der anderen Familie ärgert. »Die machen unsere Prozesskultur kaputt und hauen wieder ab.«

»Prozesskultur?«, platzte Helmuth heraus und wollte sich ereifern. Doch Bierschneiders beschwichtigende Geste fing ihn ein.

»Natürlich seht ihr Polizisten das anders. Muss ja so sein. Aber ich habe Mandanten, die in unserem Rechtssystem einen Verteidiger verdienen, der sie in ihrem Sinne optimal vertritt. Dafür gibt es auf der anderen Seite den Staatsanwalt, der den Staat vertritt. Ich als Anwalt muss doch meine Mandanten nicht verurteilen. Dafür sitzt ja noch der Richter da.«

Helmuth kommentierte den Exkurs in die Grundzüge der Juristerei mit einem beiläufigen »Tss!«.

»Der Rechtsstaat hat schließlich ...«

Jetzt unterbrach Charly mit einer Handbewegung die Rede. »Wie auch immer, deswegen sind wir gar nicht hier.«

»Ach!« Nun war Bierschneider sichtlich überrascht. »Warum denn dann?«

»Wegen dem Mord an Hans Strohmeier.«

Charly registrierte, dass diese Offenbarung den Anwalt nicht erkennbar verunsicherte.

»Unsere Ermittlungen ergaben Hinweise darauf, dass Strohmeier Ihre Doktorarbeit überprüft und sie als Plagiat enttarnt hat.«

Bierschneider schien amüsiert. Er lächelte und kratzte sich am Ohr. »Strohmeier hat meine Doktorarbeit überprüft! Das hört sich lustig an. Ich würde eher sagen, ein Computer hat die Wörter meiner Doktorarbeit überprüft.«

Charly ging auf die Spitze nicht ein. »Sie wissen also davon. Hatten Sie deswegen Kontakt mit Strohmeier?«

Ein kurzes Nicken mit genervt verzogenem Mund. »Ja, er kam zu mir heim. Sie kannten ihn ja auch, typisch, immer mit der Tür ins Haus. Ich wäre ein Betrüger, meine Arbeit abgeschrieben und ungültig. Er bringt's an die Öffentlichkeit, und so weiter.«

»Wie haben Sie darauf reagiert?«

»Ich würde sagen relativ gelassen. Strohmeier war ja nicht der Einzige. Die moderne EDV ermöglicht es vielen, die imstande sind, ein Programm zu starten, die fachlichen Arbeiten anderer zu zerpflücken.«

»Was wollte der Strohmeier?«

»Geld natürlich. Er hat zwar noch keinen konkreten Betrag genannt, aber es kam ganz klar heraus, dass er mich erpressen wollte.«

»Und da hast ihn weggeräumt, und seinen Laptop auch gleich«, warf Helmuth ein.

Bierschneider bedachte ihn nur mit einem mitleidigen Kopfschütteln. »Geh!«

»Wie ham S' denn reagiert?« Charly nahm den offiziellen Faden wieder auf.

»Ich hab ihm das Gleiche gesagt, was ich euch jetzt auch sage. Ich hab mir nichts vorzuwerfen. Ich lass mich nicht erpressen, weil ich vor dreißig Jahren in einer juristischen Facharbeit mit über dreihundert Seiten ein paar Fußnoten vergessen und drei oder vier Zitate nicht als solche gekennzeichnet habe. Und schon gar nicht von jemandem, der gar nicht versteht, um was es in der Dissertation eigentlich geht.«

»Um was geht's in Ihrer Arbeit?«

»Freiräume und Grenzen der Absprachen im Strafprozessverfahren.«

»Uh, damals schon ein Rechtsverdreher.« Helmuth schien irgendwie nicht daran interessiert, ein konstruktives Gesprächsklima zu unterhalten.

»Wie ging's weiter? Was hat der Strohmeier gemacht?«, fragte Charly.

Bierschneiders Schultern zuckten nach oben. »Nichts, ich hab nichts mehr von ihm gehört.«

»Und wann war das Ganze?«

»Vor ungefähr einem halben Jahr, würd ich schätzen.«

»Herr Bierschneider, Sie werden verstehen, dass sich aus so einem Erpressungsversuch schon ein einigermaßen brauchbares Motiv konstruieren lässt und Sie der Sachverhalt damit in einem gewissen Grad zu einem Verdächtigen macht.« Normal waren derartige Formulierungen für Charly nicht, fiel ihm auf. Er vermutete, dass ihn das Gerede um die Juristen-Doktorei angesteckt hatte. Üblicherweise war eher Helmuths »und da hast ihn weggeräumt« sein Jargon. Aber Bierschneider war ja auch kein üblicher Straßenkrimineller.

»Kennen Sie den Edelbert Böhnert?«

»Nie gehört.«

»Okay, können Sie uns bitte sagen, wo Sie letzten Dienstagvormittag waren und wo von Samstag auf Sonntag.«

Süffisant lächelnd schüttelte Bierschneider den Kopf. »Bin ich jetzt echt Verdächtiger in eurem Mordfall?« Er erwartete keine Antwort, bückte sich stattdessen und kramte in seiner Aktentasche. Er zog ein Tablet heraus, klappte es auf und wischte drei-, viermal darauf herum. »Am Dienstag war ich ab halb acht hier im Büro, bin dann um neun vor zum Amtsgericht und dort war ich bis kurz nach zwei. Und am Samstag …«, er wischte noch zweimal, »war ich bis ungefähr halb sieben im Stadion bei FC 04 – ich hab eine VIP-Karte –, dann war ich kurz daheim und um acht bin ich mit meiner Frau ins Stadttheater zu einer fürchterlich modernen Version der *Räuber*.« Er klappte das Tablet zu. »Anschließend waren wir mit ein paar Kollegen aus dem Stadtrat noch auf einen Absacker weg. Ab eins waren wir zu Hause, so wie auch den ganzen Sonntagvormittag.«

»Gut, wir brauchen das Ganze natürlich schriftlich. Ich nehme an, Sie setzen es selbst auf. Bitte mit allen Daten und Namen zum Alibi und allem, worüber wir gerade gesprochen haben. Sollten wir noch etwas brauchen, werde ich mich melden.«

»Selbstverständlich, Herr Valentin. Ich lasse Ihnen meine Aussage schnellstmöglich zukommen. Sie wissen, wo Sie mich finden. Und übrigens, machen Sie sich wegen der Sache mit der Anwaltskammer nicht allzu viel Kopfzerbrechen. Das relativiert sich. Auf Wiedersehn, Herr Valentin. Wiedersehn, Helmuth.«

»Wiedersehn.«

»Servus.« Helmuth klang wie ein scharfer Hofhund, der widerwillig das Kommando »Platz« befolgte und vorsichtshalber noch mal knurrte.

Die Dame am Eingang täuschte konzentrierte Arbeit vor und würdigte sie keines Grußes, als sie die Kanzlei verließen.

Nach der heruntergekühlten Luft in Bierschneiders Kanzlei empfing sie auf der Straße eine angenehme Wärme. Die Fußgängerzone hatte bereits in den Feierabendmodus geschaltet. Das hieß für die einen shoppen, für die anderen chillen. Die Shopper pendelten mit kleinen bunten Tüten in den Händen zwischen Schaufenstern, die die neuesten Trends ausstellten, die Must-haves der kommenden Sommersaison. Die Chiller hatten die Stühle und Tische der Cafés und Restaurants besiedelt, um eine After-Work-Halbe oder einen Aperol in den warmen Strahlen der Abendsonne zu genießen oder um ein paar Tapas, Antipasti, gefüllte Weinblätter, Nachos oder sonstige gängige Ingolstädter Gerichte zu sich zu nehmen. Es roch nach der ganzen Welt und Charly merkte, dass er Hunger hatte. Die mittäglichen Leberkässemmeln wirkten nicht mehr. Der Weg zur

Dienststelle führte sie ein kurzes Stück Richtung Westen. Jedes Weizenglas, das sie passierten, verbreitete dieses intensive, einladende Leuchten, das nur entsteht, wenn die tief stehende Sonne ihre Strahlen in einem bestimmten Winkel durch ein Glas schickt, an dem außen kondensierende Luftfeuchtigkeit von einer perfekten Temperatur des Inhalts zeugt und im Inneren die naturtrübe Flüssigkeit die Strahlen zu einem diffusen, goldenen Schimmer bricht. Über das glitzernde Hochgebirgsgletscherweiß der Schaumkronen wollte Charly gar nicht nachdenken. Er wollte nach Hause.

»Für mich hat der ein Spitzenmotiv.« Helmuth riss ihn aus seinen Gedanken. »Stell dir des mal vor, diesen Verlust an Repa..., an Repta..., an Ansehen, wenn der großartige Herr Rechtsanwalt auf einmal kein Doktor mehr wär, sondern nur noch ein Betrüger.«

»Aber er hat ein Alibi, zwei sogar, genau genommen«, antwortete Charly müde. »Und ein besseres Alibi, als während der Tatzeit vor dem Richter und dem Staatsanwalt zu stehen, gibt's fast ned.«

»Geh, der muss sich doch die Finger ned selber dreckig machen. Wer kennt denn am meisten Ganoven und Verbrecher?« Man konnte hören, dass Helmuth seinem früheren Fußballkumpel die Sache bei der Verhandlung trotz der Klarstellung noch nicht verziehen hatte.

»Wir?« Charly wusste, dass das nicht die Antwort war, die Helmuth meinte.

»Auch, und der Herr Rechtsanwalt. Der kann doch da irgendeinen hinschicken, für Geld. Und er is fein raus. Der könnt wahrscheinlich sogar sein Eingangsdrachen damit beauftragen.«

»Na, jetz aber!« Charly versetzte dem Kollegen einen Schlag an die Schulter. »Wir haben ihn auf der Rechnung und wir überprüfen ihn. Und du nimmst jetz a bissl Gas raus.«

Schweigend legten sie die letzten Meter zur Dienststelle zurück. Charly träumte sich wieder auf den Gletscher.

»Was war?« Sandra saß über den Notizzetteln und hatte auf ihrer Liste in den letzten zwei Stunden noch einige abhaken können, die sie telefonisch erreicht hatte und bei denen keine weiteren Ermittlungen notwendig erschienen.

Charly fasste für die Kollegin das Gespräch bei Doktor Bierschneider zusammen, begleitet von einigen knurrigen Kommentaren Helmuths.

»Schlussendlich müss ma ihn wohl als Verdächtigen betrachten. Wobei er natürlich nach jetzigem Stand ein erstklassiges Alibi hat«, schloss der Kommissar.

»Pfff!«

»Okay, ich hab euch von den Adressen und Nummern ausm Böhnert sein Geldbeutel noch ein paar übrig gelassen, die ich nicht erwischt hab.« Sandra schien trotzdem gut gelaunt. »Und wenn nix dagegen spricht, dann geh ich jetzt heim.«

Nachdem Charly zur Bestätigung nickte, griff Sandra zum Telefon und wählte. »Bärli? Hallo, Schatz. Du, ich bin fertig und geh jetzt heim. Bist du auch fertig? ... Sehr gut, dann sehn wir uns gleich. ... Und, Bärli, wenn du aufm Heimweg beim Edeka vorbeikommst, dann bring Sprühsahne mit. ... Wie? ... Ach, frei oder ned, völlig egal. Wie du willst. Bis gleich, Bussi.«

Sandra verabschiedete sich von Charly und Helmuth und wünschte noch viel Erfolg im Fall Strohmeier. Sie sei schon ein bisserl traurig, dass sie nicht weiter daran mitarbeiten könne. Aber jetzt müsse sie erst mal heiraten. »Also dann, wir sehn uns am Samstag, ich freu mich auf euch, servus.«

»Zefix, Sprühsahne«, stammelte Helmuth, als er glaubte, Sandra wäre weg.

Doch plötzlich stand sie wieder in der Bürotür. »Was mir gerade noch eingefallen ist«, teilte sie zwischen Tür und Angel mit, »ihr sagt, der Bierschneider behauptet, er kennt den Böhnert nicht. Der hat aber eine Visitenkarte von ihm im Geldbeutel. Muss nix bedeuten, wollt ich euch bloß noch sagen.« Danach verabschiedete sie sich endgültig.

Natürlich stand kein Weißbier im Kühlschrank. Obwohl er in der Vergangenheit schon mehrfach dezente Hinweise erteilt hatte, sahen es seine Familienangehörigen nicht als ihre Aufgabe an, für die Bereitstellung und Optimierung von Charlys Grundnahrungsmitteln zu sorgen. Er musste sein Bier also wieder mal in der Tiefkühltruhe schockfrosten. Immerhin kündigte Petra an, es gebe heute statt des beliebten Frischkäses auf Vollkornbrot mal Currywurst mit Pommes frites.

»Weil die Kinder nicht da sind.« Charly erschloss sich diese Begründung nicht so ganz, denn Ludwig aß sehr gerne Fleisch und Wurst. Vermutlich ging es in diesem Fall um Julia, die in letzter Zeit immer häufiger die Nase rümpfte, wenn Fleisch auf dem Teller lag.

»Wo sans denn?«

»Ludwig is bei einem Spezl, Fußball schauen. Und Julia ist mit Freundinnen im Kino.«

»Unter der Woch? Muss die morgen ned in d' Schule?« Es war eigentlich nicht Charlys Art, sich um die nötige Bettruhe seiner Tochter zu sorgen. Aber das Wort Freundinnen, oder vielmehr wie Petra es betont hatte, beunruhigte ihn.

»Die tun doch eh nix mehr, Notenschluss war schon.«

Während der Currywurst musste Charly Bericht erstatten. Er erzählte beiläufig von der Gerichtsverhandlung, vergaß aber, die Sache mit dem Ordnungsgeld zu erwähnen. Er berichtete von der Manchinger Ideenschmiede und von Bierschneiders Plagiatsverdacht. Abschließend überlegte er kurz, ob er auch die Sprühsahne erwähnen sollte, entschied sich aber dagegen.

»Is ja ein ganz schön komplizierter Fall diesmal.« Petra legte die Hälfte ihrer Currywurst in Charlys Teller, während sie resümierte. »Normal bist immer froh, wenn du in einem deiner Fälle wenigstens einen Verdächtigen mit einem ordentlichen Motiv hast. Und diesmal hast gleich a ganze Hand voll.«

»Na ja, mehr oder weniger ordentliche Motive. Zumindest fürn Strohmeier.«

»Stimmt! Zu diesem andern da hat ja noch gar keiner eine Verbindung, oder?«

»... uagg ...« Charly hatte den Mund voll. Er schüttelte den Kopf.

»Dass es der Bierschneider war, glaub ich ned«, urteilte Petra. »Man kann auch ohne Doktortitel weiter Rechtsanwalt sein. Und dass die Doktorarbeit wegen Plagiatsvorwürfen aberkannt wird, des gehört ja fast schon zum guten Ton. Damit wär er ja nicht allein, der Bierschneider. Beste Kreise, quasi.« Nachdenklich nippte sie an ihrem Wasser.

»Es wär schon ein Verlust an Reputation, glaub ich.« Charly aß die Pommes zu seiner zusätzlichen Currywurst direkt von Petras Teller. »Immerhin wär er dann ja offiziell ein Betrüger.«

»Lieber ein Betrüger wie ein Mörder. Ich denk, des Risiko würde der Bierschneider nicht eingehen.«

»Jeder Mörder geht davon aus, dass er nicht entdeckt wird.«

»Aber doch ned der Bierschneider. Der weiß es besser. Der kennt doch dich, Schorschi, mein Starermittler.«

Irgendwie hatte Charly das Gefühl, der ernsthafte Teil des Gespräches wäre damit beendet. Er war mit dem Essen auch fertig. Nach den Currywürsten und dem wohltemperierten Weißbier (19 Minuten bei minus 18 Grad) holte ihn der lange Tag ein. Er machte es sich zwar noch auf dem Sofa gemütlich, verschlief jedoch die erste Hälfte des Champions-League-Spieles komplett und ging schließlich in der Halbzeit ins Bett. Bevor seine Kinder nach Hause kamen.

Fünfzehn Mittwoch

Sie waren losgefahren, bevor sich an diesem Mittwoch bei der KPI Ingolstadt die Zahnräder in der Mühle des Alltags so richtig zu drehen begannen. Helmuth saß am Steuer, doch nicht einmal seine Fahrweise brachte sie im morgendlichen Berufsverkehr rund um Nürnberg schneller vorwärts. Sie brauchten etwas über drei Stunden bis nach Aschaffenburg. Die Firma, ein Zulieferer der Automobil- und Maschinenbaubranche, lag am Rand der Altstadt direkt am Main und sprengte nach Charlys Meinung bei Weitem die Dimensionen eines mittelständischen Unternehmens. Er hatte ihren Besuch gestern telefonisch angekündigt und in diesem vertraulichen Gespräch mit dem Leiter des betriebseigenen Werkschutzes auch die Auskunft erhalten, dass Olaf Michelsen heute normalerweise an seinem Arbeitsplatz anzutreffen sei.

Der Wachmann am Tor wusste Bescheid und meldete die Ankunft der Ingolstädter Beamten sofort seinem Chef. Gleich darauf erschien ein kleiner, älterer Mann mit einem voluminösen, grauen Schnauzer unter der Nase und einem gemütlichen, runden Bauch.

»Sie werden verstehen, dass wir an den Hintergründen interessiert sind, wenn einer unserer Ingenieure von der Kripo befragt wird«, eröffnete ihnen der Werkschutzleiter auf dem Weg zum Besprechungsraum. »Darf ich fragen, worum es geht?«

Charly erklärte, dass Michelsens Name im Zusammenhang mit einer Mordermittlung auftauche und er als Zeuge gehört werden solle. Näheres wisse man noch nicht. Man werde dem Werkschutz aber alles mitteilen, was eventuell für den Betrieb von Bedeutung sein könne. Er wusste nicht, ob er dieses Versprechen einhalten konnte, aber der Sicherheitschef war vorerst zufrieden.

Nachdem sie fünf Minuten in einem kleinen Besprechungszimmer mit Blick auf den Fluss gewartet hatten, erschien Michelsen.

Grußlos und ohne den Ansatz eines Lächelns drehte er sich einen Stuhl zurecht und ließ sich hineinfallen. Aus tief liegenden Augen mit dunklen Rändern musterte er die Besucher.

»Herr Michelsen?«

»Und Sie? Polizei aus Ingolstadt hat es geheißen?«

»Richtig, Valentin, Kripo Ingolstadt. Das ist der Kollege Reithl.«

Michelsen zeigte keine Reaktion. Nur eine beiläufige Handbewegung sollte wohl bedeuten: »Und, was wollt ihr von mir?« Der Ingenieur war anscheinend nicht daran interessiert, Sympathiepunkte zu sammeln. Von Charly hätte er nach der Begrüßung auch keinen einzigen erhalten.

»Sie haben bis vor Kurzem in Manching gearbeitet.« Charly nannte den Firmennamen.

Michelsen stützte das Kinn in die Hand, so als würde er sich furchtbar langweilen.

»Dort hat man Sie der Betriebsspionage überführt. Der Privatdetektiv Strohmeier.«

Noch immer wirkte Michelsen am Sachverhalt nicht sonderlich interessiert.

»Der Strohmeier ist tot. Er wurde umgebracht. Und einer seiner Mitarbeiter auch.« Charly versuchte eine Reaktion in Michelsens faltigem, eingefallenem Gesicht zu erkennen. Tatsächlich glaubte er, ein kurzes Blitzen in den müden Augen zu registrieren.

Der Ingenieur kratzte sich an der Stirn. »Ach, und jetzt bin ich euer Verdächtiger.« Er gähnte und rieb sich das Kinn. »Hört zu, Freunde. Wir haben gestern eine Erfolgsprämie gefeiert. Hat ein bisschen länger gedauert. Ich bin also heute absolut nicht in Stimmung für so einen Scheiß.«

Charly beugte sich nach vorn und stützte sich auf den Tisch. Er wurde lauter: »So einen Scheiß? Zwei Menschen wurden umgebracht. Und Sie haben ein nachvollziehbares Motiv. Also wenn Sie sich jetzt nicht zusammenreißen und unsere Fragen beantworten, dann nehm ich Sie auf der Stelle fest.«

Träge richtete sich Michelsen ein wenig auf. Er zeigte ein herablassendes Lächeln. »Jetzt mal langsam. Die Sache ist doch nicht wert, dass man jemanden deswegen tötet. Ist doch fast normal, eine Lappalie. Dass da unten wegen dem Ganzen so ein Aufstand gemacht wurde, hab ich sowieso nicht verstanden.« Er ließ sich in den Stuhl zurücksinken. »Ist eben doch noch kleinkarierte Provinz.«

In ganz ruhigem Ton schaltete sich Helmuth ein. »In dieser Provinz entdeckt also ein Privatdetektiv, dass Sie Betriebsgeheimnisse an die Konkurrenz verraten. Ihnen wird gekündigt, und Sie finden einen neuen Job hier in dieser Metropole. Jetzt kommt der Privatdetektiv und droht damit, Ihrem neuen Arbeitgeber die Sache mit dem Verrat zu erzählen. Wenn Sie ihm nicht so und so viel für sein Schweigen bezahlen. Und da beschließen Sie, den Schnüffler zu beseitigen, damit Ihr schöner neuer Arbeitsplatz mit den Erfolgsprämien nicht gefährdet ist. Und als sein Mitarbeiter Ihnen das später vorhält und vermutlich auch eine Erpressung versucht, räumen Sie den ebenfalls weg.«

Es folgte eine Stille, während der man sehen konnte, wie es in Michelsen arbeitete. Schließlich konnte er sich aber nur zu einem ausgespienen »Lächerlich!« entschließen.

»Hat der Strohmeier versucht, Sie zu erpressen?«

»Nein.«

»Hatten Sie nach Ihrer Entlassung in Manching Kontakt zu Strohmeier?«

»Nein.«

Das folgende Stakkato von Fragen beantwortete Michelsen ebenso wortkarg, wobei sein Ton immer genervter und dadurch aggressiver wurde.

»Wo waren Sie am Dienstag vor einer Woche? Vormittags?«, fragte Charly schließlich.

Der Ingenieur dachte kurz nach. »Na hier, in meinem Büro. Ab sieben, halb acht. Um elf war eine Besprechung im Rathaus.«

»Was für eine Besprechung?«

»Ist das wichtig? Ist doch egal! Eine Besprechung eben.«

»Und wo waren Sie in der Nacht vom vergangenen Samstag auf Sonntag?«

»Auf einer Geburtstagsparty. Hier in Aschaffenburg. Mit sicher zwanzig oder dreißig Leuten. Waren echt scharfe Bräute dabei.« Ein amüsiertes Lächeln huschte ihm übers Gesicht. »Aber fragen Sie mich nicht wie lange. Ich bin erst am Sonntagnachmittag wieder wach geworden. Zu Hause. Allein.«

»Gut, Sie begleiten uns jetzt zur Kripo hier in Aschaffenburg. Dort werden wir Ihre Aussage schriftlich festhalten. Gleichzeitig lassen wir Ihre Alibis überprüfen. Wenn sich alles bestätigt, können Sie danach wieder an Ihren Arbeitsplatz.«

»Nein, das geht nicht.« Michelsens Einwand klang irgendwie halbherzig.

»Doch, das geht.« Charly dagegen wirkte entschlossen, auch ohne dass er Michelsen die Konsequenzen aufzählte.

Wobei er sich eingestehen musste, die Konsequenzen selbst nicht genau zu kennen.

Die Aschaffenburger Kollegen waren sehr kooperativ. Nachdem Michelsen die Namen des Partyveranstalters und der Besprechungsteilnehmer im Rathaus genannt hatte, schickten sie zwei Teams los. Gleichzeitig telefonierte eine Kollegin mit dem Sicherheitsdienst der Firma und ließ sich die eingestempelten Arbeitszeiten des Ingenieurs heraussuchen.

In der schriftlichen Vernehmung legte Charly haarklein die Aussagen fest, die Michelsen bereits in der Firma von sich gegeben hatte. Um die Hintergründe zu beleuchten, und auch um die Zeit zu überbrücken, befragte er den Zeugen daneben ausführlich zu seinem beruflichen Werdegang und seiner aktuellen Lebenssituation. Nach entsprechender Belehrung, nichts aussagen zu müssen, was ihn selbst belasten könnte, wollte der Ingenieur sich zum Vorwurf der Betriebsspionage nicht äußern. Als die Vernehmung abgetippt und unterschrieben war, kehrten auch die Kollegen der Kripo Aschaffenberg mit den Ergebnissen ihrer Überprüfungen zurück. Michelsen hatte am Dienstag vor einer Woche um 06:54 Uhr in der Firma eingechippt und hatte von etwa elf Uhr bis kurz nach eins im Rathaus an einer Besprechung mit acht weiteren Personen teilgenommen. Der Leiter des Wirtschaftsausschusses konnte sich an den überheblichen Vertreter der Firma, der keine andere Meinung akzeptieren wollte, gut erinnern.

Am letzten Samstag hatte Michelsen ab 19:00 Uhr die von ihm genannte Party besucht. Der Gastgeber erinnerte sich, dass er allein gekommen und gegen drei Uhr auch allein gegangen war. Dazwischen hatte er alle möglichen Frauen angebaggert und war negativ aufgefallen, als er versucht hatte, sturzbetrunken die exotischen Fische aus dem Salzwasseraquarium des Geburtstagskindes zu fangen.

Sie setzten Michelsen ins Auto und fuhren ihn zurück bis vor die Schranke am Eingang.

»Ich werde einen Anwalt einschalten. Diese Unterstellung und die Aktion werden ein Nachspiel haben«, drohte er, bevor er ausstieg.

»Tun Sie das«, ermutigte ihn Charly, und Helmuth wünschte ihm noch einen schönen Tag.

Kurz darauf trat der Mann mit dem grauen Schnauzer zu Charly ans Beifahrerfenster.

»Na, alles gut gelaufen?«, fragte der Chef des Werkschutzes.

»Wir sind fertig!« Charly nickte ihm jovial zu. »Mit den beiden Morden hat Ihr Ingenieur wohl nichts zu tun«, ergänzte er. »Und diese Sache mit der Betriebsspionage, also das, wo er die Firmengeheimnisse weitergegeben hat, da liegt ja offiziell noch keine Anzeige vor.«

Der Sicherheitsverantwortliche riss die Augen auf. »Was?«

»Wie gesagt, die Firma …«, Charly blätterte in seinem Notizbuch, dann nannte er den Firmennamen, den Geschäftsführer und dessen Telefonnummer, »die Firma hat ja keine Anzeige erstattet. Auf jeden Fall für heute mal danke schön. Auf Wiedersehn.«

Im Rückspiegel sah Helmuth noch eine Zeit lang den Mann mit Schnauzer, der sich konzentriert etwas notierte.

Als sie an der Aschaffenburger Altstadt vorbeifuhren, bemerkte Charly zwei Chinesen. Das Pärchen schlenderte Hand in Hand auf den Main zu und knipste dabei Selfies vor der malerischen Kulisse. Die Frau war zierlich und ausgesprochen hübsch, und im Gesicht des Mannes fiel eine große, dazu noch schiefe Nase auf. Mein Gott, dachte Charly, die sehen ja wirklich alle gleich aus.

»Übrigens«, fragte Helmuth auf dem Weg zur Autobahn. »Müssten wir ned von uns aus ermitteln? Is ja schließlich eine Straftat, dieser Verrat.«

»Eigentlich schon. Aber wenn's doch dem Geschädigten gar ned recht is. Der Geschäftsführer hat doch gsagt, er möcht das nicht alles offenlegen.« Charly rieb sich die Nasenwurzel. »Ich glaub, wir haben genug zu tun. Da lass ma jetzt mal die Finger weg.«

Bis sie in die Autobahn einfuhren, herrschte Ruhe im Wagen.

»Zefix, zefix!«, platzte Charly dann heraus. »Wachsen jetzt eigentlich die Alibis auf die Bäum? Normalerweis hat in unsere Fälle selten jemand ein nachweisbares Alibi. Und in dem Fall hat fast jeder ein wasserdichtes.«

Helmuth nickte zustimmend, während er auf der rechten Spur an einer Kolonne vorbeipfiff. »Ja, stimmt scho.«

Trotz Gasfuß und progressiver Spurwechsel kamen sie erst nach fünf in Ingolstadt an. Charlys Hemd war am Rücken schweißnass. Helmuth wirkte entspannt und gut gelaunt.

Seit Langem saß Familie Valentin wieder mal gemeinsam beim Abendessen. Petra erzählte von ihrem Arbeitstag. Charly berichtete ganz allgemein von der Fahrt nach Aschaffenburg und davon, dass wirklich überall chinesische Touristen anzutreffen seien. Ludwig brummelte irgendwas von einem Stadionbesuch am kommenden Wochenende. Charly glaubte »Auswärtsspiel«, »Berlin« und »Bus« zwischen den Bauernbrot-Salami-Bissen zu verstehen. Und aus Julia sprudelten Geschichten zum Fitness- und Gesundheitszustand der von ihr betreuten Pferde und zu den charakterlichen Eigenheiten ihrer Besitzer.

In einer Gesprächspause fragte Charly: »Und, Julia, hast noch mal nachgedacht?«

»Über was soll ich nachdenken?«, kam die verblüffte Gegenfrage.

»Über deinen Berufswunsch. Und dass ich dir gsagt hab, dass ich dagegen bin.«

»Da brauch ich nicht mehr nachdenken«, entgegnete Julia trotzig. »Ich hab mich entschieden.«

»Und was ich dazu sag, zählt gar nicht, oder was?«

»Du darfst sagen, was du willst. Aber im Endeffekt werd ich machen, was ich für richtig halte.«

Charly war verblüfft. So klar und resolut hatte seine sechzehnjährige Tochter bisher noch nicht mit ihm gesprochen. Ihm fehlten im Moment die richtigen Antworten. In seinem Kopf breiteten sich wieder die Bilder von Kollegen aus, die beschimpft, verprügelt, mit Messern angegriffen oder angeschossen worden waren. Er würde es nicht einfach akzeptieren, sein Mädchen einen solchen Beruf ergreifen zu lassen. Er mochte sich seine Julia, die er nächtelang herumgetragen hatte, als sie Zähne bekommen hatte oder vom Bauchweh geplagt war, nicht in Situationen vorstellen, in denen sie sich nachts in dunklen Ecken mit zugedröhnten, besoffenen, gewaltbereiten, respektlosen Vollpfosten abärgern musste. Als er endlich bereit für eine Gegenrede war, hatte Julia ihren Teller leer gegessen, stand auf und räumte ihn in den Geschirrspüler.

»Ich fahr noch schnell zur Maria wegen einem Referat.«

Charly wollte etwas sagen, doch Petra legte ihm die Hand auf den Arm. Und schon war Julia verschwunden.

Für Donnerstag war ein atlantischer Tiefausläufer angekündigt, und Charly konnte ihn auf seinem Weg zur Arbeit kommen sehen. Bedrohlich und unaufhaltsam schob sich die massive, dunkelgraue Wolkenwand von Westen her der Stadt entgegen, während von Osten noch die Morgensonne ihr helles Licht durch Ingolstadts Straßen schickte. Es würde die nächsten paar Stunden ungemütlich werden.

Während der Morgenbesprechung mussten sie das Licht im Kaffeezimmer einschalten. Und als Barsch mit dem Verlesen der Tageslage und mit dem Verteilen der Arbeit fertig war, brach draußen das Unwetter los. Ein dichter Regenvorhang vor dem Fenster ließ Bäume und Häuser zu undeutlichen Schatten verschwimmen. Drüben am Volksfestparkplatz konnte man schemenhaft einige arme Kreaturen erkennen, die versuchten, sich mit Aktentaschen oder hochgezogenen Jacken zu schützen und vermutlich ihren Arbeitsplätzen entgegenhetzten.

»Schön blöd, wer jetzt da draußen rumrennt«, kommentierte Barsch.

Die Tür ging auf und Frau Gambrini-Steinmetz betrat das Kaffeezimmer. Sie war klatschnass. »Mist, da hab ich mich verschätzt.« Sie strich sich die tropfenden Haarsträhnen nach hinten. »Ich hab gedacht, bis zu Ihnen rüber schaff ich es schon noch.« Aber die paar Meter von ihrem Büro bis zur Kripo hatten gereicht, um die Staatsanwältin völlig zu durchnässen. Die weiße Bluse klebte auf der Haut.

Charly war der Erste, der reagierte. Er reichte ihr ein Handtuch, und sie begann, ihre Locken trocken zu rubbeln.

»Ich wollt gern hören, was die Befragung dieses Ingenieurs ergeben hat. Darum bin ich hier.« Die Staatsanwältin setzte sich auf das Handtuch. Sie begann leicht zu zittern. Charly schenkte ihr ungefragt eine Tasse Kaffee ein.

Auch Zwerglein erschien, bevor Charly mit seinem Bericht begann.

»Wir ham gestern den Michelsen in seiner jetzigen Firma getroffen. Der Michelsen ist ein, na ja, wie soll man sagen …«

»Ein Arsch«, half ihm Helmuth. »Ein egoistischer, überspannter Arsch.«

Charly nickte. »Ja, so ungefähr könnt man ihn beschreiben. Also zutrauen würd ich ihm den Mord ohne Weiteres. Aber leider hat er für beide Tatzeiten perfekte Alibis. Also ihn selber können wir, glaub ich, ausschließen. Und von einer Erpressung durch den Strohmeier will er auch nix wissen. Damit dürfte die Sache mit der Spionage für den Fall nicht mehr relevant sein, Chef.«

Zwerglein reagierte nicht. Er schien durch Frau Gambrini-Steinmetz' Bluse irgendwie abgelenkt.

»Hanno?«

»Was? Ach so, ja ja. Und die Auftraggeber, die Chinesen?« Er wollte die These einfach nicht fallen lassen.

»Aber das mit der Abschreckung ist doch nicht wirklich ein Motiv für den Mord? Denen ist doch der Strohmeier wurscht.«

Ein unwilliges »Mhm« ließ darauf schließen, dass der Dienststellenleiter wohl zumindest vorerst akzeptierte, dass die Industriespionage im Zusammenhang mit dem Mord keine Rolle spielte.

Margot brachte eine Fleecejacke und reichte sie der Staatsanwältin. »Ihna werd kold sa«, kommentierte die mütterliche Unterfränkin mitfühlend.

Dankbar schlüpfte Frau Gambrini-Steinmetz hinein. Es sah ulkig aus, als sie sich schließlich in der viel zu großen Jacke verlor. »Wie geht's weiter?«, fragte sie und rubbelte dabei ihre Oberarme.

»Wir werden heut schauen, dass wir die Adressen von den Notizzetteln aus Böhnerts Geldbörse abarbeiten. Und hauptsächlich auch den Telefonbuchfetzen. Irgendeinen Grund muss der Böhnert ja gehabt haben, dass er ausgerechnet den Teil aus dem Telefonbuch herausgerissen hat.«

Während im Kaffeezimmer die Unterhaltung in triviale Alltagsthemen abglitt, ließ draußen der Regen nach. Schließlich hörte es ganz auf, und von dem Unwetter blieben nur rein gewaschene Luft und große Pfützen übrig. Von dem kräftigen Wind, der in der Höhe die graue Masse Richtung Nordosten vor sich hertrieb, war hier in der Stadt nichts zu spüren. Immer öfter fanden wieder Sonnenstrahlen den Weg durch die Wolkenfetzen.

Um halb zehn schnappte Charly sich Sandras Unterlagen zu den Nummern und Personen von den Notizzetteln und Visitenkarten aus Böhnerts Geldbörse. Säuberlich hatte sie alle Daten in einer Übersicht erfasst und der Reihe nach abgehakt. Sie hatte auch eine Priorisierung vorgenommen, welche Kontakte zum Beispiel nicht einfach nur durch einen Anruf zu erledigen waren. Dazu gehörten unter anderem die Namen auf dem Telefonbuchfetzen. Einige davon waren abgearbeitet, viele hatte Sandra noch nicht angetroffen.

Zusammen mit Helmuth machte Charly sich ans Werk.

Es lief gut. An den meisten Adressen wurde ihnen geöffnet. Auch wenn die Angetroffenen auf die Frage nach Böhnert dann oft mit den Schultern zuckten und auf Partner, Ehemänner oder Söhne verwiesen, die gerade in der Arbeit waren. So fuhren sie den ganzen Tag kreuz und quer durch die Stadt, von einer Privatanschrift zu einer Firma, von dort zur nächsten Adresse, wieder an eine Arbeitsstelle und so weiter. Dabei waren die Antworten immer die gleichen. Entweder die Befragten konnten mit dem Namen Bertl Böhnert überhaupt nichts anfangen, oder sie kannten zwar das Opfer, hatten aber schon ewig nichts mehr mit ihm zu tun. Einige gaben an, noch Geld von Böhnert zu bekommen, das sie ihm geliehen hätten. Geringe Beträge, die Charly und Helmuth als Mordmotive ausschlossen. Von den Personen, die auf dem herausgerissenen Telefonbuchschnipsel standen, hatte bis jetzt noch keiner eine Verbindung zu Böhnert.

Das Highlight des Tages war die kurze Mittagspause, die sie sich gönnten. Mit Leberkässemmeln, die sie sich bei der Azubi Gundula geholt hatten, waren sie an der Bezirkssportanlage Nord-Ost vorbei direkt ans Donauufer gefahren. Die Pfützen vom morgendlichen Schauer hatten sich inzwischen in der warmen Luft aufgelöst. Am rundum blauen Himmel strahlte die Frühsommersonne und ließ das Wasser der träge dahinfließenden Donau funkeln. Jeder hing seinen Gedanken nach und genoss schweigend seine Semmeln.

Am Nachmittag ging es so weiter wie am Vormittag. Wie Bienen von einer Blüte zur anderen, so hangelten sich Charly und Helmuth von einer Adresse zur nächsten. Als sie am frühen Abend wieder einen Namen abhakten, der zwar von dem Toten in der Donau gelesen hatte, aber keinen Bertl Böhnert kannte, gähnte Helmuth ausgiebig.

»Buah, wie viele sind's denn noch?«

»Schon noch einige.« Charly fühlte sich ebenfalls abgespannt und müde. »Mir müssen ja nicht alle heut noch machen.« Er überflog die Liste. »Von dem Telefonbuchfetzen ausm *Donau-Stüberl* sind's noch drei. Der nächste wär ein Doktor Talhoff in Mailing. Da samma ja ganz in der Nähe.« Charly sah auf die Uhr. Es war kurz nach sechs. »Den mach ma noch, dann is Schluss.«

Doktor Talhoff bewohnte ein großes quaderförmiges Stadthaus an der Hauptstraße. Es sah aus, als hätte der Doktor hier früher im Erdgeschoss eine Praxis betrieben. Jetzt war der Eingang an der Straßenseite mehr oder weniger zugewachsen. Neben dem Haus führte eine gepflasterte Zufahrt nach hinten zu einer Garage. Zwischen den Pflastersteinen blühte der Löwenzahn. Zum Nachbarn hin war das Grundstück durch eine schulterhohe Thujenhecke begrenzt.

Charly und Helmuth folgten der Zufahrt und fanden um die Ecke eine weitere Eingangstür. Gerade als Charly klingeln wollte, meldete sich eine Stimme aus Richtung der Thujenhecke.

»Sie san von der Polizei, gell?«

Immer wieder war Charly verblüfft, dass manche Menschen allein durch sein Aussehen und Auftreten schlossen, dass er Polizist war. Er wusste nicht genau, an was es im Einzelnen lag, aber es geschah immer wieder. Als Observant oder verdeckter Ermittler wäre er wohl gänzlich ungeeignet. Er drehte sich um und sah über der Hecke zwei Köpfe, einen männlichen mit einem weißen Haarkranz und einer großen Brille und einen weiblichen, rothaarigen, mit einem Doppelkinn und runden, roten Backen. Ohne dass er antworten, sich vorstellen oder den Dienstausweis zeigen musste, sprach die Stimme, die aus dem weiblichen Kopf kam, weiter.

»Zeit wird's ja, dass jemand was tut. Sodom und Camorra.«

»Gomorrha, Schatz, Gomorrha.« Der männliche Kopf lächelte nachsichtig.

Der weibliche ließ sich indes nicht beirren. »Schämen tät ich mich. Pfui Teufel. In seinem Alter.«

Charly hob beschwichtigend die Hände. »Entschuldigung, ich kann Ihnen ned folgen. Um was geht's denn?«

Der Kopf der Frau machte eine ruckartige Bewegung in Richtung der ehemaligen Praxis. »Na, der Doktor.«

»Aha, was macht er denn? Wilde Partys?«

»Die Putzfrau«, offenbarte die Frau.

Charly bemühte sich, fragend zu schauen, und wartete auf weitere Erläuterungen.

»Die putzt«, fuhr die Nachbarin fort. »Am helllichten Tag.« Es spitzte sich zu. »Nackt.«

»Nackt?« Helmuth schaltete sich ins Gespräch ein. »Ganz nackert?«

»Sie hat meistens schon noch Strümpfe an, oder ein kurzes Mieder. Aber der Rest ...«

Der Männerkopf sagte nichts, er zeigte nur große, glänzende Augen.

Dafür sprach die Frau weiter. Sie deutete auf eine doppelte Balkontür im ersten Stock. »Und dann tanzt sie immer rum, mit ihrem Staubwedel vorm Fenster. Und macht hier alle verrückt.« Nun traf ein strafender Blick ihren Mann, der aber anscheinend gedanklich ganz woanders war, wo es ihm gefiel.

»Aha«, nahm Charly das Gespräch wieder auf. »Wie alt is er denn, der Herr Doktor? Praktiziert er noch?«

»Nein, der hat schon lange aufgehört mit der Praxis. Ich glaub, der ist knapp achtzig. Ich sag ja, in seinem Alter, der sollt sich schämen.«

»Na ja«, Charly räusperte sich, »ich kann jetzt nix Verbotenes feststellen. Was der Herr Doktor innerhalb seiner vier

Wände veranstaltet – oder veranstalten lässt –, ist seine Sache, wenn alle Beteiligten es freiwillig machen, erwachsen sind und niemand zu Schaden kommt.«

Während der Mann mit einem zufriedenen Gesichtsausdruck seiner Frau zunickte, wusste die noch nicht recht, was sie sagen sollte.

Charly wendete sich ab und hörte nur noch ein dumpfes, empörtes »Mhmpff«. Vermutlich muss sich der Mann heute noch einiges anhören, dachte Charly, als er den Klingelknopf drückte.

Doktor Talhoff war ein hagerer Mann mit spärlichen grauen Federn und vielen Altersflecken auf dem knochigen Schädel. Auf der schmalen Hakennase saß eine randlose Brille. Er ging ein wenig gebeugt, machte aber ansonsten einen hellwachen Eindruck.

Charly und Helmuth folgten ihm nach oben in die Wohnung. Im Gespräch ergab sich, dass tatsächlich im Erdgeschoss die ehemalige Praxis lag, die der Doktor vor gut zehn Jahren aufgegeben hatte. Er war jetzt 78.

Leider sagte auch ihm, wie vielen zuvor, der Name Bertl Böhnert gar nichts. Er kannte diesen Mann nicht, nicht von früher und nicht jetzt. Auf die Frage, ob er in letzter Zeit einen komischen Anruf erhalten habe, lachte er nur. Er würde ständig komische Anrufe erhalten, in denen ihm wildfremde Menschen Insider-Börsentipps, todsichere Glücksspielbeteiligungen und lukrative Vermögensanlage aufschwatzen wollten.

»Dann sind wir auch schon fertig. Entschuldigen Sie nochmals die Störung, Herr Doktor.« Charly erhob sich und reichte dem alten Mann die Hand. »Übrigens, Ihre Putzfrau sorgt bei den Nachbarn eventuell für ein wenig Verwirrung oder sogar Unverständnis.«

Der Doktor lachte wieder. Dann fiel ihm etwas ein. Er deutete mit dem Zeigefinger auf Charly. »Das war auch wieder mal einer dieser komischen Anrufe. Erst vor ein paar Tagen. Ob ich meine Putzfrau noch hätt, hat mich der Anrufer gefragt. Ich sag ›ja‹, und er legt auf. Seinen Namen hat er nicht gesagt. Aber verblödete Anrufe wegen meiner Putzfrau habe ich schon öfter mal bekommen. Da reg ich mich nicht mehr auf.«

»Wie gesagt, die Nachbarn sind wohl, na ja, verunsichert. Ist es wirklich so, dass Ihre Haushaltshilfe ... äh ...«

»Nackt putzt? Ja, das stimmt.« Der Doktor ließ sich in seinen Sessel zurücksinken.

»Herr Talhoff, mir ist es persönlich und dienstlich völlig egal ...«

Talhoff winkte ab und lächelte ein gütiges Lächeln. »Sehen Sie, Herr Kommissar, vor zwölf Jahren ist meine Frau gestorben. Verstehen Sie mich nicht falsch. Sie war eine wundervolle Ehefrau. Aber sie war konservativ-katholisch erzogen. Erzkatholisch und militant konservativ. Da blieb so mancher Wunsch unerfüllt. Jetzt bin ich in einem Alter, wo ich nicht weiß, warum ich noch auf irgendwas verzichten sollte. Außerdem habe ich keine Lust, mich vor meinen ach so rechtschaffenen Nachbarn für irgendwas zu schämen.«

»Ich möchte hier nicht den Moralapostel spielen ...« Charly hob beschwichtigend die Hände.

Doch der Doktor winkte schon wieder ab. »Ich hab keine Kinder, muss mein Geld nicht mehr für Nachkommen aufheben. Meine Putzfrau kann den Extraverdienst gut brauchen, und ich habe den Eindruck, dass sie auch ihren Spaß hat.« Er stand auf und begleitete die Ermittler nach draußen. Zum Abschied zwinkerte er Charly zu. »Glauben Sie mir, sie ist auch jeden Cent wert. Frau Zauner hat echt eine ganz tolle, frauliche Figur.«

Charly machte sofort auf dem Absatz kehrt und sah den Doktor mit großen Augen an. Auch Helmuth verharrte wie vom Donner gerührt.

»Zauner? Elfriede Zauner?

»Ja, äh, Elfi heißt sie, meine Putzfrau.«

Ungehemmt und frei antwortete der Doktor auf die weiteren Fragen. Frau Zauner war regulär als Putzfrau bei ihm beschäftigt und kam zweimal in der Woche. Wenn dem Herrn Doktor danach war, bekam sie einen Hunderter extra, und dafür putzte sie nackt – oder fast nackt. Ob er noch weitere Serviceleistungen in Anspruch nahm, beantwortete Talhoff mit einem verschmitzten Lächeln und der Weisheit, dass der Kavalier genießt und schweigt.

Den Anruf, in dem er von einem Unbekannten nach seiner Putzfrau gefragt worden war, hatte er letztes Wochenende erhalten. Er glaubte sich zu erinnern, dass es Samstagabend war, irgendwann nach der Tagesschau. Da sein Uralttelefon kein Journal aufzeichnete, war er damit einverstanden, dass die Polizei sich die Gesprächsdaten beim Telefonanbieter holen würde.

»Zefix«, war das Erste, was Charly einfiel, als sie wieder im Wagen saßen. »Hättst du des von der Zauner gedacht?«

»Stille Wasser gründen tief.« Helmuth ließ den Motor an. »Was macht man nicht alles für Geld. Sollen wir gleich hinfahren zu ihr?«

Charly sah auf die Uhr. Sieben vorbei. Er fühlte sich trotz der aufrüttelnden Neuigkeit müde. Außerdem hatte er Hunger. Und ab acht war er beim Wirt zum Schafkopfabend verabredet.

»Die is um die Zeit bestimmt im Wonnemar beim Putzen. Da müss ma ned aufkreuzen. Außerdem weiß ich ehrlich gsagt gar nicht, was des jetzt mit dem Fall zu tun hätt.«

»Irgendwie Eifersucht vielleicht«, versuchte Helmuth eine Erklärung.

»Wer auf wen? Und wer bringt dann deswegen wen um?«

»Keine Ahnung.« Auch Helmuth konnte also die neuen Erkenntnisse noch nicht so recht einordnen.

»Vielleicht kriegen wir morgen schon die Telefonauskunft, wer beim Doktor angerufen hat«, spekulierte Charly. »Und dann wissen wir mehr. Mach ma Schluss für heut.«

Helmuth war sofort einverstanden, denn auch seine Yvonne hatte für heute noch eine Überraschung angekündigt, falls er rechtzeitig nach Hause käme.

Den langen Schafkopfabend spürte er am nächsten Morgen noch, im Kopf, im Bauch und überhaupt. Als er von der Arbeit nach Hause gekommen war, hatte seine Familie gerade zu Abend gegessen. Petra hatte ihm von der Gemüselasagne angeboten. »Ganz ohne Hackfleisch«, wie sie extra hervorhob. Im Kühlschrank stand kein Bier. Und er war spät dran. Also hatte er vorgegeben, keinen Hunger zu haben, und sich auf den Weg zum Wirt gemacht.

Ein Schnitzel mit Pommes und ein Weizen war seine erste Bestellung gewesen. Die Jungs zu treffen und die neuesten Geschichten zu hören, hatte ihm Spaß gemacht. Aber den Schafkopfteil des Abends hätte er sich schenken können. Er hatte ein Solo mit drei Obern verloren, hatte bei einem an sich guten Sauspiel ein Kontra erhalten und auch das dann mit 59 Augen verloren, hatte einen Acht-Euro-Stock zuerst aufgedoppelt und danach zusehen müssen, wie zwei andere die Kohle herausholten. Dabei waren über den Abend fünf Weizen zusammengekommen. Und das lag deutlich über seinem Limit.

Nun klammerte er sich an seiner Kaffeetasse fest, verhielt sich ruhig und ließ die von Kommissariatsleiter Barsch vorgetragene Morgenlage über sich ergehen. Helmuth dagegen schien ausgeschlafen und war ekelhaft gut gelaunt. Er war es auch, der der versammelten Mannschaft von Elfriede Zauners Nebenverdienst berichtete. Vom verschämten Lächeln über zotige Sprüche bis zum entsetzten Unverständnis war im Anschluss alles dabei. Nur einen konkreten Ermittlungsansatz erkannten auch die Kollegen nicht.

»Frag's halt«, war Barschs fachkundiger Vorschlag.

Dem Vorschlag folgte Charly gern. Es war ein herrlicher Morgen, und Ermittlungen im Außendienst wären in seinem Zustand hundertmal besser, als im Büro vor dem Monitor zu sitzen. Zuvor wollte er aber den Beschluss für die Telefondaten des Doktors beantragen.

»Was? Kann man damit Geld verdienen?«, fragte Frau Gambrini-Steinmetz überrascht und mit hörbarem Interesse. »Nein, Spaß beiseite«, schob sie hinterher, »natürlich kümmere ich mich um den Beschluss. Sie fahren inzwischen zur Zauner, ham S' gsagt? Melden Sie sich. Das interessiert mich auch, was die dazu sagt.«

Frau Zauner sagte zunächst gar nichts dazu, denn sie war nicht zu Hause. Alles Klingeln und Klopfen half nichts. In der Wohnung blieb es still. Zum Glück lehnte der Wachposten im Feinripp-Unterhemd wieder in seinem Fenster. Er grüßte mürrisch zurück und musterte Charly und Helmuth misstrauisch.

»Sie warn schon mal da. Der ned.« Er deutete auf Helmuth.

Charly holte seinen Dienstausweis hervor und streckte ihn dem Aufpasser so weit wie möglich entgegen. »Des is mei Kollege. Mir san von der Polizei. Wissen S' jetz, wo die Zauner is, oder ned?«

»Die is heut schon früh ausm Haus«, bequemte sich der Wachposten mitzuteilen. »Richtig rausputzt wars. Mit Handtascherl und einem kleinen Koffer.« Wo sie allerdings hinwollte, wusste er nicht.

Ihr nächster Weg führte sie ins Erlebnisbad Wonnemar. Elfriede Zauners Abreise mit einem kleinen Koffer deutete auf einen Wochenendausflug hin, hatte Charly geschlussfolgert. Er erinnerte sich an ihr Alibi im Fall Böhnert, als sie angegeben hatte, am Samstagabend im Wonnemar geputzt zu haben. Also würde sie sich vermutlich bei ihrem Arbeitgeber abmelden, wenn sie übers Wochenende nicht da war.

Nachdem eine der jungen Angestellten im Computer nachgesehen hatte, bekamen sie tatsächlich die Auskunft, dass die Zauner sich für Freitag, Samstag und Sonntag abgemeldet hatte.

»Die kann ja überall sein.« Charly realisierte, dass die Befragung von Frau Zauner zunächst nicht stattfinden würde.

»Spätestens am Montag is ja scheinbar wieder da«, bemerkte Helmuth.

Auch wenn sie sehr gespannt waren, was Frau Zauner zu ihrer Nebentätigkeit bei Doktor Talhoff sagen würde, war es doch in den Fall an sich noch nicht recht einzuordnen. Ein delikates Detail, das vielleicht gar nichts bedeutete.

Also verschwendeten sie keine weitere Energie auf die Suche nach der Putzfrau, sondern nutzten den Vormittag, um die ausstehenden Adressen von den Telefonbuchfetzen und Notizzetteln abzuklappern. Sie konnten auch alle Personen erreichen. Leider ergaben sich keine Hinweise auf eine Verbindung zu Strohmeier oder Böhnert. Aber immerhin war dieser Ermittlungsschritt damit abgearbeitet.

Gegen Mittag hatte sich Charlys Magen so weit beruhigt, dass er schon wieder Hunger hatte. Allerdings lehnte Helmuth den Vorschlag ab, Döner zu essen. Er würde heute Nachmittag mit Yvonne noch für die morgige Hochzeit shoppen und danach am Abend im Steakhaus essen. Charly wusste zwar nicht, was bei ihm heute noch auf dem Speiseplan stand, aber er beneidete Helmuth.

Es blieb mittags bei einem kleinen Salat aus dem Supermarkt und einem Apfel. Gerade hatten sie ihr üppiges Mahl beendet, als Helmuth einen Anruf erhielt. Die Auskunft zu den Verbindungsdaten von Doktor Talhoff hätte üblicherweise vier bis sechs Tage gedauert. Allerdings hatte Helmuth einen Kumpel bei der Telekom. Nachdem der Beschluss vom Amtsgericht heute Morgen ausgefertigt worden war, hatte Helmuth diesen Bekannten direkt angerufen. Und der Verbindungsmann lieferte prompt.

Helmuth hörte zu und notierte sich Einzelheiten auf einer Serviette. Er lauschte und staunte, konnte es nicht glauben, fragte nach und schrieb auf. Danach bedankte er sich überschwänglich, versicherte dem Telekom-Mann, dass er der Beste sei und dass er was gut habe, und verabschiedete sich.

»Tja«, begann er und betrachtete die Serviette vor sich. »Doktor Talhoff hat letzten Samstag um 17:15 Uhr einen Anruf aus der Nähe von Stuttgart erhalten. Gesprächsdauer knappe dreißig Minuten.«

»Der wird's wohl nicht gewesen sein«, kommentierte Charly.

»Der nächste Anruf kam um 20:55 Uhr, von einer Ingolstädter Nummer. Dauer des Gesprächs: 45 Sekunden. Danach kam die ganze Nacht kein Anruf mehr rein.«

»Und? Die Nummer?«

»Die Nummer gehört zu einer Telefonzelle in der Ludwigsstraße, Fußgängerzone.«

»Telefonzelle? Gibt's die noch?« Charly kam ein Einsatz vor Jahren in den Sinn, als sie nächtelang Telefonzellen im Umkreis von 20 Kilometern observiert hatten, weil davon auszugehen war, dass ein Erpresser Kontakt mit seinem Opfer aufnehmen würde. Damals gab es noch keine Handys. Mein Gott, bin ich alt.

»Und jetzt wird's illegal«, flüsterte Helmuth verschwörerisch. »Mein Kumpel bei der Telekom, der Theo, wollt nämlich früher mal zur Kripo. Sie haben ihn aber nicht genommen. Er is halt ein kleiner Ermittler. Und er hat sich gedacht, uns interessiert vielleicht, wer von dieser Telefonzelle dann noch angerufen wurde.«

»Des is von dem Beschluss aber nicht gedeckt«, gab Charly zu bedenken.

»Eben, sag ich ja. Aber jetzt pass auf. Fünf Minuten später is von diesem Apparat, den sonst den ganzen Tag niemand benutzt hat, eine andere Ingolstädter Nummer angerufen worden.« Er ließ eine künstlerische Pause folgen. »Die von der Zauner.«

»Zefix!« Charly war wirklich überrascht. »Du meinst quasi ...«

Helmuth unterbrach ihn. »Vorsicht, wir wissen nicht, wer der Anrufer war. Und die zweite Info dürfen wir eigentlich gar nicht haben.«

»Trotzdem, der Böhnert reißt im *Donau-Stüberl* die Seite aus dem Telefonbuch, geht vor in die Fußgängerzone und ruft den Doktor Talhoff an. Er erfährt, dass die Zauner immer noch beim Doktor putzt, und ruft dann die Zauner selber an. Und am nächsten Morgen schwimmt er tot in der Donau.« Nachdenklich goss Charly sich und Helmuth eine Tasse Kaffee ein. »Vielleicht sollt ma doch die Zauner suchen.«

»Die finden wir heut nimmer. Wie schon gsagt: die kann überall sein. Und morgen auch ned, denn morgen is da Sandra ihr Hochzeit, und sonst gar nix.« Er nahm einen Schluck Kaffee. »Und darum trink ich jetzt aus und geh dann zum Einkaufen.«

Eine Viertelstunde später räumte er seine Tasse in den Spüler und verabschiedete sich.

Charly telefonierte mit Frau Gambrini-Steinmetz. Jemand musste einen ordentlichen Beschluss für die Daten aus der Telefonzelle beantragen, um dann die Erkenntnis, die sie ja schon hatten, offiziell verwenden zu können. Die Staatsanwältin gab ihm recht, würde aber heute nicht mehr dazu kommen, weil ein Kurzurlaub geplant war und ihr Mann schon im beladenen Auto auf sie wartete. Also setzte Charly sich vor seinen PC und zimmerte einen Zwischenbericht mit Beschlussantrag, der am Montag regulär über die Staatsanwaltschaft ans Gericht gehen sollte. Außer der Ungeduld der Ermittler war ja in der Sache kein Grund zur Eile erkennbar. Was jedoch sofort gemacht werden musste, war die Spurensicherung an der Telefonzelle. Die Kollegen vom Erkennungsdienst waren sichtlich erfreut, als Charly am Freitagnachmittag um halb drei sein Anliegen vorbrachte.

Da es ihm widerstrebte, die Spurensicherung rauszuschicken und selbst einfach nach Hause zu gehen, setzte er sich an seinen Schreibtisch und dachte über den Fall nach. Wie passte das alles zusammen? Böhnert wusste von der Putzstelle. Wusste er vom Nacktputzen? Machte das die Zauner erpressbar? Sie war in keinem öffentlichen Amt, keine kirchliche Würdenträgerin. Wen interessiert's, ob eine alleinstehende Frau sich ein bisschen was nebenbei verdient? Hatte Böhnert ein sexuelles Motiv für seinen Anruf? Der Anruf von der Telefonzelle aus zur Zauner hatte gegen 21:00 Uhr stattgefunden. Sie war aber bis um zehn im Wonnemar, hatte sie angegeben. Wenn das stimmte, konnte er sie gar nicht erreicht haben. Die Gesprächsdauer hatte Theo, der Telekomermittler, leider nicht überprüft oder zumindest nicht mitgeteilt. Fragen über Fragen. Und nur Elfriede Zauner konnte sie beantworten. Doch Helmuth hatte recht: Sie war heute und wahrscheinlich übers Wochenende für die Polizei nicht zu erreichen. Durch ihr Leben ohne Angehörige, ohne Auto, ohne Handy oder sonst irgendwas Digitales entzog sie sich allen Fahndungsansätzen. Falls der Sachverhalt zum jetzigen Zeitpunkt überhaupt eine Fahndung zuließ. Die Zauner war immer noch Zeugin. Es waren lediglich ein paar Fragen offen.

Eine der Fragen, die ihm beim Nachdenken in den Sinn kamen, konnte er gleich selbst abklären. Er nahm sich von Bernd Fischers Schreibtisch den Absperrschlüssel, den die Taucher aus der Donau gefischt hatten, und fuhr damit zum Wonnemar. Der Schlüssel war nicht besonders gekennzeichnet, nicht speziell lackiert, trug keine Gravur und keine Nummer. Von einem der Bademeister erhielt er die Auskunft, dass solche Schlüssel natürlich im Wonnemar Verwendung fanden und in der ganzen Therme verteilt waren. Es mussten knapp hundert Schlüssel sein, die in Nischen, Schächten und hinter Stahltüren ihren Platz hatten. Die alle zu überprüfen, könne einen ganzen Tag dauern und wäre jetzt und am Wochenende sowieso nicht machbar.

Nach einer halben Stunde saß Charly wieder in seinem Büro und war keinen Schritt weiter.

Doch Helmuth hatte auch noch mit einem zweiten Punkt recht: der morgige Samstag gehörte voll und ganz Sandra und ihrer Hochzeit. Das waren sie der Kollegin schuldig. Also konnte man frühestens am Sonntag an weitere geeignete Maßnahmen denken. Wie auch immer die dann aussehen würden.

Die Kollegen vom Erkennungsdienst kamen zurück und informierten Charly, dass sie am Telefonhörer zahlreiche Finger- und Handflächenspuren gesichert hätten. Die Auswertung beziehungsweise der Vergleich mit verfahrensbeteiligten Personen musste allerdings beim LKA durchgeführt werden und würde daher noch einige Zeit in Anspruch nehmen.

Um halb fünf schaltete Charly seinen Computer aus und machte ebenfalls Feierabend.

Schon auf der Heimfahrt befasste er sich gedanklich mit Julias Berufswahl. Er würde heute noch mal mit allen Mitteln versuchen, ihr das Ganze auszureden. Wenn aber alles nichts half, dann wollte er doch seinen Segen erteilen. Schließlich sollte seine Tochter nach ihrer Fasson glücklich werden und nicht mit einem schlechten Gewissen ins Berufsleben starten. Letztendlich hatte er Julia mit seiner Kollegin Sandra verglichen. Sandra war ein paar Jahre älter, aber im Grunde waren sie beide der gleiche Typ. Und Sandra hatte auch einen Vater, der wahrscheinlich übelste Bilder vor dem geistigen Auge hatte, als sie ihn wissen ließ, dass sie zur Polizei gehen würde. Trotzdem hatte sie ihren Weg gemacht. Und soweit Charly das beurteilen konnte, ging Sandra in ihrem Beruf voll auf und war zufrieden. Zumindest wirkte sie nicht unzufriedener als andere Mädels, die in Büros, Agenturen oder Studios arbeiteten.

Während Petra den Tisch deckte, ging Charly seine Argumentationskette ein weiteres Mal durch. Er hatte alle Ereignisse des letzten Jahres im Kopf, bei denen Kollegen verletzt worden waren. Er kannte die Sachverhalte unzähliger Vorgänge, die wegen Widerstandes, Beleidigung oder sexueller Übergriffe gegen Polizistinnen der Staatsanwaltschaft vorgelegt worden waren. Er konnte die Einsätze beim Fußball oder bei anderen Veranstaltungen aufzählen, bei denen es zu Angriffen gegen die eingesetzten Beamten gekommen war. Er wusste sogar die Namen einiger ehemaliger Kolleginnen, die hingeworfen hatten, weil sie mit den Belastungen nicht fertig geworden waren. Auf jedes Gegenargument war er gefasst. Und wenn sich Julia von seiner logischen Beweisführung wirklich nicht überzeugen ließ, dann sollte sie in Gottes Namen ihren Willen bekommen.

Das Gespräch während der Brotzeit plätscherte zunächst so dahin. Charly hielt sich zurück. Die lockere Atmosphäre konnte nur förderlich sein, wenn er jetzt dann das ernste Thema anschnitt. Konnte durchaus sein, dass Julia genervt und beleidigt den Tisch und das Gespräch verlassen würde. Er war noch unschlüssig, ob er es so weit kommen lassen sollte, ob er die Eskalation herbeiführen sollte, bevor er schließlich einlenkte.

»Du, Julia«, begann er im pädagogisch wertvollen Ton, »jetzt noch mal zu deiner Bewerbung bei der Polizei.« Er wollte gerade zur Ausführung von Punkt eins der Argumentationskette ansetzen, da funkte ihm Julia dazwischen.

»Is erledigt, Paps, keine Sorge.« Unbekümmert schob sie sich den letzten Bissen in den Mund. Und während sie ihren Teller zur Spüle trug, erklärte sie: »Ich geh ned zur Polizei. Ich war heut bei der Kathi. Der ihr große Schwester is bei euch. Da hab ich mal so eine neue blaue Uniformhose probiert. Die kratzen ja furchtbar. Das halt ich ned aus.«

Charly stand der Mund offen.

»Ich glaub, ich werd Bankkauffrau. Und dann studier ich bis zum Master. Macht die Schwester von der Michi auch. Ist ein toller Job.« Sie sah auf die Uhr. »Aber jetzt muss ich los. Ciao!« Damit schlüpfte sie durch die Küchentür und weg war sie.

Charly sah Petra an. Ihm fehlten im Moment die Worte.

Ludwig hingegen ließ sich zwischen zwei Wurstbrotbissen zu dem Kommentar »Die ganze Aufregung umsonst« hinreißen.

»Die Hose kratzt?«, stammelte Charly ungläubig.

Petra tätschelte seine Hand. »Sie war heut wirklich bei der Kathi und ihrer Schwester. Die hat ihr anscheinend eine Stunde lang von Leichen erzählt, mit denen sie schon zu tun hatte. Mit Verkehrsunfällen, mit Vermissten, die man irgendwann gefunden hat, mit Alkis, die tagelang in ihrer vermüllten Wohnung lagen. Das war ihr vermutlich zu viel.« Sie aß weiter. »Die Hose kratzt wirklich, sagts. Aber das ist halt nur der offizielle Vorwand.«

Das Aufstehen am Samstagmorgen fiel ihm leicht. Er freute sich auf die bevorstehende Hochzeitsfeier. Er war nicht der Vater von Braut oder Bräutigam, hatte keinerlei Verpflichtungen, musste keine Rede halten, konnte also kurzum den ganzen Tag unbeschwert genießen. Die Kleiderfrage war dank Petras Weitsicht schon seit Tagen geklärt. Der schwarze Anzug passte noch, wenn er auch nicht mehr ganz so locker saß wie beim letzten Mal. Ein ordentliches weißes Hemd mit Satineinsätzen fand sich im Schrank. Nur eine Krawatte, die nicht aussah wie eine Tapete aus den Siebzigern, hatten sie besorgen müssen. Und neue Schuhe. Schwarze Lackschuhe, die sich bei den zehn Schritten auf und ab im Laden ganz bequem angefühlt hatten. Zufällig hatte Petra in dem Schuhgeschäft dunkelrote Pumps entdeckt, die dann auch noch ganz wunderbar passten. Allerdings war Petra der Meinung, dass diese Schuhe nach einem schwarzen Rock in einer ganz bestimmten Länge verlangten, den sie bis dahin nicht besaß. Das passende Teil war bald gefunden. Ein wenig länger hatte die Suche nach einer Bluse in dem einzig passenden Rot gedauert. Aber zum Glück gab es genügend kleine Boutiquen in der Innenstadt. Nur ein Bolero, der die Kombination hervorragend ergänzen würde, war in der Fußgängerzone nicht aufzutreiben gewesen. Aber Petra sah von dort aus – oder wusste –, dass draußen im Westpark genau das entsprechende Kleidungsstück auf sie wartete. Und wenn sie dann schon mal in der Einkaufsmall waren, könnte sie sich gleich nach einer Handtasche umsehen, die ihre Erscheinung optimal abrunden würde. Als sie nach einer Ewigkeit wieder nach Hause gekommen waren und Julia sie gefragt hatte, wo sie so lange gewesen seien, hatte es geheißen: »Wir haben Schuhe und eine Krawatte für Papa gekauft.«

Das Weißwurstessen fand im Biergarten des *Mooshäusls* statt, eine urige Wirtschaft inmitten einer Kleingartenanlage. Die Sonne strahlte von einem makellos blauen Himmel. Im Schatten der mächtigen Kastanien stimmte sich die Hochzeitsgesellschaft plaudernd und scherzend auf das bevorstehende Ereignis ein. Konrad, der Erbsenzähler, beurteilte die Weißwürste anhand der LKA-Checkliste und versuchte die Metzgerei zu identifizieren, aus der sie stammten. Kommissariatsleiter Barsch bestellte sich zur zweiten Weißen das zweite Weizen. Kriminaloberrat Zwerglein war ein wenig zu spät erschienen, als der »Kollegentisch« schon voll war. Darum saß er nun mit der Vorzimmerdame des Präsidenten am Tisch daneben, zusammen mit Bärlis Uniprofessoren, und führte anscheinend anspruchsvolle Gespräche. Margot hatte die Hoheit über die Würste, die Brezen und den Senf. Sie teilte aus und kümmerte sich um Nachschub. Und das nicht nur am Tisch der Kollegen, sondern auch bei den Professoren.

Helmuth trug einen Anzug, den Charly schon von einigen Beerdigungen pensionierter Kollegen kannte. Die Krawatte schien neu zu sein. Seine Yvonne glänzte in einem gelben Kleidchen, passenden Schuhen, einem zarten Jäckchen und einer süßen Handtasche.

Mit Spannung warteten alle auf das Brautpaar, das nach dem Standesamt noch mit dem Fotografen irgendwo in der Stadt unterwegs war. Irgendwann erzählte Helmuth schließlich von Yvonnes Einkaufsodyssee, Barsch genoss die vierte Weiße und das dritte Weißbier, Konrad erstellte eine Checkliste für Bier auf einer Serviette, und Zwerglein referierte über internationale Verflechtungen der Kriminellen und seine persönlichen Möglichkeiten zu deren Bekämpfung. Keiner sprach über den aktuellen Fall, und das war richtig entspannend, dachte Charly.

Dann knirschte ein schwarzer A8 durch den Kies vor dem Biergarten. Gleich darauf stieg Sandra aus dem Fond. Ihr weißes Kleid strahlte im Sonnenlicht, und ihr hübsches Gesicht strahlte nicht weniger. Ihr Bärli trat neben sie. Er trug eine graue Hose und einen schwarzen Frack und sah mit seiner dunkelblonden Lockenmähne aus wie der junge Mozart in seinen wildesten Jahren. Das junge Paar im hellen Glanz war ein traumhafter Anblick und spontan brandete Applaus auf unter den Gästen. An den zwei Tischen, an denen Bärlis Kommilitonen saßen, wurde eine La Ola initiiert, und die Professoren stiegen sofort drauf ein.

Glücklich klatschte Sandra in die Hände. »Auf geht's, wir müssen zur Kirch.«

Das Bemerkenswerteste am Gottesdienst war Barsch, der sich mitten in der Zeremonie an den anderen vorbei aus seiner Bank quetschte und schnellen Schritts durchs Portal nach draußen verschwand. Und natürlich die Predigt, in der der katholische Priester Ratschläge für eine gute Ehe gab. Als ob ein Blinder von Farben erzählte.

Bärlis »Ja, ich will« klang ein wenig verloren, während Sandra laut und deutlich antwortete. Es hörte sich bei ihr mehr an wie: »Halt, Polizei, Waffe weg!« Sandra zuckte zusammen und lachte dann verschämt in ihren Brautstrauß, als sie hörte, wie ihre eigene Stimme durch das weite Kirchenschiff hallte.

Der Gratulationsreigen fand auf dem Platz vor der Kirche statt. Und als der Mesner zur Feier des Tages die Glocken läutete, dachte Charly an Frau Zwingerl, die ihm das Geläut des Münsters erklärt hatte.

Im Saal der Gaststätte, in der die eigentliche Feier stattfand, zauberten Sandra und Bärli einen wunderbaren Brautwalzer aufs Parkett. Im Anschluss zeigten die meisten der Männer guten Willen und führten vor dem Kaffee ihre Damen zum Tanz. Zu diesem Zeitpunkt spürte Charly zum ersten Mal ein unangenehmes Reiben oberhalb der rechten Ferse. Vielleicht hätte er beim Kauf der Schuhe doch mehr als zehn Schritte probieren sollen.

Die drei Tänze stand er heroisch durch, dann wurde ohnehin Kaffee serviert und ein riesiges Kuchenbuffet aufgefahren, das von einer filigran verzierten, dreistöckigen Torte beherrscht wurde. Nach dem Kaffee bat die Kapelle wieder zum Tanz. Charly wollte Petra nicht enttäuschen. Eine Runde würde schon noch gehen. Die darauffolgende Runde begann jedoch mit einem von Petras hundert Lieblingsliedern, und ohne ihn zu fragen, zog sie ihn erneut auf die Tanzfläche. Er hatte noch nichts von seiner Ferse gesagt, denn Petra tanzte so gern. Offenbar konnte er seine Schmerzen bis jetzt gut verbergen, sonst hätte seine Frau natürlich Rücksicht genommen. Nach zwei weiteren Tanzrunden bestellte er sich ein frisches Weizen und begann ein belangloses Gespräch mit Helmuth. Er hoffte, sich so eine Tanzpause zu ergaunern.

Das Fehlen der Braut rettete ihn zunächst vor weiteren Opfertänzen. Zum Brautstehlen ging es hinunter in den Keller, und dort heizte die Band so richtig ein. Unzählige Flaschen Wein wurden geleert, während bekannte Volks- und Stimmungslieder mehr oder weniger melodisch intoniert wurden. Charly wusste am Schluss nicht, wie viel Wein er getrunken hatte. Auf jeden Fall hatte er den Eindruck, es reicht. Einer Stimme in seinem rechten Ohr folgend würde er ab jetzt nur noch Wasser trinken.

Im Saal war fürs Abendessen bereits gedeckt. Die Karte versprach Hochzeitssuppe, danach Kalbs-, Schweine- und Rinderbraten, dunkle, helle und Champignonrahmsoße, dazu Kartoffel- und Semmelknödel, Spätzle und Kartoffeltaler. Als die Bedienung nach seinem Getränkewunsch fragte, flüsterte jemand in sein linkes Ohr, er könne dazu ja wohl kein Wasser trinken. Er bestellte ein Weizen, womit der Bann für den Abend gebrochen war.

Nach dem Essen, und nach einem weiteren Weizen, wollte Petra wieder tanzen. Sich jetzt auf die neuen Schuhe herauszureden, kam ihm schäbig vor. Er würde diese Runde noch durchstehen und dann seiner Frau seine Qualen beichten. Doch als die Kapelle wieder aufspielte, führte KOR Zwerglein Petra aufs Parkett. Charly blieb nichts anderes übrig, als anstandshalber die präsidiale Vorzimmerdame zum Tanz zu führen. Danach wollte einer der Professoren mit Frau Valentin tanzen, und Charly ergab sich der Professorengattin. Ihm war es mittlerweile egal. Er fühlte keinen Schmerz mehr an der Ferse, sondern nur noch eine feuchtwarme Stelle. Irgendwann wies Petra ihren Schorschi darauf hin, dass Margot ganz einsam dasitze und bestimmt auch gern mal tanzen würde. Also tanzte Charly mit Margot. Er tanzte auch noch mit Yvonne, und als die Musiker eine Runde Damenwahl ankündigten, holte ihn Sandra.

Charly hatte den Eindruck, er konnte gar nicht so viel Weißbier trinken, wie er beim Tanzen rausschwitzte und zur Schmerzbehandlung brauchte.

Am Sonntag war an eine Ermittlungstätigkeit überhaupt nicht zu denken, bei Charly nicht und bei Helmuth mit Sicherheit schon gleich zweimal nicht. Charly und Petra waren gegen drei Uhr von der Hochzeit nach Hause gekommen. »Schön war's«, hatte Petra noch festgestellt, während Charly seine neuen Schuhe und den blutigen Socken ausgezogen hatte. Er hatte sich ins Bett fallen lassen und geschlafen, bevor sein Kopf das Kissen berührte.

Petra war um neun aus dem Bett gesprungen, Charly kroch ihr zweieinhalb Stunden später hinterher. Ich bin echt schon zu alt für so was, schoss es ihm durch den hämmernden Kopf. Über der rechten Ferse nässte eine fünfmarkstückgroße, fleischige Stelle, die ihn daran hinderte, sich Socken, geschweige denn Schuhe anzuziehen. Er würde diesen Sonntag mit hochgelagerten Füßen auf der Couch verbringen und sich so wenig wie möglich bewegen.

Bis auf den Wein beim Brautstehlen hatte Charly sich gestern auf Weißbier beschränkt. Bei Helmuth war es anders gelaufen. Der Kollege hatte im Laufe der Feier in einem von Sandras Onkeln aus dem Bayerischen Wald einen Seelenverwandten entdeckt und mit ihm zusammen Bier, Wein und Schnaps kreuz und quer und in Mengen, die das therapeutische Maß bei Weitem überstiegen, konsumiert. Helmuth musste heute fürchterlich beieinander sein. Wenigstens liegt es nicht an mir allein, dass wir diesen Sonntag einen Ruhetag einlegen, stellte Charly zufrieden fest, bevor er sich der Kanapeelehne zuwandte.

Neunzehn Montagvormittag

Am Montagmorgen strahlte Sandra mit der Sonne um die Wette. Charly tippte dabei auf ein gerechtes Unentschieden: Die Sonne stand zwar wunderbar hell am wolkenlosen Himmel, Sandra sah aber auch sehr, sehr glücklich aus. Die Kollegin hätte nach ihrer Hochzeit eigentlich freigehabt, jedoch hatte ihr Bärli in der Uni noch was zu erledigen, und der Flug nach Mauritius ging erst am Freitag. Also hatte sie die Neugier, die sie dienstliches Interesse nannte, zur Dienststelle getrieben. Bei einer Tasse Kaffee berichteten Charly und Helmuth von den letzten Feststellungen und den neuesten Entwicklungen.

»Und stell dir vor, unsere Frau Zauner, die Unschuldige, hat noch einen Nebenjob. Sie geht putzen.« Helmuth begann zu grinsen. »Nackt putzen! Kannst du dir das vorstellen?«

Sandra sah ihn mit großen Augen an. Vermutlich wollte sie es sich gar nicht vorstellen. »Aber ned im Wonnemar, oder?«

»Schmarrn«, mischte sich Charly amüsiert ein, während er mit dem Löffel in seiner Tasse klimperte. »Bei so einem alten Tatterer, Doktor Dingsbums im Ruhestand.«

»Talhoff«, ergänzte Helmuth.

Sandra verschluckte sich am Kaffee und musste husten. »Doktor Talhoff in Mailing? Ach, du meine Güte! Der is ja wirklich schon uralt.« Wehmütig betrachtete sie ihre Tasse, die sie mit beiden Händen umklammerte. »Bei dem war mei Oma in Behandlung.« Sandras Oma, der Grund, warum es sie vom Bayerischen Wald nach Ingolstadt verschlagen hatte, war inzwischen gestorben, was Sandra sehr nahe gegangen war. »Der praktiziert doch wirklich schon eine Ewigkeit nicht mehr.« Sie stellte die Tasse ab und lächelte melancholisch. »Als der noch Patienten hatte, is unser Pento-Zeugs noch als Schlafmittel verschrieben worden.«

Charlys Klimpern erstarb. Verwirrt starrte er Sandra an und nach einigen zähen Sekunden nachdenklicher Stille raunte er: »Pentobarbital!« Kurz darauf schüttelte er den Kopf. »Nein, das muss jetzt gar nichts bedeuten. Wär wirklich weit hergeholt, total hypothetisch.« Nachdenklich begann er erneut, in seinem Kaffee herumzurühren. »Aber wir können ja vorsichtshalber Mediziner im Ruhestand zu Tierärzten und zur Schweiz als mögliche Quellen für Pentobarbital dazurechnen.«

Während sie noch einige Zeit die möglichen Zusammenhänge zwischen Talhoff, Zauner, Strohmeier und Böhnert diskutierten, erschien Margot, um sich einen Kaffee zu holen. Sie war überrascht, Sandra zu sehen. »Du hier? Du hättst doch frei.« Nach Sandras Erklärung schien sie zufrieden und verlieh überschwänglich ihrer ehrlichen Freude Ausdruck. »Es war so eine schöne Hochzeit. Hat alles wunderbar gepasst, so harmonisch. Und nix so Überkandideltes, so neumodischer Kokolores. Ich hab mich sehr amüsiert. Hab sogar getanzt, gell Charly.«

Ihm galt ein verschwörerischer Blick aus Margots lachenden Augen. Charly hingegen kam schmerzhaft seine offene Ferse in Erinnerung.

»Ach, und ihr zwei wart so ein tolles Paar«, fuhr Margot hellauf begeistert fort. »Habt beide so glücklich ausgschaut.« Margot war den Freudentränen nah. »Ich wünsch euch noch mal alles Gute für die Zukunft. So ein junges Glück, und wie ihr zwei zusammenpasst, des is ja quasi wie ein Sechser im Lotto.«

Sandra hauchte mit geröteten Bäckchen ein »Dankeschön«. Helmuth lächelte zufrieden vor sich hin. Er dachte vielleicht an seinen Gewinnanteil, der abzüglich des Ordnungsgeldes immer noch für ein schönes, verlängertes Wellnesswochenende reichen würde. Nur in Charlys Gehirn erzeugte Margots Gebrabbel eine Reaktion, die er nicht einordnen konnte. Es fühlte sich an, als hätte er irgendwas übersehen, ein Detail nicht wahrgenommen oder nicht richtig bewertet. Charly beschlich in letzter Zeit, seit er realisiert hatte, dass er unbarmherzig auf die fünfzig zuging, dieses Gefühl der umherirrenden Gedanken immer wieder mal. Meist ging es da um vergessene Termine, Namen oder Arbeiten, und die Gedanken ordneten sich nach kurzer Zeit dann doch wieder ein, fanden Anschluss an die richtigen Gehirnzellen oder verflüchtigten sich. Aber das hier fühlte sich anders an. Er wusste gar nicht, worüber er eigentlich nachdachte. Was hatte Margot …?

Charly schlug sich an die Stirn: Lotto! Er erinnerte sich an sein Zusammentreffen mit Strohmeier am Wochenende vor dessen Tod. Strohmeier hatte, so wie Charly, einen Lottoschein abgegeben. Und Strohmeier hatte genau wie Charly eine Lottokundenkarte besessen.

Er sprang auf und rannte auf seinem Weg nach draußen beinah den Kommissariatsleiter um.

Als Sandra und Helmuth kurz nach ihm ins Büro des Erkennungsdienstes kamen, wühlte Charly bereits in den Klarsichtbeuteln, in denen sich die Asservate befanden, die bei Strohmeier und in seiner Wohnung sichergestellt worden waren.

»Nix«, stellte er fest, nachdem er die letzte Tüte durchsucht hatte.

»Hab ich doch gsagt.« Bernd Fischer klang ein wenig beleidigt, schien aber irgendwie zufrieden, dass er doch recht behalten hatte. »Und wenn du's mir jetzt noch erklären würdest, könnt ich dir vielleicht weiterhelfen.«

Auch Sandra und Helmuth fixierten Charly neugierig.

»Es ist keine Lottokarte da. Und die Spielquittung auch nicht.«

Die Blicke der Kollegen zeigten, dass sie immer noch auf eine schlüssige Erklärung warteten.

»Ich hab euch doch erzählt, dass ich den Strohmeier an dem Wochenende vor seinem Tod getroffen hab«, erklärte Charly. »Und zwar am Freitag beim Lottospielen. Er hatte eine Kundenkarte und hat gespielt. Und auch wenn er den Spielschein weggeworfen hat, weil nix drauf war, dann müsst ja wenigstens die Karte da sein.«

Sandra und Helmuth nickten verständig.

»Is aber ned«, stellte Fischer noch mal fest.

Charly erinnerte sich: »Er würd auch mit ein paar Mitarbeitern zusammen spielen, hat der Strohmeier erzählt.«

»Er hat ja anscheinend bloß zwei Mitarbeiter ghabt«, warf Sandra ein.

»Und der Böhnert is selber tot«, ergänzte Helmuth.

Charly hatte schon den Telefonhörer in der Hand. »Dann sollten wir vielleicht den Strobl fragen.«

Die Dame von der Stadtverwaltung überlegte kurz. Charly hörte ein paar Klicks am anderen Ende der Leitung. Dann verkündete sie, dass Strobl im Augenblick eine Touristengruppe durchs Neue Schloss begleite. Die Führung habe gerade begonnen und würde etwa eine Stunde dauern. Auf die Frage, ob sie Strobls Handynummer hätte, lachte sie. Strobl besitze kein Handy. Wenn Charly ihn sprechen wolle, müsse er ihn schon besuchen.

Charly und Helmuth erreichten das Neue Schloss zu Fuß in zehn Minuten. Als sie den Schlosshof durch das Portal mit dem Uhrenturm betraten, wies sie ein großes Plakat auf eine Sonderausstellung zum Dreißigjährigen Krieg hin. Strobl fanden sie in einem der Gewölbezimmer im Erdgeschoss. Er stand vor einer schlitzäugigen Besuchergruppe – die Frauen mit Strohhüten, die Männer mit Baseballmützen – und referierte über ein ausgestopftes Pferd hinter sich. »Das ist der sogenannte Schwedenschimmel, der extra für die Ausstellung vom Stadtmuseum hierhergebracht wurde. Es handelt sich um die älteste Tierpräparation Europas, aus dem Jahre 1632. Der Schimmel war das Reitpferd des schwedischen Königs Gustav Adolf des Zweiten. Während die Schweden im Dreißigjährigen Krieg die Stadt Ingolstadt belagerten, wollte der Feldherr eines Morgens das Gelände erkunden und ritt auf die Stadt zu. Da hat, so erzählt man sich, ein junger Kanonier mit einem gezielten Schuss dem Schwedenkönig seinen Schimmel unter dem Hintern weggeschossen. Der König wurde verletzt, und kurz darauf haben die Schweden die Belagerung Ingolstadts aufgegeben und sind weitergezogen.« Strobl nickte einem kleinen Asiaten neben sich zu, woraufhin der Mann die Ausführung, begleitet von großen Gesten, in einen unverständlichen Singsang übersetzte.

Der Fremdenführer hatte Charly erkannt und kam zu den Ermittlern herüber, während der Übersetzer offenbar den Kanonendonner der Belagerung intonierte.

Ohne lange Vorreden kam Charly nach der Begrüßung zum Kern: »Ham Sie gemeinsam mit dem Strohmeier Lotto gespielt?«

»Ich glaub schon«, antwortete Strobl mit einem schiefen Lächeln. »Ab und zu, alle paar Wochen, hat er mal ein paar Euro für den Einsatz von mir bekommen.« Der Rentner kratzte sich am Ohr. »Ich weiß aber nicht, ob er wirklich gespielt hat. Einen Gewinn hab ich jedenfalls nie gesehen.« Er breitete beide Arme aus. »Und Sie haben ihn ja gekannt. Ich bin mir nicht sicher, ob ich es erfahren hätt, wenn's einen größeren Gewinn gegeben hätte.«

»Wissen Sie, was für Zahlen der Strohmeier getippt hat? Waren das immer dieselben?«

»Keine Ahnung. Wie gsagt, ich hab nie einen Schein oder irgendwas gesehen.«

Hinter Strobl schlug sich der Dolmetscher unterm Quasseln aufs Gesäß und die Gruppe lachte schallend. Gleich darauf wedelte er mit den Armen, als würde er einen lästigen Mückenschwarm vertreiben.

Sie wollten Strobl nicht länger als nötig aufhalten und verabschiedeten sich. Der Fremdenführer wandte sich wieder der Gruppe zu. »Jetzt gehn wir raus in den Hof. Da zeig ich euch die Kanonen aus dem Dreißigjährigen Krieg.« Der Dolmetscher übersetzte wieder großräumig gestikulierend und endete mit einem lauten »Bumm«, woraufhin die Gruppe sich schnatternd in Bewegung setzte und Strobl folgte. Charly und Helmuth überholten die Schar der Strohhüte und Baseballmützen und trafen zehn Minuten später wieder auf der Dienststelle ein.

Sandra empfing sie, indem sie mit einem kleinen Zettel wedelte. »Ich hab dem Böhnert sei Zettelwirtschaft noch mal durchgschaut«, verkündete sie. »Und auf dem Fetzen da hat er sechs Zahlen notiert. Ich hab's überprüft: Es sind genau die Lottozahlen von dem Wochenende, bevor der Strohmeier dran glauben hat müssen.«

»Echt?« Auf diese dumme Frage, die nur seiner Verblüffung entsprungen war, erhielt Charly keine Antwort. Er hatte auch keine erwartet. »Und wie viel gibt's da? Cash?«

»Der Böhnert hat die Superzahl ned aufgschrieben.« Sandra hielt wieder den Zettel hoch. »Entweder hat er sie einfach ned gwusst, oder der Strohmeier hat jedes Mal einen neuen Schein ausgfüllt und die Superzahl war jede Woche eine andere.« Sie zückte ihr Handy und wischte dreimal drauf herum. »Okay, an dem Wochenende hat's keine sechs Richtigen mit Superzahl gegeben.« Sie wischte noch mal und pfiff gleich darauf durch die Zähne. »Und für die normalen sechs Richtigen hat's 1,8 Millionen Euro gegeben.«

»Baah«, machten Charly und Helmuth gleichzeitig.

Charly ließ sich auf seinen Bürostuhl fallen. »Das nenn ich mal ein Motiv.« Er überlegte. »Der Böhnert kontrolliert die Zahlen und stellt den Gewinn fest. Er geht zum Strohmeier und es kommt zum Streit.«

Helmuth widersprach. »Es schaut aber ned nach Streit aus am Tatort. Und das Pento-dings spricht auch gegen eine Tat aus einem Streit heraus.«

»Vielleicht hat's den Streit schon vorher gegeben. Gleich am Sonntag nach der Ziehung. Oder am Montag, als die Quoten bekannt wurden. Und dann hat der Böhnert den Strohmeier geplant umgebracht«, steuerte Sandra bei.

»Aber wer hat dann den Böhnert umgebracht?«

»Haben wir eigentlich den Strobl nach einem Alibi gefragt?« Charly wusste es nicht mehr.

Sandra blätterte in der Akte und fand schnell den Aktenvermerk zur Befragung des Rentners. »Nein«, stellte sie fest, nachdem sie das Schriftstück überflogen hatte. »Netter, alter Mann, damals für uns anscheinend nicht verdächtig.«

»Na ja«, Helmuth hob die Schultern, »wenn drei miteinander 1,8 Millionen gewinnen und zwei davon dann umgebracht werden ...«

Charly stimmte zu. »Aber das lässt sich ja klären. Wenn jemand des Geld haben will, dann muss er sich bei der Lottozentrale melden. Sonst wird der Gewinn einfach auf das Konto vom Strohmeier überwiesen und es kommt keiner mehr hin. Drum fehlt ja auch die Kundenkarte.«

Sandra wischte und tippte wieder auf ihrem Handy und streckte Charly gleich darauf das Display entgegen, das eine Münchener Telefonnummer zeigte. »Lottozentrale.«

Er stellte sich der Dame am anderen Ende der Leitung als Ingolstädter Kriminalbeamter vor und erläuterte in wenigen Sätzen den Hintergrund seines Anrufs.

»Und was kann ich für Sie tun?«, flötete die Lottofee.

»Wir müssen wissen, ob sich bei Ihnen schon jemand mit der Kundenkarte des Hans Strohmeier aus Ingolstadt gemeldet hat.«

Ohne eine Sekunde fürs Nachdenken zu verschwenden, spulte die Dame einen Text ab, den sie vermutlich schon x-mal aufgesagt hatte. Sie sprach von Datenschutz, davon, dass sie keine Auskunft geben dürfe, am Telefon schon gleich gar nicht, vom Schutz der Privatsphäre der Kunden, ob sie nun gewonnen haben oder nicht, wozu sie übrigens auch nichts sagen dürfe, von allgemeinen Geschäftsbedingungen, von dem Vertrauen der Tipper in die Lottogesellschaft und von den einschlägigen Gesetzen.

Als sie doch mal Luft holen musste, hakte Charly ein und erklärte erneut, dass er eben wegen genau dieser Gesetze anrufe, weil es nämlich um zweifachen Mord gehe und der vermutliche Gewinn mit hoher Wahrscheinlichkeit das Motiv sei.

Das interessierte die Dame nicht. Allerdings ließ sie sich dazu herab, Charly die einschlägige Pressemitteilung zu offenbaren, obwohl sie, wie sie mehrfach betonte, am Telefon seine Akkreditierung nicht überprüfen könne.

»Es hat sich ein Gewinner aus Oberbayern gemeldet.«

»Wann? Strohmeier selbst? Jemand aus Ingolstadt?«

»Es tut mir leid, ich habe Ihnen ja erklärt, dass ich keine weiteren Auskünfte geben darf.«

»Gut, alles klar. Dann machen wir es anders.« Verärgert und grußlos legte Charly auf.

»Eins Komma acht Millionen!« Frau Gambrini-Steinmetz pfiff leise durch die Zähne. »Sie haben recht, Herr Valentin, des ist wohl ein Motiv.« Die Staatsanwältin hatte Charlys Erklärungen staunend zur Kenntnis genommen und sagte zu, bei Gericht so schnell wie möglich einen Beschluss für die Auskunft durch die Lottozentrale zu erwirken.

Eine Stunde später konnten Charly und Helmuth die richterliche Verfügung in der Geschäftsstelle des Amtsgerichts abholen. Von dort aus fuhren sie gleich weiter nach München.

Kurz nach Mittag hatten sie sich durch den Montagsverkehr bis ins Zentrum der Landeshauptstadt gekämpft. Zweimal waren sie an dem Gebäude der Lottozentrale vorbeigefahren, bevor sie oberhalb der leeren Theresienwiese einen freien Parkplatz gefunden hatten.

Der leitende Beamte, nach dem Charly am Empfang gefragt hatte, passte optisch wie die Faust aufs Auge in die Zentrale von Lotto Bayern: er trug einen Janker mit Hirschhornknöpfen, kämmte die ergrauten Haare nach hinten und pflegte seinen grau melierten Oberlippenbart. Er gab sich freundlich und verständig, nahm den Gerichtsbeschluss interessiert zur Kenntnis und führte die Ermittler danach in einen Raum, der ebenfalls aussah wie eine Empfangshalle. Hinter einem Tresen saßen drei Männer und eine Frau vor Computern und telefonierten. Nachdem die Frau, eine dralle Endvierzigerin mit großen Kulleraugen und kurzen, kastanienroten Haaren, ihr Telefonat beendet hatte, bat sie der grauhaarige Leiter an den Tresen zu Charly und Helmuth.

»Frau Schmid, Sie haben ja heute schon wegen der Klasse zwei in der dreiundvierzig sechzehn telefoniert.« Die Kastanienrote fixierte ihren Vorgesetzten ehrfürchtig und nickte zaghaft. »Die Herren sind von der Kripo Ingolstadt. Sie haben einen richterlichen Beschluss und bekommen daher von uns jede Auskunft, die sie brauchen.« Wieder nickte der Kastanienkopf, musterte jedoch diesmal dabei die Polizeibeamten.

»Hallo, Frau Schmid«, übernahm Charly die Ansprache. »Ich frag Sie gleich noch mal: Hat sich der Gewinner dieser sechs Richtigen gemeldet?« Da die Dame informiert schien, um was es ging – die dreiundvierzigste Ziehung 2016, vermutete Charly –, wollte er sich nicht mit langen Vorreden aufhalten.

Erneut nickte Frau Schmid, begleitet von einem zaghaften, bejahenden »Mhm! War persönlich da. Am Freitag.«

Charly hatte den Eindruck, in Frau Schmids Gesicht eine Spur von Verunsicherung, vielleicht sogar Angst zu erkennen. Ihre Kulleraugen rollten zwischen den Kripoermittlern und ihrem Vorgesetzten hin und her.

»Persönlich?«, platzte Helmuth heraus. »Jetzt, letzten Freitag? War das so ein stämmiger, alter Mann? Spärliche graue Haare, Knollennase?« Er hatte die Frage herausgeschleudert, bevor Charly eingreifen konnte. Die Frage war suggestiv, und das sollte eigentlich vermieden werden.

Charly hätte lieber die verunsicherte Frau Schmid von sich aus erzählen lassen. Aber was soll's, jetzt war's raus. Gespannt warteten die drei Männer auf Frau Schmids Antwort.

Doch diesmal wurden die kastanienroten Haare geschüttelt. »Nein, seine Frau war da.«

Charly und Helmuth stand der Mund offen. Für ein paar Momente herrschte Stille im Raum.

»Sei Frau?« Helmuth war der Erste, der den Mund wieder zubekam. »Die Frau vom Strobl?«

Frau Schmid schien kurz verwirrt. »Nein, die Frau Strohmeier halt.«

»Aber der hat ...«

Charly legte Helmuth die Hand auf die Schulter und konnte ihn durch einen eindringlichen Blick davon abhalten, weiterzureden. Aufmunternd nickte er Frau Schmid zu.

»Sie war so glücklich«, begann die Lottodame tatsächlich zu berichten. »Und so unbeholfen und überfordert.« Frau Schmids Blick, der um Verständnis bat, galt ihrem Chef. Der hatte in seiner dienstlichen Laufbahn vermutlich schon viel erlebt, zog nur einen Mundwinkel nach oben und nickte verständig.

»Weil doch ihr Mann so krank ist«, fuhr sie fort. »Der hat Krebs. Und jetzt können sie sich endlich die teure Behandlung leisten, die die Kasse nicht bezahlen will. Die Frau Strohmeier hat die Tränen gar ned zurückhalten können, als sie davon erzählt hat. Drum kann ja auch ihr Mann nicht selber kommen, weil er im Bett liegen muss. Und sie haben doch niemanden, keine Kinder und keine Verwandten.« Frau Schmid kämpfte selbst mit den Tränen, als sie vom Schicksal des vermeintlichen Ehepaars Strohmeier berichtete. »Ihr Mann möchte aus verständlichen Gründen auch kein großes Aufsehen wegen dem Gewinn, keine Presse und so. Und er will auch nicht, dass ihn irgendwer so sieht, außer seiner Frau. So hilflos. Wo er doch sein ganzes Leben gearbeitet hat. Drum hat er sie hierhergeschickt, zu uns.«

Charly konnte nichts sagen. Seine Gedanken überschlugen sich. Helmuth brachte nur ein leises »Puh« hervor.

»Sie haben sich doch bestimmt den Ausweis der Frau zeigen lassen«, fragte der leitende Beamte.

Frau Schmid richtete ihre Kulleraugen auf den Tresen vor sich. »Nein«, gestand sie kleinlaut. »Sie hatte die Kundenkarte von ihrem Mann. Und sie hat immer wieder geweint, vor Glück, und dann wieder aus Kummer. Und wie sie mir ihre Geschichte erzählt hat, war ich ehrlich gesagt auch ein bisserl aufgewühlt. Ich hab mich so gefreut für sie.«

Der Vorgesetzte rieb sein Ohrläppchen, während sein Blick auf seiner Mitarbeiterin ruhte. Offenbar wusste er momentan nicht, wie er auf diese Geschichte reagieren sollte.

»Und des ham Sie geglaubt«, sprudelte es aus Helmuth heraus. »Einfach so. Und wenn die Polizei anruft, dann schalten S' auf stur.« Der Kollege war offenkundig verärgert.

Charly versuchte, ihn mit einer unaufgeregten Geste zu beruhigen. Natürlich war das ärgerlich, aber es war immer das Gleiche. Wenn man sich am Telefon als Polizei meldete, schalteten die Gesprächspartner, egal ob Krankenhaus, Anwaltskanzlei, Behörden oder irgendeine Firma, in den Ich-darf-Ihnen-nichts-sagen-Modus. Datenschutz, Persönlichkeitsrechte, Berufsgeheimnis. Hingegen erfuhren angebliche Brüder, Väter, gute Freunde oder besorgte Arbeitskollegen, wenn sie ihre Story gut verkaufen konnten, alles, was sie wissen wollten. Aber sich darüber jetzt und hier zu ärgern, brachte sie auch nicht weiter.

»Was haben Sie mit dieser Frau Strohmeier denn ausgemacht?«, fragte Charly. »Wie sollte es weitergehen?«

»Am liebsten wär's ihr gewesen, wir hätten den Gewinn bar an sie ausgezahlt. Ich hab ihr gesagt, dass wir natürlich eins Komma acht Millionen nicht bar auszahlen. Sie müsst uns schon eine Kontonummer sagen.«

»Aha, und?« Charly witterte einen Ermittlungsansatz.

»Sie wird mir die Kontonummer schicken, hat sie gesagt. Sie weiß sie jetzt nicht auswendig, weil sie erst vor Kurzem die Bank gewechselt haben. Die Bank, bei der sie jahrelang ihr Konto gehabt haben, hat inzwischen so hohe Gebühren, dass sie sich das wegen der Krankheit ihres Mannes nicht mehr leisten können. Dann hats wieder geweint.«

Bisher hatte sich die angebliche Frau Strohmeier noch nicht wegen der Kontonummer gemeldet. Frau Schmid beschrieb die Dame als Mitte fünfzig, mit schwarzen, vermutlich gefärbten, kurzen Haaren und einer unmodernen Brille. Man habe der Frau angesehen, dass die Sorge um ihren Mann und ihre Existenz sie in eine leicht gebückte Haltung zwang. Gleichzeitig habe sie aber stark genug gewirkt, um sich den Herausforderungen des Schicksals zu stellen.

Nachdem die Aussage von Frau Schmid auf Stenorette aufgenommen war, verließen Charly und Helmuth die Lottozentrale. Die Lottodame war während der Vernehmung auf ihrem Stuhl immer weiter in sich zusammengesunken. Der Leiter hatte die Ermittler verabschiedet und Frau Schmid zu einem Gespräch in sein Büro gebeten. Vermutlich kein guter Tag für den Kastanienkopf.

»So, welche von den Damen in unserem Fall war das jetzt?«, fragte Helmuth, nachdem sie in Gedanken versunken die Theresienwiese fast umrundet hatten.

»Wir haben ja bloß drei«, analysierte Charly. »Vom Gewinn wissen können alle, wenn der Strohmeier damit hausieren gegangen ist. Vom Alter her kommens alle drei hin, zumindest wenn sie sich mit schwarzer Perücke und AOK-Brille verkleiden.«

»Du meinst dem Strohmeier seine Rosalinde, seine Tierärztin und die Zauner, oder?«

»Genau. Die Strohmeierin hätt sogar noch den richtigen Namen. Die könnt ihren Ausweis vorlegen. Vielleicht hat er es ihr unter die Nase gerieben, um sie zu ärgern. Oder ihren Sonnyboy. Schauts her, was ich hab, und ihr kriegt's nix. Dann lässt sie sich von ihrem Lover aus der Schweiz des Zeug mitbringen.«

Helmuth gab Gas, um noch bei Hellrot in die Bayerstraße einzubiegen. »Und dann glaubst, spielen uns die zwei so ein Theater vor, von wegen Affäre im Hotel und betrogene Liebschaft, und so?«

»Na ja, wer der Frau Schmid die Geschichte vom krebskranken Strohmeier vorspielt, der verarscht auch uns, wenn's um Motiv und Alibi geht.«

Als Helmuth am Hauptbahnhof zügig links abbog, musste ein junger Mann an der Ampel einen schnellen Satz rückwärts machen. »Seiner Tierarztfreundin hat er es ja wahrscheinlich sowieso gesagt. Nur uns verrät sie das halt nicht. Sie denkt sich, ein Leben zusammen mit dem Strohmeier, nein danke. Aber mit dem Geld kommt sie endlich von ihrem verhassten Mann weg.«

»Wo ihr Mann in seiner Praxis das Pentobarbital aufhebt, lässt sich ja leicht rausfinden. Und einen Schlüssel zur Wohnung hat sie auch.« Charlys Fingerknöchel wurden weiß, so verkrampft klammerte er sich an den Türgriff, als Helmuth die Briennerstraße entlangraste. »Und die Zauner lebt sowieso ein armseliges Leben. Für die wär des Geld natürlich die Erlösung schlechthin gewesen. Aber ich schätz, die war am Strohmeier selber mehr interessiert als am Geld.«

»Wenn er es ihr überhaupt gsagt hat, das von dem Gewinn.« Helmuth hupte am Odeonsplatz ein Taxi an, das ihm zu langsam fuhr. »Und wo hätt die des Zeug her? Sie is diejenige von unsere drei, die keinen Zugriff auf des Pentodings hat.«

»Oder mia wissen's halt no ned«, kommentierte Charly.

Die komplette Leopoldstraße bis zur Autobahnauffahrt hingen beide wieder schweigend ihren Gedanken nach.

»Es könnt natürlich auch der Strobl eine junge, relativ junge, Freundin haben, die mitspielt«, spekulierte Charly, während Helmuth im Grenzbereich der Fliehkraft in die Autobahn einbog.

»Dann darfst aber den Tierarzt zusammen mit seiner Conny auch nicht vergessen«, konterte Helmuth und zog auf der rechten Spur an drei, vier Autos vorbei. »Der Strohmeier gibt vor seinem Vamp mit dem Gewinn an, und sie sagt's gleich ihrem Mann, vor lauter Freude, dass endlich wegkommt von ihm. Da denkt sich der Tierarzt, mit der Conny auf der Insel wär auch nicht schlecht, und mein Pentozeugs muss ich sowieso noch verbrauchen, bevor es abläuft.«

»Dann könnt aber genauso gut der Bierschneider eine Freundin haben.« Charly fixierte verstohlen die Tachonadel. Darum war er nicht bei der Sache.

»Der Bierschneider weiß doch nichts von dem Gewinn«, korrigierte ihn Helmuth. »Und der Strohmeier wird wohl kaum dem Bierschneider im Rahmen einer Erpressung mitteilen, dass er sowieso eins Komma acht Mios gewonnen hat.«

Am Kreuz Neufahrn stockte wie üblich kurz der Verkehr.

»Aber weißt, wer für mich die Hauptverdächtige ist?«, fragte Charly während der kurzen Phase der Entspannung.

Helmuth sah ihn gespannt an.

»Die Gundula!«

Man konnte Helmuth ansehen, dass er verzweifelt versuchte, Charlys Gedanken nachzuvollziehen.

»Ich hab einen Mordshunger«, erklärte Charly. »Ich find, wir sollten die Gundula zuerst befragen.«

Helmuths Gesichtszüge hellten sich auf. »Stimmt!«, pflichtete er bei. Und dann gab er richtig Gas.

Mit den letzten Bissen der zweiten Semmel hatte Charly ein wenig Mühe. Gundula hatte es mit dem Leberkäs sehr gut gemeint. Helmuth dagegen aß bis zum letzten Stück mit sichtbar gutem Appetit.

»Und der Böhnert hat sterben müssen, weil er halt auch noch berechtigter Teilhaber am Gewinn war«, stellte er kauend fest und wischte sich den Mund mit der Papierserviette ab. »Warum wird dann der Strobl ned aus dem Weg gräumt? Des macht ihn doch wieder verdächtig, oder?«

Charly schluckte das letzte Eckerl Leberkäs hinunter. »Der Strobl hätt doch von dem Gewinn gar nix erfahren. Er sagt ja, er hat sich nicht drum gekümmert. Und irgendwie glaub ich ihm des sogar.« Hinter vorgehaltener Hand stieß er auf. »Tschuldigung! Der Böhnert dagegen hat die Zahlen im Geldbeutel gehabt. Er hat sie vermutlich auch kontrolliert. Und der hätt oder hat Probleme gmacht.«

Helmuth rülpste genüsslich. »Auch Tschuldigung! Weiß der Mörder vom Strohmeier, dass der Böhnert am Lottogewinn beteiligt ist? Oder meldet sich der Böhnert bei seinem Mörder, weil er was rausgefunden hat? Warum kommt er dann nicht zu uns? Und vor allem ...«, er klopfte sich die Brösel von Hemd und Hose, »... wir wissen nicht, ob der Böhnert den Strobl oder den Strohmeier angerufen hat, aber wir wissen, dass er den Doktor angerufen hat, bei dem die Zauner putzt. Warum?«

»Wir glauben, dass der Böhnert den Doktor angerufen hat«, verbesserte Charly. »Jemand hat von dem Apparat in der Fußgängerzone aus telefoniert.« Er knüllte seine Serviette zusammen und richtete sich im Beifahrersitz auf. »Auf jeden Fall sollten wir den Doktor noch mal fragen. Vielleicht ist ihm inzwischen was eingefallen.«

»Sie war seit ihrem letzten Besuch nicht mehr da«, teilte die rothaarige Nachbarin hinter der Thujenhecke zufrieden mit. Ihr Mann dagegen wirkte eher enttäuscht.

Doktor Talhoff grüßte nach dem Öffnen auch die Nachbarn freundlich und bat Charly und Helmuth nach oben in die Wohnung.

»Tja, Herr Doktor«, begann Charly die Befragung. »Ist Ihnen vielleicht inzwischen zu dem komischen Anruf, von dem wir beim letzten Mal gesprochen haben, noch was eingefallen?«

Der Mediziner im Ruhestand hob entschuldigend die Arme. »Nein, tut mir leid. Da war nichts mehr.«

»Sagen Sie mir bitte noch mal genau, was der Anrufer gesagt hat.«

Doktor Talhoff konzentrierte sich. »Ob ich der Arzt bin, der früher die Praxis geführt hat. Das hab ich bejaht. Dann sagte er irgendwas wie ›Aha‹ oder ›So so‹ und fragte, ob ich immer noch meine Putzfrau hab.«

»Und dann hat er einfach aufgelegt?«

»Er sagte, glaub ich, noch ›Danke‹ und legte ohne Gruß auf.«

»Okay. Ist Ihnen denn an der Frau Zauner in letzter Zeit etwas aufgefallen? War sie anders, vielleicht nervös oder geistesabwesend? Oder hat sie Themen angesprochen, über die sie sonst nicht geredet hat?«

»Was meinen Sie?« Der Doktor wackelte mit dem fleckigen Schädel. »Sie war wie immer. Und Themen? Wir haben übers Wetter geredet und übers Essen, über den Verkehr und über Asylanten.« Ein Grinsen machte sich breit im Gesicht des Arztes. »Ansonsten hab ich mich mehr auf andere Dinge konzentriert, wenn Sie verstehen, was ich meine.«

»Alles klar, Herr Doktor, dann entschuldigen Sie noch mal die Störung.« Charly erhob sich, Helmuth ebenfalls. Beide machten sich, gefolgt von Talhoff, auf den Weg zum Ausgang.

Unten an der Treppe drehte Charly sich noch einmal um. »Nur noch eine Frage. Einfach interessehalber. Eine Kollegin von uns hat sich erinnert, dass Sie früher ihre Oma behandelt haben. Ich weiß jetzt den Namen der Oma leider nicht. Is aber auch egal. Die Kollegin sagt, dass damals noch Pentobarbital als Schlafmittel verschrieben wurde. Haben Sie da eventuell noch Restbestände?« Charly konnte es nicht begründen. Es war nur so eine vage Idee und so ein innerer Drang, diese Frage stellen zu müssen. Allein schon, um sie negativ abhaken zu können.

Doktor Talhoff biss sich auf die Unterlippe und zog die Augenbrauen nach oben. Nach einigen Momenten, in denen sein Blick zwischen Charly und Helmuth hin und her wanderte, antwortete er: »Nun, meine Herren, ich hoffe, Sie zeigen mich jetzt nicht gleich nach dem Arzneimittelgesetz an. Aber ich habe tatsächlich noch einen Bestand an Pentobarbital.«

»Echt!« Damit hatte Charly nicht gerechnet. »Würden Sie uns den bitte zeigen?«

Der Doktor wies mit der Hand auf eine Tür im Erdgeschoss, die vom privaten Hausgang in die frühere Praxis führte. Auf dem Weg dorthin erklärte Talhoff, warum er das Mittel immer noch besaß. »Meine Frau ist damals an Krebs gestorben. Sie musste sehr leiden. Sie vegetierte monatelang vor sich hin, und am Schluss haben die Schmerzmittel nicht mehr angeschlagen. Es war grauenhaft. Und, sehen

Sie, damals hab ich mir geschworen, dass es mir nicht so ergehen wird. Darum hab ich das Pentobarbital aufgehoben. Es wird mir helfen, mich rechtzeitig aus dieser Welt zu verabschieden.«

In den ehemaligen Untersuchungsräumen war alles mit weißen Tüchern abgedeckt. Der Mediziner führte die Ermittler in ein kleines Zimmer im hinteren Bereich. Ein Türschild wies das Zimmerchen als Labor aus. Auch hier bedeckte ein weißes Laken den Tisch. Es zeichneten sich die Umrisse einer Zentrifuge und verschiedener Untersuchungsgeräte ab. In einem Regal in der Ecke stand ein Kühlschrank, der durch leises Surren anzeigte, dass er wohl das Einzige war, das in der ehemaligen Praxis noch in Betrieb war. Doktor Talhoff öffnete die Edelstahltür. Im kargen Licht der Kühlschrankbeleuchtung erkannte Charly verschiedenste Medikamente, Tabletten, Salben, Tinkturen und Tränke. Der Arzt bückte sich und holte eine kleine Schachtel heraus. Nachdem er einen Blick auf den Inhalt geworfen hatte, kratzte er sich am Kopf. »Fünf Ampullen? Ich dachte, es wären zehn gewesen. Aber ich kann mich auch irren. Ich habe schon lange nicht mehr nachgesehen. Hier im Kühlschrank hält sich das Zeug ganz gut.«

Charly sah Doktor Talhoff eindringlich an. Er hoffte, auf die nächste Frage ein eindeutiges Nein zu hören. »Weiß Frau Zauner von dem Pentobarbital-Bestand hier in Ihrem Kühlschrank?«

»Ja«, antwortete Talhoff. »Es besteht ja durchaus die Möglichkeit, dass ich selbst nicht mehr in der Lage bin, mir den finalen Cocktail zu mixen, wenn es an der Zeit wäre. Und für diesen Fall habe ich die Elfi instruiert, entsprechend zu handeln. Quasi eine bilaterale Patientenverfügung, wenn Sie so wollen.«

»Sie legen Ihr Leben in die Hand Ihrer Putzfrau? Nacktputzfrau.« Helmuth war von der Entwicklung sichtlich verblüfft.

Doch der Arzt zuckte nur mit den Schultern. »Ich hab Ihnen ja schon gesagt, dass ich weder Kinder noch Verwandte hab. An meine Nachbarn möchte ich mich in dieser Sache wirklich nicht wenden. Und wenn ich mich einem Mediziner anvertraut hätte, würde der sofort die Hälfte in meinem Kühlschrank beschlagnahmen.«

»Sie haben also der Frau Zauner gezeigt, wo sich das Pentobarbital befindet«, resümierte Charly. »Hier ist nichts abgesperrt. Und Sie haben ihr auch erklärt, wie sie es anwenden soll, und in welcher Dosis.«

»Ja, ich hab ihr gesagt, sie soll mir einen aromatischen Tee kochen und drei bis vier der Ampullen hineinmischen.«

Helmuth hakte nach: »Waren's jetzt fünf oder waren's zehn Ampullen, die Sie hier hatten?«

»Ich weiß es nicht. Ich weiß nur, dass es genug war. Fünf sind ja auch bei Weitem genug für einen Menschen.«

Der Feinripp-Wachposten im Schlafzimmerfenster schüttelte den Kopf, als Charly nach Frau Zauner fragte. Nein, sie wäre seit Freitag nicht mehr da gewesen, berichtete er. Und er hätte sie mit Sicherheit gesehen. Unter seinem Fenster stapelten sich die gelben Säcke aus dem Wohnblock. Heute war wieder Abholtag.

»Zefix!«, entfuhr es Charly. Und er meinte damit nur zu einem kleinen Teil den unordentlichen Plastikmüll. Sie hatten sich wieder ins Auto gesetzt und die Scheiben heruntergelassen. Der Frühsommer entwickelte sich immer mehr zum Hochsommer, und die Sonne sorgte dafür, dass die Reste in den Joghurtbechern, Fischdosen und Quarkschalen ein Aroma erzeugten, das den gelben Haufen unappetitlich umwaberte.

»Die Zauner! Entweder is bloß übers Wochenende irgendwo zu Besuch hingfahrn und kommt demnächst wieder heim ...«

Helmuth übernahm den Satz: »... oder sie war am Freitag bei der Lottozentrale und hält sich jetzt irgendwo in München auf.«

»Glaubst, es bringt was, wenn wir in der Lottozentrale Bilder vorzeigen von unseren verdächtigen Weibern?« Charly hatte den Motor angelassen und fuhr los, einfach um dem neugierigen Blick des Feinrippwächters zu entgehen.

»So wie die Schmid die Frau beschreibt? Mit Perücke und Brille? Und, was weiß ich, wie geschminkt? Hat keinen Sinn würd ich sagen.«

Schweigend lenkte Charly den Dienstwagen Richtung Stadtmitte.

Mittendrin hob Helmuth seufzend die Schultern. »Wenn wir alle Münchener Hotels abtelefonieren, ob eine Frau Zauner abgestiegen ist, sind wir übermorgen noch beschäftigt. Die entzieht sich irgendwie allen Fahndungsmaßnahmen. Die hat kein Handy. Die hat kein Auto. Die hat keine Verwandten, keine Kontaktpersonen. Die hat gar nix.«

»Doch ...«, Charly durchzuckte ein Geistesblitz, »die hat eine Leidenschaft.« Obwohl die Wahrscheinlichkeit sehr gering war, konnte ein Versuch nicht schaden. Im Gegenteil, je mehr Charly darüber nachdachte, desto mehr kam er zu der Überzeugung, es musste als Routineaufgabe sogar abgearbeitet werden.

»Nacktputzen?«, fragte Helmuth.

»Nein, heute ist Montag. Da spielt sie immer Theater bei der VHS. In so einem sozialen Projekt. Sie hat selbst gesagt, dass sie sich durch nichts davon abhalten lässt.«

Helmuth zog eine Grimasse, die seine Zweifel anschaulich zum Ausdruck brachte. Doch Charly bog bereits Richtung Hallstraße ab. »Komm, bevor wir nur blöd rumsitzen. Einen Versuch ist es wert.«

Der Zuschauerraum lag im Dunkeln. Charly und Helmuth waren die einzigen Besucher. Leise nahmen sie in der letzten Reihe Platz. Zahlreiche Scheinwerfer tauchten die kleine Bühne in helles Licht. Davor wedelte Herr Meier-Wink mit einem seiner zerfledderten Schnellhefter. Die Jugendlichen, die Charly beim letzten Mal schon gesehen hatte, verteilten sich in einer Kulisse, die eine Terrasse in einem weitläufigen Garten zeigte.

»Flugzeug landen in einer Stunde, Missi.« Knicks. Die Mitteilung galt einem Mädchen, das aufgeregt auf der Terrasse hin und her lief.

»Oh, ich kann es kaum erwarten, ihn wiederzusehen.« Handrücken an die Stirn. »Mir wird ganz schwindlig vor Freude.«

»Er wieder bringen zwei Freunde mit, er geschrieben, Missi.« Kichern hinter vorgehaltener Hand.

Aus dem Hintergrund ertönte eine dunkle Stimme: »Genug mit dem Geschwätz. Bring den Tee.« Die Stimme gehörte einem Mann, der sich in einem Rattansessel hinter der *Windhoek Express* verbarg. In dem Rattansessel daneben saß Frau Zauner. Sie saß aufrecht und konzentrierte sich augenscheinlich auf eine Stickerei in ihren Händen. Sie wirkte nobel.

»Bitte sehr, Sir!« Eines der Mädchen stellte ein Tablett

auf den kleinen Tisch vor den Zeitungsleser und Frau Zauner. Danach traten die Jugendlichen zur Seite ab.

Frau Zauner erhob sich aus ihrem Sessel und ließ die Stickerei nachlässig auf den Tisch fallen. »Dass er wiederkommt, hat etwas zu bedeuten«, schleuderte sie dem Mann hinter der Zeitung mit unterdrücktem Zorn entgegen. »Ich habe diese Farm nicht aufgebaut, um sie mir von ihm wegnehmen zu lassen.« Ihre Stimme bebte. Sie beugte sich über den Tisch und zischte: »Dass du es nur weißt: wenn du nicht hinter mir stehst, dann bist du gegen mich.« Sie richtete sich auf, und Lady Africa trat mit festem Schritt nach links ab. Meier-Wink hüpfte vor Begeisterung.

Am rechten Bühnenrand bearbeiteten zwei Schwarzafrikaner den Rasen mit Rechen. »Es kommen zu viele Ausländer in mein Land!«, murmelte einer der beiden bedrohlich. Er hörte auf zu rechen und sah seinen Kollegen an. »Wir müssen handeln, Mbabela, mein Freund.«

Helmuth hatte eine WhatsApp-Nachricht an Sandra abgesetzt und war daher seit einiger Zeit abgelenkt. »Wo ist die Zauner hin?«, fragte er, nachdem er seinen Blick wieder auf die Bühne gerichtet hatte. In dem Moment registrierte Charly, dass er sich zu sehr auf das Stück und die Handlung konzentriert hatte. »Zefix!« Er deutete nach links. »Da is naus.«

Meier-Wink fuhr herum. »Ruhe, bitte! Was soll denn das!«

Kurzzeitig entstand noch mehr Unruhe, als Charly und Helmuth durch die Ränge dem linken Bühnenausgang entgegenspurteten. Dahinter fanden sie einen Gang, an dem mehrere kleine Garderoben und Schminkräume lagen. Von Frau Zauner keine Spur.

Am Ende des Ganges führte eine Tür hinaus auf den Carraraplatz. Als Charly aus dem Dunkel des Gebäudes ins

Sonnenlicht trat, sah er im letzten Moment Frau Zauner, die vorne um die Ecke Richtung Viktualienmarkt lief. Sofort nahm Charly die Verfolgung auf, und sofort musste er die Zähne zusammenbeißen. Die lederne Kante seines Halbschuhs bohrte sich beim Laufen unbarmherzig in die offene Stelle über seiner Ferse. Aber Stehenbleiben und Jammern war jetzt keine Option. Offenbar waren sie auf der richtigen Spur. Warum sonst sollte Frau Zauner davonlaufen? Sie musste die Ermittler im Dunkel des Zuschauerraumes bemerkt haben. Trotzdem hatte sie sich nichts anmerken lassen und ihre Rolle bis zum Abgang weiter so perfekt gespielt, dass der Regisseur hüpfte vor Begeisterung. Sie war wohl wirklich eine großartige Schauspielerin. Und vermutlich die Mörderin von Hans Strohmeier.

Charly gab Helmuth, der hinter ihm lief, ein Zeichen. Der Kollege verstand und bog nach rechts ab, um durch die Fußgängerzone zu laufen, während Charly der Flüchtenden mit noch immer zusammengebissenen Zähnen zum Viktualienmarkt folgte.

Am Viktualienmarkt lief die Verdächtige nach rechts. Kurz darauf hätte sie beim Überqueren der Straße hinter der Sparkasse beinah ein rückwärtsfahrender Müllwagen erfasst. Sie strauchelte, fing sich wieder und rannte weiter, unter dem neuen Rathaus durch und quer über den Rathausplatz. Das war der Moment, in dem Charly ernsthaft bereute, den guten Vorsatz, wieder regelmäßig zu joggen, während der letzten Monate immer nur auf dem Sofa und immer für den nächsten Tag gefasst zu haben. Aber auch Frau Zauner war nicht trainiert, darum wurde sie bereits langsamer, als sie nach dem Rathaus die Moritzstraße hinauflief. Charly konnte trotzdem nicht aufholen. Er atmete inzwischen schwer und hatte das Gefühl, jeden Moment den rechten Fuß zu verlieren, weil sein Schuh Sehnen und Knöchel einfach komplett durchscheuerte.

Als Charly in die Moritzstraße einbog, sah er, dass etwa vierzig Meter vor ihm Frau Zauner kurz zögerte. Von oben, aus der Fußgängerzone, kamen ihnen Helmuth und Sandra entgegen. Ob die Flüchtende sie überhaupt gesehen hatte und ob das oder irgendeine andere Überlegung der Grund für ihre Entscheidung war, konnte Charly nicht beurteilen. Jedenfalls wandte sich Frau Zauner nach rechts. Erst jetzt bemerkte er, dass aus einem unerfindlichen Grund die Tür zum Pfeifturm offen stand. Genau dort hinein verschwand Frau Zauner.

Charly konnte nur noch humpeln, erreichte aber dennoch den Eingang vor den Kollegen. Es gab keine andere Möglichkeit, die Verdächtige musste die Treppe nach oben gelaufen sein. Fluchend folgte er. Hinter sich konnte er schon Sandra und Helmuth hören.

Keuchend quälte er sich die Stufen nach oben, so schnell es eben ging. Wo wollte sie denn hin? Der Pfeifturm war eine Sackgasse. Charly befiel ein unschöner Gedanke. Und tatsächlich, kurz bevor er die Wohnung oben im Turm erreichte, sah er Frau Zauner, die gerade in eine der schmalen Fensterluken kletterte. Geschickt drehte sie sich in der engen Öffnung herum und streckte ihm eine Handfläche entgegen.

»Halt, bleiben S' weg, oder ich spring gleich.« Sie blickte über die Schulter nach unten und spreizte sich noch intensiver in den schmalen Mauerdurchlass.

»Frau Zauner, machen S' keinen Schmarrn!« Charly wollte noch viel mehr sagen, konnte aber nicht, er rang nach Luft. Helmuth und Sandra erschienen hinter ihm auf der Treppe. Charly bedeutete ihnen, vorerst zurückzubleiben.

»Des hat doch keinen Sinn«, brachte er schließlich hervor. »Sie haben Ihr ganzes Leben noch vor sich.«

Nach dem Lauf und den Treppen waren sie beide überwiegend mit Keuchen beschäftigt, Charly gebeugt, mit einem Arm an der Mauer abgestützt, und Frau Zauner in dem schmalen Fenster kauernd und mit Panik in den Augen. Da auch sie nicht gleich antworten konnte, blieb ihm Zeit nachzudenken. Elfriede Zauner war so alt wie er, Ende vierzig. Wenn sie wirklich die Mörderin von Strohmeier war, und vielleicht auch noch von Böhnert, dann war das mit dem Leben kein wirklich gutes Argument, um einen Sprung zu verhindern. Und ehrlich gesagt fiel ihm im Moment kein besseres ein. Eine frühere polizeiliche Werbekampagne kam ihm in den Sinn. »Es gibt immer einen Ausweg«, presste er zwischen zwei Atemzügen hervor. Der Slogan hörte sich allerdings im Augenblick dämlich an. Das empfand wahrscheinlich auch Frau Zauner so, denn sie sah ihn an, als hätte er einen sehr dummen Witz gemacht.

Langsam beruhigte sich seine Lunge. Auch in seinen Ohren rauschte das Blut nicht mehr so laut. Er registrierte, dass Helmuth und Sandra nicht mehr hinter ihm auf der Treppe standen. Na bravo, danke Kollegen.

Frau Zauners Atem kam ebenfalls wieder zur Ruhe. Wie bei Charly war auch ihr Gesicht schweißnass. Ihre Arme zitterten.

»Mein Leben?« Aus zusammengekniffenen Augen traf Charly ein Blick voller Wut und Zorn. »Mein Leben, des vor mir liegt, is ja der Grund.« Sie senkte den Kopf und starrte auf die Treppenstufen. »Wollen S' wissen warum?« Die Frage kam überraschend und Charly überlegte tatsächlich, ob er Frau Zauner jetzt als Beschuldigte darüber belehren musste, dass sie vor der Polizei nichts zu sagen brauchte.

Er verwarf den Gedanken schnell und schalt sich selbst einen Narren. Die Frau stand kurz davor, sich in den Tod zu stürzen und wollte offenbar reden. Außerdem fiel ihm in der Situation nichts Besseres ein, als Zeit zu gewinnen. Er nickte nur.

»Der blöde Hund, der blöde.« Trotz der Botschaft klang ihre Stimme nun weicher, so als würde sie von einem Menschen erzählen, der sich danebenbenommen hat, dem man aber nicht lange böse sein konnte. Sie sah Charly zwar wieder an, der starre Blick ging jedoch durch ihn hindurch, fixierte irgendetwas Imaginäres weit hinter ihm. »Jahrelang war ich für ihn da. Waschen, putzen, kochen ... und Sex, immer wenn's ihm danach war. Und ich hab alles erledigt und mitgemacht. Nur weil ich einen Mann wollt, mit dem ich alt werden kann und der später für mich da is.« Sie senkte erneut den Blick und der Anflug eines bösen Lächelns spielte um ihre Lippen. »Doch kaum gwinnt er im Lotto, da sagt er mir, dass er mich nicht mehr braucht. Weil er jetzt ein Haus am Meer kauft und dann mit der Frau Tierarzt zusammenwohnt. Der Arsch.«

»Da ham S' den Entschluss gefasst, ihn umzubringen, damit Sie an den Lottogewinn kommen?«

Frau Zauner nickte nur resignierend. Sie hatte nichts mehr zu verlieren.

»Dann ham S' beim Doktor Talhoff des Mittel mitgenommen?«

»Der hat's mir ja direkt erklärt, wie ich dieses Zeug hernehmen muss. Und nach dem ...«, ein kurzes Lachen, »... Putzen war der immer so weggetreten, da hat er geschlafen wie ein Bär. Ich hätt alles aus der Wohnung raustragen können, ohne dass er es merkt.«

»Des Mittel ham S' in den Senf gemischt?«

»War ja einfach. Niemand hat seine Gewohnheiten so gut gekannt wie ich. Aber Sie haben ja schon gemerkt, dass ich ein kleines Glas genommen hab. Wegen der Dosierung. Hat trotzdem ned ganz glangt. Er hat noch gschnauft, wie ich kurz vor Mittag nachgschaut hab.«

Es folgte eine Pause. Charly wollte die Stille nicht durch Fragen unterbrechen. Gedämpft war von unten der Straßenlärm zu hören.

»Da hab ich ein Geschirrtuch genommen und die Sache zu Ende gebracht.« Sie erzählte es beiläufig, als würde sie mitteilen, sie habe das Bad noch fertig geputzt.

Normalerweise hätte Charly jetzt nach Antworten gesucht, die das Geständnis verfestigten. Antworten zum Wie und Warum, zu Einzelheiten. Aber in der aktuellen Lage schien ihm alles klar und die übliche Routine unangemessen.

»Und die Glückskekse?«, fragte er stattdessen, ohne begründen zu können, warum ihn genau in dem Moment dieses blödsinnige Detail interessierte.

»Nur so eine Idee.«

Charly hatte den Eindruck, dass sich ihr verkrampfter Griff ein wenig lockerte und sie sich ein Stück weit entspannte.

»Ist mir eingefallen, als er mir von der Gefahr durch die Chinesen erzählt hat. Ich weiß aber gar nicht, warum er Angst vor irgendwelchen Chinesen hatte.« Frau Zauner schien einen kurzen Augenblick amüsiert. »Er hat mir ja nie erzählt, was ihn wirklich beschäftigt hat.«

Charly richtete sich auf. Er konnte fast schon wieder ruhig atmen. »Und der Böhnert?«

Ihre Lippen zuckten. Ihr Blick wurde wieder starr. »Er hat's gemerkt. Hat die Lottozahlen überprüft, der Depp.

Und dann wollt er mich erpressen. Er wollt den ganzen Gewinn allein für sich.« Sie schüttelte den Kopf. »Ich mein, was denkt sich der? Ich hab schon einen umgebracht wegen dem Geld. Das war ihm ja scheinbar klar. Und trotzdem meint er, ich geb dann alles ihm? Blödmann!«

»Wie hat sich des abgespielt?«

»Er ist Samstagabend im Wonnemar aufgetaucht. Hätt mich zu Hause am Telefon nicht erreicht. Hat mir erzählt, dass er eins und eins zusammengezählt hat. Vom Lottogewinn, und von wegen Doktor und Pento-dingsda. Ich blöde Kuh hab des mal dem Hans erzählt, also die Geschichte mit der Frau vom Doktor. Und der muss es dann dem Böhnert erzählt haben.«

Noch immer hatte sie ihren leeren, starren Blick auf Charly gerichtet. »Er wollt sich an einem ruhigeren Ort mit mir treffen. Gleich in der Nacht noch. An der Donaubühne. Ich hab aus dem Wonnemar einen Absperrschlüssel mitgenommen. Und den hab ich ihm über den Schädel gezogen, als er sich umgedreht hat.«

»Und am Freitag waren S' in der Lottozentrale. Da hat Ihnen Ihr Schauspieltalent sehr geholfen.«

Frau Zauner antwortete nicht gleich. Sie sah Charly immer noch an. Jedoch glaubte er in ihrem Gesicht eine eigenartige Entspannung festzustellen. So, als hätte sie eine Entscheidung getroffen. »Ja, da war ich gut. Tränen auf Kommando. Das hab ich lang geübt. Aber es hat ja nix geholfen. Zwei Menschen umgebracht, und mit den Millionen wird's trotzdem nichts.«

Sie neigte den Kopf ein klein wenig zur Seite, zeigte ein entschuldigendes Lächeln und ließ sich nach hinten aus dem Fenster fallen.

Charly setzte sofort zu einem Spurt an. Die Socke, die mittlerweile an der offenen, feuchten Stelle klebte, riss sich durch die Bewegung los. Der Schuh schruppte über die Wunde. Charly schrie auf und stürzte. »Zefix!« Er rappelte sich hoch und stürmte ungeachtet des Schmerzes zum Fenster. Für die fünf Meter zur Öffnung brauchte er eine gefühlte Ewigkeit. Er dachte nicht an seine Höhenangst, lehnte sich aus dem Fenster und starrte in die Tiefe.

* * *

Erwin Bachhuber hatte doch noch Glück gehabt nach seiner Entlassung. Am Tresen im *Weißbierstadel* hatte ein Zechkumpel erzählt, dass die städtische Abfallwirtschaft Mitarbeiter sucht. Und seit einer Woche war Bachhuber nun Müllwerker. Er fuhr hinten auf dem Müllwagen mit. Der Job gefiel ihm sehr. Die Jungs, mit denen er unterwegs war, waren alle schwer in Ordnung. Er war die ganze Zeit an der frischen Luft. Seine Arbeitstage begannen sehr früh, dafür endeten sie aber auch eher. Und der Feierabend ließ viel Raum für den *Weißbierstadel*. Wenn nicht gerade Biotonnen zu leeren waren, konnte man über die Arbeit an sich nicht meckern. Heute waren die gelben Säcke dran. Aber heute war irgendwie ein komischer Tag. Erst rannte diese Verrückte fast in den Wagen, als sie vom Rathaus wieder wegfuhren. Und dann kam dieser Bulle angerannt, den Erwin von seiner Festnahme her kannte: Reiter oder Reigl? Und der war sehr aufgeregt, faselte irgendwas von Selbstmord und vom Pfeifturm, und er wollte irgendwas mit den gelben Säcken machen. Rico, der Fahrer des Müllwagens, war geistig ein wenig flexibler als Erwin, und außerdem komplett nüchtern. Er schaltete sofort. Als er aufs Gas trat, bäumte sich der Lkw auf und schoss Richtung Pfeifturm, sodass sich Bachhuber hinten drauf ordentlich festhalten musste. Gleichzeitig verständigte Rico über Funk den Fahrer des zweiten Mülllasters, der in der Altstadt unterwegs war. Zum Glück war auch der gerade in der Nähe. Beinahe gleichzeitig trafen die zwei Lkw am Pfeifturm ein. Die Laderäume waren bei beiden fast bis unters Dach mit gelben Säcken gefüllt. Und als sie ihre Ladung vor dem Turm auf die Straße kippten, entstand ein ordentlicher Berg aus Plastikmüll. Sandra hatte währenddessen mit einer spontan requirierten Studentengruppe, die schnatternd aus dem McDonald's gekommen war, die Säcke eingesammelt, die noch rund ums Rathaus zur Abholung bereitstanden. Auch diese landeten auf dem Berg. Die Fahrer der beiden Mülllaster rangierten gekonnt mit drei bis vier Zügen ihre Gefährte links und rechts neben den Haufen, um die Stabilität zu erhöhen. Nach wenigen Augenblicken war ein etwa fünf Meter hohes Rettungskissen aus gelben Säcken direkt am Fuß des Pfeifturms entstanden.

Dann wurde es still in der Moritzstraße. Fußgänger, Busse und Taxen waren stehen geblieben und alle Augen richteten sich nach oben. Als Erwin Bachhuber auch nach oben sah, verstand er endlich die Aktion. In einer der schmalen Maueröffnungen oben im Pfeifturm kauerte ein Mensch, vermutlich eine Frau, mit dem Rücken nach außen. Einige zähe Augenblicke geschah gar nichts. Nur wenige der Augenzeugen wagten es, in der angespannten Stille zu flüstern. Die meisten beobachteten schweigend mit offenem Mund und aufgerissenen Augen die Szenerie.

Plötzlich ließ sich die Frau einfach nach hinten fallen. Einige der Passanten sogen hörbar die Luft zwischen den Zähnen ein, andere stießen einen kurzen Schrei aus. Die

Frau fiel rückwärts. Ihr Körper drehte sich nicht, sie schrie nicht und sie ruderte nicht mit den Armen. Es war eine gespenstische Szene, die Erwin Bachhuber wie in Zeitlupe wahrnahm. Die Hundertstelsekunden dehnten sich zu einer gefühlten Ewigkeit, bis schließlich die Frau mit einem satten Plopp in den Berg aus gelben Säcken eintauchte und darin verschwand.

* * *

Charly hatte den Eindruck, dass Elfriede Zauner ihm zuwinkte, als er gerade noch die letzten Meter ihres Falles beobachten konnte. Er glaubte, einen zufriedenen Ausdruck in ihrem blassen Gesicht zu erkennen. Dann erst bemerkte er die zwei riesigen orangen Müllwagen, die links und rechts auf der Straße standen. Als er kapierte, dass der Raum zwischen den Lkw mit gelben Säcken aufgefüllt war, kam Frau Zauner auch schon unten an. Sie tauchte ein, und gleich darauf verschluckte sie der Plastikmüll. Einige der gelben Säcke zerrissen beim Aufprall, und die herumwirbelnden Joghurtbecher und Chipstüten sahen aus wie Wasserspritzer, als die gelben Wogen über Elfriede Zauners Körper zusammenschlugen.

Einen kurzen Augenblick herrschte Totenstille. Bis Helmuth lautstark Anweisungen erteilte und die Umstehenden zur Mithilfe aufforderte. Auch andere fanden ihre Stimme wieder, riefen durcheinander oder verarbeiteten die schockierende Szene im Gespräch mit ihren Nachbarn. In die anschwellende Geräuschkulisse mischte sich das Martinshorn des nahenden Rettungswagens.

Charly hörte all dies gedämpft im Innern des Pfeifturms. So schnell er konnte, humpelte er die Treppen hinunter. Als er unten auf die Moritzstraße hinaustrat, hatte Helmuths Helfercrew schon zahlreiche Gelbe Säcke zur Seite geschleudert und Frau Zauners Körper freigelegt. Sie lag auf dem Kopfsteinpflaster. Der Plastikmüll hatte ihren Fall nicht komplett abfedern können, jedoch so weit abgebremst, dass sie den Aufprall überlebt hatte. Sie war bewusstlos, atmete aber. Ihr rechtes Bein stand in einem unnatürlichen Winkel vom Körper weg.

Charly trat zur Seite, um den Weg für die Sanitäter frei zu machen.

»Hat sich damit der Verdacht gegen mich erledigt?« Rechtsanwalt Dr. Bierschneider stand hinter ihm. Charly sah ihn wohl sehr überrascht oder verwirrt an, denn der Anwalt erklärte von sich aus, er habe im ersten Stock der Gaststätte *Daniel* gesessen und von dort einen wunderbaren Ausblick auf den Pfeifturm und die Szene gehabt.

Neben Charly klickte es. Hubert Riederer zwinkerte ihm über seine Kamera hinweg zu, nachdem er anscheinend ihn und Dr. Bierschneider beim Gespräch fotografiert hatte. Der rasende Reporter war vermutlich wieder seinem Instinkt gefolgt und schon vor den Rettungskräften am Ort des Geschehens gewesen. Die plakativen Aufnahmen vom orange-gelben Sprungkissen für die morgige Titelseite hatte er schon im Kasten.

»Das ist doch die Zauner, oder?«, fragte er mit Blick auf den reglosen Körper, an dem zwei Rettungskräfte herumdokterten.

»Ah, die Haushaltshilfe vom Strohmeier«, ergänzte Dr. Bierschneider. Wie üblich war der Advokat über Hintergründe und Personen sehr gut informiert.

»Ja, sie hat quasi gestanden, bevor sie gesprungen ist.«

»Aha, na dann geh ich davon aus, dass Sie sie vor dem Geständnis ordentlich als Beschuldigte über ihr Aussageverweigerungsrecht belehrt haben.«

Charlys Mund klappte auf. Er konnte aber nicht antworten.

»Haben Sie ihr überhaupt schon die Festnahme erklärt?« Kumpelhaft klopfte Bierschneider ihm auf die Schulter. Charly vermochte diese vertrauliche Geste nicht zu deuten. Hatte er ihn nur aufziehen wollen oder war es der Auftakt zu einem weiteren juristischen Scharmützel? Der Anwalt drehte sich um und machte sich wieder Richtung *Daniel* auf den Weg.

»Wir sehn uns, Herr Valentin.«

Inzwischen hatten die Sanitäter Frau Zauner auf einer Luftkissenbahre festgezurrt.

»Wie sieht's aus?«, fragte Charly.

»Sie ist noch bewusstlos, aber soweit stabil. Keine Lebensgefahr. Unterschenkel gebrochen und Verdacht auf Beckenfraktur. Vielleicht noch ein paar Rippen. Alles Weitere erst nach eingehender Untersuchung.«

Sie schoben Frau Zauner in den Rettungswagen. »Wir fahren ins Klinikum.«

»Soll von uns jemand mitfahren?«, fragte Sandra, mehr an die Sanis gewandt als an Charly.

»Ich fahr mit«, antwortete Charly blitzschnell. Als er die überraschten Gesichter sah, fügte er an: »Ich muss ihr noch die Festnahme erklären.«

Kurz darauf verließ der Sanka den Einsatzort. Charly saß auf einem Mitfahrerstuhl im Rückraum und wartete, bis der Retter Frau Zauner so weit stabilisiert hatte, dass sie nicht mehr seine ungeteilte Aufmerksamkeit brauchte. Dann streifte er seinen Schuh ab und quälte sich aus der Socke. Er hielt dem Sani seinen Fuß entgegen.

»Kannst du dir das mal anschauen?«

Es folgte ein fachmännischer Blick auf die offene Stelle über der Ferse und ein »Um Gottes willen«.

Zwei Stunden später kehrte Charly auf die Dienststelle zurück. Er trug einen Verband um den rechten Knöchel und darum seine Schuhe in der Hand. Seine Füße steckten in Badelatschen des Klinikums.

»Hoffentlich war da nicht meine Hochzeit schuld«, befürchtete Sandra. »Du hast ja getanzt wie der Lump am Stecken.«

Charly winkte ab. »Nein, nein, war diese Verfolgung. Und so eine Treppenstufe im Pfeifturm. Irgendwie, ich weiß auch nicht.«

Sandra schob ihm einen Bürostuhl hin. »Armer Kerl.«

»Habts die gelben Säcke wieder aufgeräumt?« Charly wollte einfach nur das Thema wechseln.

»Du, das hat der Bachhuber mit seinen Kollegen gmacht. Die waren wahnsinnig hilfsbereit. Für die sollten wir ein Dankschreiben an die Stadt schicken.«

Helmuth gesellte sich zu ihnen. »Und, hast ihr jetzt die Festnahme erklärt?«, fragte er mit einem zweideutigen Schmunzeln.

»Ja, alles erledigt. Nachdem sie zu Bewusstsein gekommen ist, hab ich sie als Beschuldigte belehrt und sie hat ihr ganzes Geständnis noch mal wiederholt. Dann hab ich ihr die Festnahme erklärt. Und jetzt bewachen sie die Kollegen vom E-Zug. Aber sie kann ja eh nicht weglaufen.«

Helmuth wollte etwas erwidern, doch ein schwungvoller Auftritt des Dienststellenleiters unterbrach ihn. Hinter Zwerglein folgten zwei junge Männer und Polizeipräsident Rubin.

»Darf ich vorstellen«, begann der Kriminaloberrat freudestrahlend, »Hauptkommissar Valentin, der Sachbearbeiter in dem Fall.« Anschließend deutete er auf die beiden jungen Männer. »Der Kollege Müller von der OK-Dienststelle, zuständig für deliktsübergreifende Kriminalität durch asiatische Gruppen, und Kollege Jäger von der operativen Fallanalyse, der Profiler.«

Zufrieden zupfte er das Revers seines Sakkos zurecht. »Jetzt machen wir mal Nägel mit Köpf. Mit der Unterstützung der Fachdienststellen werden wir bald schon einen großen Schritt weiter sein und ...«

»Äh, Chef ...« Helmuth wagte die Unterbrechung. »... der Fall ist geklärt.«

»Wie?«

»Na, mit Geständnis und so. Die Putzfrau war's, die Zauner. Es ging ums Geld, um einen Lottogewinn.«

»Zefix!«

»Is doch gut, oder?«

»Und die Glückskekse, die Chinesen, die Spionage?«

Charly übernahm: »War alles dabei, spielt aber keine Rolle. Alles nur Nebenschauplätze.«

»Da gratulier ich doch, Herr Valentin.« Präsident Rubin schob sich nach vorne. »Und Ihnen natürlich auch Herr Reithl, und der Frau Englberger.«

»Bär«, korrigierte ihn Sandra, »seit Samstag heiß ich Bär.«

Rubin gratulierte zur Hochzeit. Der Asiatenexperte und der Profiler schlossen sich an und verabschiedeten sich danach, da sie ja hier nicht mehr gebraucht würden. Kriminaloberrat Zwerglein wirkte beim präsidialen Handschlag ein wenig enttäuscht. Er schaffte es nicht, eine der gängigen Erwiderungen zu formulieren.

»Gute Arbeit, Herr Valentin«, sagte Frau Gambrini-Steinmetz. Nachdenklich glitt ihr Blick über die Halbschuhe in seiner Hand hinunter zu den Klinikums-Badelatschen und dem Verband um den Knöchel. »Oh weh, oh weh! Dann würd ich sagen, Sie gehn jetzt erst mal heim und kurieren das aus. Ich hab vorerst alles, was ich brauch. Die Zauner wird operiert und liegt dann intensiv. Da pressiert jetzt mal gar nix. Alles Übrige bringen wir die nächsten Tage schon zusammen.«

Charly wollte natürlich sofort widersprechen. Nachdem er einen Fall erfolgreich abgeschlossen hatte, war es bis jetzt immer eine adrenalingetriebene Selbstverständlichkeit gewesen, alles schriftlich aufzuarbeiten. Aber etwas in ihm zögerte. Die Staatsanwältin hatte recht. Er hatte einen guten Grund, sich jetzt aus dem Spiel zu nehmen. Blieb die Sache dann an den Kollegen hängen? Sandra ging in den Hochzeitsurlaub. Okay, vielleicht musste Helmuth ein bisschen was schreiben. Aber Gambrini-Steinmetz hatte ja gesagt …

Kurz entschlossen wandte er sich an Zwerglein: »Chef, ich muss mich leider erst mal krankmelden.«

»Ein Dienstunfall?«, fragte der Dienststellenleiter. »Bei der Verfolgung passiert?«

»Ja, genau! Auf so einer Treppenstufe im Pfeifturm. Irgendwie.«

»Da brauch ich an Bericht, Charly.«

»Schreib ich, später. Jetzt hab ich erst mal unvorstellbare Schmerzen.«

Aus dem Hintergrund tauchte Sandra auf. »Ich hab die Petra angerufen, Charly. Sie kommt und holt dich ab.«

»Danke.« Mit letzter Kraft humpelte Charly stöhnend in sein Büro. Herr Meier-Wink wäre begeistert gewesen.

Im *Weißbierstadel* kritzelte der Wirt gerade das vierte Kreuz auf Hubert Riederers Bierdeckel. Der war zwar immer noch beim ersten leichten Weizen, hatte aber Erwin Bachhuber eingeladen. Immer wieder hörte sich Riederer die Geschichte an, die Bachhuber zum Besten gab. Nach dem ersten Weißbier hatte Riederer ein paar Fotos von Bachhuber geschossen, Portraits und den Lebensretter in voller Größe in seiner natürlichen Umgebung. Bei der zweiten Halben hatte Riederer sich die Exklusivrechte an der Geschichte gesichert. Und jetzt, bei Bachhubers drittem Bier, als Erwin ein wenig weiter ausholte, entschied der Lokalreporter, daraus eine Fortsetzungsstory zu machen: Schicksale der Stadt. Solche interessanten Menschen wie Bachhuber gab es bestimmt noch viele in Ingolstadt.

* * *

Tao Fusan und Maja Miller-Lee hatten beschlossen, ihr weiteres gemeinsames Leben in Deutschland zu verbringen. Hier fanden sie es viel schöner als in China, die Luft, der Himmel, das Grün, die Leute. Natürlich mussten sie zunächst zurück nach Peking. Dort würden sie dann in nächster Zeit Geld ansparen und Deutsch lernen.

Außendienstaufträge konnten sie künftig sowieso vergessen. Und eine große Karriere hatten sie im Wirtschaftsministerium auch nicht mehr zu erwarten, nachdem sie ihre erste Aufgabe nicht hatten erfüllen können. Sie waren dem Ingenieur sogar nachgereist bis in dieses Städtchen, in dem er mittlerweile arbeitete. Aber seine neue Beschäftigung bot keine interessanten Erkenntnisse für das chinesische Volk. Darum waren sie zurückgekommen und hatten versucht, in dem innovativen Unternehmen, das so wichtige Entwicklungen hervorbrachte, eine neue Quelle aufzutun. Drei Mitarbeiter hatten sie vergeblich angesprochen, bis so ein Yuppietyp mit kurzen Haaren sie davongejagt hatte.

Bevor sie übermorgen wieder nach Peking zurückfliegen würden, wollten sie sich gerne dieses Indolgestaadt noch ein wenig ansehen. Der alte Mann mit der Knollennase führte sie durch die wunderbare Altstadt und erklärte ihnen ein paar alte Kirchen, irgendeine Universität, die keine mehr war, und ein angeblich neues Schloss, das aber nicht so schön war wie Neuschwanstein.

Auf dem Weg durch die Altstadt waren sie an einem Friseurladen vorbeigekommen, und Maja hatte beschlossen, sich ein spezielles Andenken zu gönnen. Sie wollte diese freche Frisur aus dem Schaufenster, und zwar genau in dem orangerot, das die Friseurin trug, die vor dem Laden die Straße gekehrt und so nett gelächelt hatte, als sie die Chinesen grüßten.

Tao war jetzt schon begeistert vom neuen Outfit. Er konnte sein Glück nicht fassen.

* * *

Dirk Tiedke war enttäuscht. Nachdem Rosalinde Strohmeier ihn vor die Tür gesetzt hatte, waren die Ingolstädter Cafés seine Zufluchtsorte und sein bevorzugtes Jagdrevier gewesen. Und tatsächlich hatte es nicht lange gedauert, bis er auf eine attraktive Frau gestoßen war, die eindeutige Signale gesendet hatte. Bald hatte sich daraus ein amouröses Abenteuer ergeben. Sie war ein Vamp. Allerdings war sie verheiratet und lebte zusammen mit ihrem Mann, einem Tierarzt, in einer Villa an der Gerolfinger Straße. Das Problem für Tiedke war, dass er wegen des Ehemanns nicht bei ihr einziehen konnte. Und auch sie machte keine Anstalten, ihn sich ins Nest zu setzen. Er war sehr enttäuscht.

* * *

Für Maxl war heute die Schule ausgefallen. Obwohl er völlig gesund war. Aber heute hatte er ein Probetraining mit der Jugend des FC Ingolstadt absolviert. Letzte Woche war eine Einladung gekommen, und der Alte hatte dem Ganzen zugestimmt, weil er in der *Bild*-Zeitung gelesen hatte, was Profifußballer verdienen. Vom Training war Maxl begeistert, der ganze Tag war wunderbar. Nur eins bereitete ihm jetzt am Schluss ein mulmiges Gefühl: der Trainer hatte am Ende gesagt, wenn er genommen würde, dürfe er ins Fußballinternat.

* * *

Behutsam half Petra ihrem Charly ins Auto. KOR Zwerglein hatte ihr gesagt, ihr Mann habe sich bei der Verfolgungsjagd verletzt.

»Hast Schmerzen Schorschi?«, fragte sie besorgt, während sie losfuhr.

»Geht scho.« Er winkte lässig ab.

»Bei der Verfolgungsjagd verletzt? Bist mitm Knöchel umgeknickt?«

»Naa, eher so aufgriebn«, nuschelte Charly.

Petra lächelte. Sie nahm ihm die Story mit der Verfolgung nicht ab, denn sie hatte zu Hause in der Wäsche den blutigen Socken gefunden, den ihr Schorschi bei der Hochzeit getragen hatte. In Ermittlermanier hatte sie danach den neuen Schuh untersucht und tatsächlich auch dort hinten am Rand Blut entdeckt. Ihr Schorschi hatte sich bei der Hochzeit die Ferse blutig gerieben und trotzdem den ganzen Abend getanzt und dafür gesorgt, dass sie ihren Spaß hatte. Er war ihr Held.

»Das musst du mir heut Abend alles genau erzählen. Jetzt fahr ich dich erst mal heim, und dann geh ich gleich einkaufen. Magst Rindsrouladen mit Nudeln und Salat? Und danach vielleicht eine Bayrisch Creme?«

Charly nickte müde, war aber glücklich. Was konnte noch schöner sein?

»Zwei Weizen hab ich dir schon in den Kühlschrank gestellt. Magst noch irgendwas Spezielles?«

»Sahne, Schatz, Sahne«, hauchte er erschöpft.

Danksagung

Zu guter Letzt möchte ich wie immer dem Dank den ihm zustehenden Platz einräumen.

Um ein Buchprojekt zu verwirklichen, auch wenn es sich nur um einen unbedeutenden Regionalkrimi handelt, braucht es ein Team.

Einer muss es schreiben.

Derjenige braucht eine Familie, die hinter ihm steht, ihn ermuntert und ihm die Zeit und Ruhe gibt, um zu arbeiten.

Einige andere müssen in einer ersten Lesung feststellen, ob es sich bei dem Geschreibsel nicht um einen direkten Schmarrn handelt. Das waren in meinem Fall Ernst, Tini, Julia, Edi, Lissy, Ferdl, Sissi, Karlheinz, Heidi und Vroni.

Danach kommt einer, der genau weiß, was richtig und falsch ist, auch wenn das Hochdeutsche und der Duden einerseits sowie der Autor aus Bayern und sein Kommissar auf der anderen Seite zeitweise divergente Anschauungen davon haben. Als Lektor drehte Stephan Naguschewski an den letzten Schrauben.

Das Buch braucht einen Einband, gestaltet nach den neuesten Erkenntnissen der Marktforschung, es muss gedruckt, beworben und ausgeliefert werden. Dafür sorgte die Mannschaft von *ars vivendi*.

Niemand bringt ein Buch zustande, wenn ihn keine Inspirationen ereilen, aus denen sich dann in seinen verschrobenen Gehirnwindungen Handlungen, Szenen und kleine Begebenheiten am Rande formen, die er einfach aufschreibt. Für den dauerfeuerhaften Beschuss mit derartigen Inspirationen sorgten tagtäglich meine Kollegen, einschließlich aller Kommissariatsleiter und Chefs, meine Anverwandten, die AH Ebenhausen und meine Schafkopfrunde sowie noch viele, viele mehr, die ich gar nicht näher kenne.

All den genannten Teammitgliedern und Mannschaftsteilen möchte ich Danke sagen, Danke für die Mitarbeit am Projekt *Zwölfuhrläuten*, das hier fertig vor uns liegt.

Und schließlich noch ein ganz spezieller Dank an die Leser. Denn ohne Leser, die sich dafür interessieren, was das Team auf die Beine stellt, gäbe es überhaupt kein Projekt.

Danke